LA DERNIÈRE GUERRE

Tome 1 : *49 jours*

À paraître :

La Dernière guerre
Tome 2 : *Seconde vie*

Fabrice Colin

LA DERNIÈRE GUERRE

Tome 1 : *49 jours*

Michel LAFON

11-13, boulevard Paul-Émile-Victor – Île de la Jatte
92521 Neuilly-sur-Seine Cedex

www.michel-lafon.com

It's time we saw a miracle
Come on it's time for something biblical
To pull us trough
And pull us trough
And this is the end
This is the end of the world.

Muse, *Apocalypse please*

Prologue

Dans les moments qui précèdent les grandes catastrophes, certains détails ne vous paraissent essentiels qu'après coup. Ce ciel trop bleu, contemplé depuis la fenêtre de votre bureau new-yorkais du quatre-vingt-seizième étage, un certain 11 septembre 2001. Ce silence trop parfait sur la plage de Phuket tandis que vos traces dans le sable s'effacent, au matin du 26 décembre 2004. Ces chiens d'habitude si calmes qui, soudain, aboient sans raison en descendant les ruelles de Port-au-Prince, à l'aube du 12 janvier 2010.

Des avertissements. Des signes.

Peut-être y a-t-il eu tel un présage, ce mardi-là, dans cette rame de métro de la ligne 6 traversant la Seine à la hauteur de la tour Eiffel. Mais si c'est le cas, il faut croire que je n'ai pas été assez attentif.

Nous sommes quatre, l'été arrive et nous rentrons du lycée, décontractés et braillards. Dans deux semaines, nous allons passer le bac : une formalité. Depuis la sixième, nous sommes inscrits dans l'un des établissements les plus cotés et prestigieux de la capitale. La seule question est de savoir ce que nous allons faire *après*.

Des idées, j'en ai, évidemment. Des projets. Producteur de cinéma arrive en tête de ma liste. Mon carnet d'adresses est déjà rempli, mes parents ont de l'argent, que demander de plus ? L'avenir n'est pas un problème, il ne l'a jamais été. La plupart des adolescents se croient immortels. Moi, je suis sûr de l'être.

À moins de me ressembler, à moins de fréquenter le cercle très restreint de mes « meilleurs amis », vous ne m'aimeriez pas beaucoup si vous me rencontriez en 2012. Vous me trouveriez léger, frimeur et un peu trop confiant, avec ma veste de marque et ma coupe de cheveux cinquante pour cent *destroy*.

Vous auriez raison.

Entendons-nous bien : je ne crois pas avoir jamais été quelqu'un de spécialement néfaste. Mais quand je songe à ce qu'est mon existence, le premier mot qui me vient à l'esprit est « futilité ». Comme beaucoup de gens de mon espèce, j'attends tout du monde et je pense ne rien lui devoir. En fait, vous savez quoi ? Il m'arrive souvent, ces derniers temps, de me demander si je ne suis mort que par hasard. Si le destin ne s'est pas montré un brin ironique en arrêtant son doigt sur moi.

Il est seize heures quarante et notre métro vient de quitter la station Passy en direction de l'est. À cause d'un problème de signalisation, nous dit-on, il est pour l'instant à l'arrêt. C'est l'endroit où le pont Bir-Hakeim enjambe la Seine, l'endroit où les touristes se tournent tous dans la même direction et cessent subitement de parler, à cause de la tour Eiffel qui miroite au soleil. Nous, nous nous moquons de l'été à Paris. Ce qui nous intéresse, c'est la marque des chaussures que porte cette riche Américaine avec laquelle sort Melvil et la soirée électro prévue pour le lendemain des examens. Ce qui nous intéresse, c'est ailleurs, plus loin, plus fort.

Pendue à mon bras, Patience feint de s'esclaffer à chacune de mes répliques. Il y a un mois, j'ai dégrafé son soutien-gorge pour la première fois et notre relation a pris un tour sérieux qui commence à m'agacer. J'essaie de ne pas y penser. C'est ma technique favorite quand une contrariété se profile. En règle générale, les difficultés finissent par se résorber d'elles-mêmes.

– Et vous, pour les vacances, vous faites quoi ?

Viktor vient de coincer une cigarette derrière son oreille. Nous sommes tous debout, serrés les uns contre les autres, et les relents de transpiration d'un couple de touristes allemands commencent à me chatouiller les narines.

Je grimace.

– Rien de neuf. En tribu à Chamonix, chalet familial.

– Moi, annonce Melvil en rajustant ses Ray-Ban, je fiche le camp en Australie. Un mois de trekking avec mon frère.

– Cette chance ! s'extasie Patience.

Viktor se retourne vers elle, une moue dubitative aux lèvres.

– Tu n'es pas censée partir en Californie, toi ?

– Si, avec ma tante et mes trois insupportables cousines. Tu parles de vacances !

Nous ricanons ; elle finit par nous imiter. Ce n'est pas une fille méchante, elle non plus. Peut-être qu'en dépit des apparences, nous manquons tous de confiance en nous.

Avec lassitude, Viktor laisse sa tête cogner contre la vitre.

– Personnellement moi-même en mon for intérieur, je ne sais pas encore. Cet hiver, mon père m'avait promis de m'emmener au Japon mais il ne m'en a jamais reparlé depuis, alors… Bon sang, qu'est-ce qu'il fabrique, ce métro ? Vous pensez que ça les fatiguerait de nous tenir informés ?

Je jette un œil au haut-parleur : muet. Les habitués de la ligne commencent à tousser et à maugréer. Notre couple allemand, lui, est ravi. Reflex en main, l'homme mitraille la tour Eiffel.

– Excusez-moi, est-ce que quelqu'un aurait oublié ou perdu ceci ?

Une femme d'une quarantaine d'années, coupe au bol et collier de perles, vient de hisser une mallette au-dessus de sa tête. Elle n'a pas l'air spécialement folle. Plutôt épuisée par avance.

Les passagers se dévisagent, interdits. La femme répète sa question, plus fermement. On perçoit une pointe d'agacement dans sa voix.

Seuls quelques ricanements étouffés lui répondent. De guerre lasse, elle repose la mallette avant de hocher le menton vers le signal d'alarme.

– Il faut avertir le conducteur.

Un grommellement accueille sa proposition. Nous sommes déjà à l'arrêt ; les gens ont assez perdu de temps.

– Floryan ?

Patience me serre le bras. Je ne quitte plus la femme des yeux. J'ai déjà vu cette mallette, j'en suis sûr. Mais où ? Soudain, la mémoire me revient.

– Floryan, ça va ?

Ce type. Ce type qui est monté à la station Trocadéro avec nous et qui s'est installé dans un coin. Il était vêtu d'une veste en tweed noir et d'un tee-shirt assorti. Cheveux blonds très courts, lunettes de soleil.

Je revois la mallette, coincée entre ses jambes. Et je le revois lui, mâchant son chewing-gum avec une lenteur toute cinématographique.

– Je crois... murmuré-je en indiquant à mon tour le signal d'alarme, hors de ma portée, je crois que nous devrions faire ce qu'elle dit.

Les portes de la rame se sont ouvertes à la station Passy

et l'homme est sorti d'un air parfaitement calme. *Sans* sa mallette.

– Quoi ?

Quand les portes se sont refermées en claquant, l'homme, resté sur le quai, a consulté sa montre et nous a suivis du regard.

Un frisson remonte le long de mon échine. Sans hésiter, je me mets à jouer des coudes.

– Tirez sur le signal ! crié-je. Il faut...

Un déclic se produit. L'instant d'après, un choc ahurissant secoue la rame.

Je suis projeté plusieurs mètres en arrière, soufflé. La rame se soulève, puis bascule avec un long grincement.

Le reste du film se déroule sans moi. Je ne vois plus rien et je suis devenu sourd. Une douleur aveuglante, inhumaine, occulte tout le reste.

Dehors, ailleurs, c'est la panique – une vague de mort et de désolation. Des gens hurlent, je suppose, ou gémissent, ceux qui ne sont pas morts. Un liquide brûlant coule sur mon visage. Du sang ? Autre chose ? Je suis paralysé.

Quelque chose en moi soupire.

Toute cette horreur. Une force irrépressible m'aspire à l'intérieur de moi-même.

Je tombe, je tombe sans fin, et le monde tombe avec moi. Bientôt, même la peur a disparu. Remplacée par un néant irrépressible.

1

Ce qui me frappe, d'abord, c'est la beauté du ciel. Jamais rien vu de tel. Ces nuages nets, parfaits, ces nuances d'indigo, de rose, d'orange flamboyant composent un tableau d'une pureté si éloquente qu'on dirait l'œuvre d'un vieux maître italien touché par la grâce.

Je veux me relever. Impossible. J'essaie de remuer un pied, une main, un doigt, sans plus de succès. Tout ce que je suis capable de faire, c'est cligner des yeux.

« Je suis mort », voilà ce que je pense d'abord.

Bon. Si la mort se résume à cela, il n'y a pas de quoi être effrayé. Je suis incapable de bouger mais je respire.

Après plusieurs minutes d'efforts laborieux, je parviens à tourner la tête. Je suis étendu au cœur d'une prairie d'herbes hautes et je ne vois rien. Une brise siffle dans les ajoncs, aussi douce qu'une caresse.

Je ferme les yeux, les rouvre. Non, je ne rêve pas. Haut dans le ciel, de grands oiseaux blancs décrivent d'amples figures.

Combien de temps resté-je allongé ainsi ? La pluie se met à crépiter. Des gouttes tièdes explosent sur mon visage, ça n'a rien de désagréable, et j'ai le temps d'en distinguer certaines avec une précision inhabituelle, comme si elles se figeaient avant de s'écraser. Un arc-en-ciel de couleurs se diffracte en leur cœur.

La pluie cesse comme elle a commencé. Je souris. Je suis incapable de réfléchir au passé, aux circonstances qui m'ont amené ici. Quel est cet « ici » ?

De temps à autre, les oiseaux blancs se décrochent du ciel et viennent raser la prairie. Leur poitrail et le dessous de leurs ailes sont striés de traînées bleues et vertes. Et cet air, si clair et vivifiant !

Une nouvelle fois, je tente de remuer les doigts. Lorsque, enfin, l'index de ma main droite se déplie, j'en suis si soulagé que mes yeux s'embuent. Quelques minutes plus tard, je parviens à m'asseoir. Étourdi, comme au sortir d'un trop long voyage. Dans le ciel, le vieux maître italien continue à rêver en peignant.

La main que je porte à mon front tremble malgré moi. Mes forces reviennent, et mes souvenirs avec.

Mes mâchoires se contractent. Le métro ! L'explosion ! Tout ressurgit dans un effrayant désordre. Où est Patience, où sont les autres ?

Après bien des efforts, je réussis à me mettre debout. La prairie vallonnée ondule à perte de vue, majestueuse. Les herbes m'arrivent à la taille, j'ai l'impression de fendre les vagues. Pourquoi cette ombre immense sur la plaine ?

Je fais volte-face. L'explication est là : une chaîne de montagnes. Coiffées de neige, les cimes évoquent les paysages alpins de mon enfance, en plus dénudés, plus escarpés.

Nul village à l'horizon, pas la moindre trace d'une route.

Où aller ? D'instinct, je tourne le dos au massif. Doigts écartés, je filtre les herbes. Seule la trille d'un oiseau trouble parfois la chanson du vent. Jamais je ne me suis senti aussi seul.

Je hâte l'allure. Il y a eu un attentat, oui. Une bombe a explosé dans le métro en plein après-midi. La rame est tombée dans la Seine.

Ensuite ?

L'explosion m'a soufflé. Ce que j'ai ressenti, dans les secondes d'après, n'était pas de la douleur ; la douleur, au moins, est une donnée qu'on peut appréhender. Non, je me suis effondré et puis j'ai cessé de comprendre, de sentir, de respirer.

Je m'arrête. Je pourrais être n'importe où. Je ne suis nulle part. Mains en porte-voix, je hurle. Le vent étouffe ma voix. Il n'y a personne, c'est une évidence.

Mes parents, mes professeurs, mes amis : où êtes-vous ? J'aimerais croire que je vais me réveiller mais tout – les herbes, les nuages, les oiseaux, et jusqu'à mon souffle profond – me semble bien trop réel pour appartenir au monde doucereux du sommeil.

Je ne suis pas essoufflé. C'est juste mon cœur qui bat trop vite.

À Paris, qu'il vente ou qu'il pleuve, j'allais courir au Champ-de-Mars deux fois par semaine. Je ressortais épuisé de ces séances, épuisé mais revigoré, parce qu'elles me vidaient l'esprit. Cette fois, c'est différent. Il n'y a rien à fuir à part moi-même.

Aïe. Mon pied ripe contre une motte de terre. Je trébuche, me rattrape. Pourquoi ne suis-je pas fatigué ?

Le temps vire à l'orage. Venus des montagnes, des nuages charbonneux envahissent la plaine. À bout d'espoir, je tombe à genoux.

Je me recroqueville lorsque les premières gouttes commencent à tomber. Je lève mon visage vers le ciel. Cette averse-là ne ressemble en rien à l'ondée qui l'a précédée : c'est un tambourinement sauvage qui fait monter des vapeurs du sol. Une houle agite la prairie.

Je n'ai nulle part où m'abriter ; je m'en moque. Je voudrais que la pluie m'engloutisse, qu'elle me noie. Je fixe un point imaginaire.

C'est alors que la voix gronde.

Une voix inouïe, plus impérieuse que le tonnerre.

2

– *N'aie pas peur.*

Aucun mot ne saurait décrire la sensation qui m'envahit. Ce n'est pas de la terreur – pas uniquement. Une autre sensation s'y mêle. De l'émerveillement ?

L'être qui se tient à quelques mètres de moi n'a rien d'humain. Il mesure près de trois mètres et rayonne d'une lumière si vive qu'elle me force à plisser les yeux.

Ni le vent ni la pluie ne l'affectent, ses fins cheveux blancs restent intacts. Vêtu d'une toge à manches larges, il attend, telle une statue. Il m'examine, je le sens, mais je ne parviens pas à distinguer les détails de son visage.

– *N'aie pas peur*, répète la voix dans mon esprit, et l'être tend une main pour m'aider à me mettre debout.

Je me relève seul, recule d'instinct. Fuir serait absurde.

– *Tu es arrivé.*

Je hoche la tête, hébété. Ce n'est pas une question. Le regard est toujours rivé sur moi, et les lèvres remuent à peine, la voix s'adresse directement à mon esprit. Peu à peu, je sens mes muscles se détendre, mon cœur battre moins vite. Un calme nouveau se répand en moi.

– *De quoi te souviens-tu ?*

Il fait un pas en avant. Ce dont je me souviens ? Les images gagnent en netteté. Des rires, des jurons à la sortie du lycée. Je me rappelle cette sans-abri, son sourire de ferraille à l'entrée du métro Trocadéro. Je revois Patience, notre baiser au bas des marches, et comment j'ai pesté ensuite en cherchant mon passe tandis que les autres discutaient d'un film de superhéros qu'ils étaient allés voir.

La vie.

Et puis l'aiguille des minutes avance, inexorablement, et nous sommes dans ce wagon, serrés les uns contre les autres, et le soleil de juin nous force à grimacer, et nous racontons n'importe quoi.

Et puis…

L'homme à la mallette. L'affolement de cette femme, ses gestes vers le signal d'alarme. Notre triste et inévitable négligence.

Le moment terrible, enfin. Ce dixième de seconde succédant au déclic. Au fond de moi, je savais ce qui allait arriver.

Ce dont je me souviens ? Paris. Ma vie à Paris. Un livre de philosophie, mon père jouant au tennis, la moto de mon frère, des projets. Des choses insignifiantes, d'autres affreusement essentielles. J'ai tout perdu.

Avec lenteur, l'être de lumière s'avance vers moi. La peur m'a quitté. Je ne bouge plus, j'attends.

La main de l'être se pose sur mon épaule. Je m'enfonce dans le sol. Cette force ! J'en ai le souffle coupé. Tel un enfant, je lève les yeux vers lui. Les détails de sa physionomie deviennent plus perceptibles. Des joues creuses, un nez long et droit, des pommettes saillantes – de grands yeux en amande dépourvus de prunelle.

Une sagesse immémoriale.

– *Tu es mort*, fait la voix dans mon esprit.

Et c'est juste une voix, désormais, le tonnerre s'en est allé. Juste une langue que je n'ai jamais entendue mais que je comprends à la perfection.

« Tu es mort » : que répondre à cela ?

3

– *C'est la première révélation.*

La main de l'être de lumière, si lourde ! Il baisse la tête vers moi.

– *Je suis un Élohim. Nombreux, au cours des âges, sont les noms dont tes semblables nous ont affublés : anges, bienheureux, séraphins.*

– Où sommes-nous ?

Il laisse passer un long moment avant de répondre.

– *Tu sais où nous sommes. Le monde intermédiaire. L'antichambre. Certains emploient le terme « purgatoire ».*

La faculté avec laquelle l'esprit humain parvient à s'adapter à une situation nouvelle est proprement stupéfiante. Mais s'agit-il bien de mon esprit ?

– *La mort n'est qu'un second départ,* reprend l'Élohim comme s'il lisait dans mes pensées. *Certaines choses changent, d'autres restent les mêmes. Tu as quitté le monde que tu connaissais et, pourtant, tu restes celui que tu étais.*

Il s'éloigne, m'invitant à le suivre. Il avance à grandes enjambées.

– *Tu te sens triste, confus. Tes souvenirs te reviennent, et tu souffres. Tu as l'impression d'avoir été arraché au monde. Sans doute ressens-tu de l'injustice.*

Je le rejoins.

– *Il te faudra du temps pour accepter ce qui t'est arrivé. Pour dissiper le sentiment de perte qui te hante.*

Avant que j'aie pu penser à une réponse, il pivote et touche mon front.

Une décharge me secoue.

Le monde s'abolit, une vague de chaleur me chavire.

Le sol s'est volatilisé. Je ne suis nulle part et partout à la fois. Une énergie inconnue coule en moi. Les souvenirs, l'émotion, la conscience de mon corps – tout a disparu. Je *sais*, voilà tout, je comprends, et aucun mot ne peut traduire ça.

Appelez ça « absolu », si vous le désirez. Appelez ça « infini ». Des écailles sont tombées de mes yeux, un univers nouveau s'est ouvert, un monde de compréhension et d'amour. Rien à voir avec les misérables sentiments terrestres que j'ai pu éprouver jusqu'alors. Cet amour-là est pur absolu.

Le temps est un ruban coloré et vivace, enroulé sur lui-même, et chaque point est relié à tous les autres. Est-ce cela que les mystiques appellent « extase » ? Est-ce cela que les sages, les poètes et les fous consacrent leur vie entière à chercher ? Il n'y a plus rien à espérer, plus rien à attendre car tout est là, à l'intérieur de moi.

– *Ouvre les yeux.*

Cette voix, de nouveau. Cette voix qui me ramène à la réalité. La lumière m'étourdit, le sol sous mes pieds, le souffle du vent.

– *Ouvre-les.*

La main de l'Élohim, sur mon épaule encore. Oh, Seigneur.

– *Reviens à toi.*

C'est une injonction étrange. Il m'a semblé *aller* vers moi, justement, approcher le vrai moi dans quelque repli secret de l'espace-temps.

Mais je n'ai pas le choix. Grimaçant, j'entrouvre les paupières. La main de l'Élohim me soutient. Sans elle, je tomberais.

Je retiens un cri.

Je ne suis plus au milieu de la grande prairie. Je suis debout sur une corniche, à plusieurs milliers de mètres d'altitude.

Je recule. L'Élohim me retient.

– *Ne crains rien.*

La voix est douce, apaisante. J'avale une goulée d'air. Un paysage à couper le souffle s'offre à mon regard.

Si le paradis existe, il doit ressembler à ça : une vallée verdoyante, tapissée de forêts sombres, traversée de canyons et de rivières.

Notre promontoire s'avance au-dessus du vide. Sous nos pieds, des éboulis, un à-pic vertigineux. Plus loin, la pente s'adoucit, on aperçoit des pâturages. Plus bas encore, des sous-bois, d'autres prairies.

Cet endroit n'est pas celui que j'ai quitté. Les valons sont plus encaissés, les paysages, plus grandioses encore et une chaîne de montagnes titanesque barre l'horizon. Je n'ai jamais vu l'Everest mais je suis à peu près certain que ces sommets-là sont plus élevés encore. Non loin de nos contreforts, une bouche fait mine d'aspirer le ciel, un gouffre béant aussi large qu'un cratère.

– *Voici le Nihil,* déclare la voix. *Nul ne sait où il mène, ni même s'il mène quelque part. Je veux que tu le contemples.*

– Pourquoi ?

– *Pour que tu sois à même de prendre ta décision en toute connaissance de cause.*

– Ma…

Je me retourne. De notre montagne, on ne distingue pas le sommet. La chaîne s'étire de part et d'autre, sans limite. Je devine qu'il s'agit là des monts qui se dressaient devant moi à mon arrivée, et que je me trouve à présent sur l'autre versant.

Une carte commence à se dessiner dans mon esprit. Une première plaine, une chaîne de montagnes, une vallée, immense, le Nihil et puis, plus loin, d'autres sommets, plus infranchissables encore. Et derrière ?

– *Tu ne resteras pas longtemps ici. Ce monde n'est qu'une étape.*

Un soleil ardent perce entre les nuages, formant un puits de lumière oblique.

4

L'Élohim tend un bras.

– *Derrière ces montagnes se trouve le Royaume. Notre domaine.*

Je me tourne vers lui, circonspect.

– *Ce que tu as ressenti lorsque j'ai touché ton front n'est qu'un avant-goût de ce qui t'attend au sein du Royaume. « Paradis », « jardin d'Éden », « nirvana » : tu choisiras le nom qui te plaît. Entrer là-bas, c'est se voir purifié de tout ce qui fait le drame de la condition humaine : ce que vous autres appelez « les passions ».*

– Est-ce que ce lieu... Est-ce que le Royaume possède une réalité physique ?

– *Rien de ce qui t'importe maintenant n'aura pour toi la moindre signification quand tu seras là-bas.*

Mon regard s'attarde sur le Nihil, en souligne les contours comme on cherche la clé d'un mystère.

– Pourquoi dois-je passer par ce monde intermédiaire, puisque ce qui m'attend est là-bas ?

S'il accompagnait sa parole d'un geste, l'Élohim secouerait la tête. Mais, une fois de plus, il reste immobile.

– *En vérité, tu as le choix. Entrer dans le Royaume représente un pas en avant radical. Une fois que tu auras franchi le seuil, il te sera interdit de revenir en arrière. Bien sûr, nous savons que tu ne le désireras pas. Mais toi, tu l'ignores. Je ne puis te contraindre à m'accompagner.*

– Vous voulez dire…

– *Le Royaume est le domaine de la félicité éternelle. Y pénétrer, c'est renoncer à ton humanité, troquer l'ego contre l'universel. Certains ne sont pas prêts à tirer un trait sur ce qu'ils ont été, quand bien même se verraient-ils offrir en retour l'illumination suprême. Ceux-là peuvent sauter.*

– Sauter...

– *Personne ne sait ce qui se trouve au fond du Nihil. Peut-être une autre vie. Peut-être rien, ou une chute sans fin. Ce n'est pas impossible. Nous ne voulons pas influencer ceux que nous accueillons.*

Des oiseaux passent au-dessus du gouffre, minuscules.

– *Tu peux rester ici*, déclare l'Élohim. *Tu peux rester quarante-neuf jours. Passé ce délai, je reviendrai te chercher et tu devras me signifier ton choix. Bien entendu, tu es libre de m'invoquer avant si ta résolution est faite.*

Mes pensées se bousculent. Ai-je choisi ? Je veux le croire : je donnerais tout pour retrouver la plénitude que j'ai connue.

Mais une part de moi réclame du temps, également, du temps pour me faire à l'idée d'un départ définitif.

– Quarante-neuf jours, répété-je. Pourquoi ?

– *C'est ainsi, nous ne choisissons pas. En attendant, tu es libre d'aller et de venir à ta guise. Tu ne connaîtras ni la faim, ni la soif, ni le sommeil, tu ne connaîtras pas la douleur au sens où tu la connaissais sur Terre, mais tes souvenirs seront là, avec toi, telles des lueurs s'amenuisant. Le temps qui t'est offert est celui qui précède la décision la plus importante que tu aies jamais eu à prendre. Mets-le à profit.*

Je m'avance sur la corniche. Devant moi, le vide. L'espace d'un instant, je me demande ce qui se passerait si je sautais. Peut-on mourir une deuxième fois ?

– *Ton enveloppe charnelle en souffrirait*, répond la voix omnisciente, *mais tu ne mourrais pas, non : tu es déjà mort.*

– Quarante-neuf jours, hein. Quarante-neuf jours à attendre.

– *C'est le délai qui te sera accordé. Mais tu pourras mettre fin à cette attente à tout moment en m'appelant.*

– Comment ?

Dos au vide, je pivote vers lui. Il tend un bras.

– *Pose ta main dans la mienne.*

Presque aussitôt, je ressens une sensation de brûlure – un picotement qui s'accentue très vite, jusqu'à devenir insupportable.

Je veux retirer ma main ; elle est prisonnière. Un filet de fumée s'échappe. Ma peau brûle ! Je hurle. L'Élohim, qui fixe un point au-dessus de moi, me relâche alors que je tombe à genoux.

Ébahi, je contemple ma paume. La peau n'est pas brûlée mais une figure a été tracée, comme d'une pointe très fine.

12	36	46	24	9	33	5
41	16	2	28	14	44	1
32	23	43	10	40	20	38
19	15	49	39	45	13	34
11	7	37	6	47	30	25
31	18	42	21	3	35	8
29	4	27	48	22	17	26

L'être de lumière indique le soleil.

– *Le moment venu, lève ta main vers l'astre du jour et dis simplement mon nom : « Élohim ». Alors, je viendrai à toi. Si, au bout de quarante-neuf jours, tu ne m'as pas appelé, c'est moi qui te trouverai.*

Il pointe un doigt sur mon cœur.

– *Es-tu prêt ? Ou y a-t-il encore une chose que tu veux savoir ?*

Mes cheveux sont emmêlés. Je suis vêtu de la même façon que lorsque la bombe a explosé mais mes vêtements sont intacts – seulement froissés.

– Auriez-vous des habits de rechange ?

De nouveau, il me touche le front.

– *À bientôt.*

Presque immédiatement, l'obscurité se fait – comme lorsque l'anesthésiste vous pose un masque sur le visage – et je sens la terre trembler.

Quand je rouvre les yeux, je suis de retour de l'autre côté de la montagne, au milieu de la vaste plaine, à l'endroit exact où je me suis réveillé la première fois. Un crépuscule déchirant embrase le ciel et ses nuages en guenilles. Le vent est parfait, des oiseaux montent vers le firmament.

L'Élohim s'en est allé.

5

Je marche vers la montagne. Je n'attendrai pas quarante-neuf jours pour prendre ma décision. Je vais explorer les environs, méditer un peu, et je ferai mon choix.

La messe est dite, je crois. Je ne peux m'imaginer sauter dans ce gouffre, je ne vois pas au nom de quoi je prendrais ce risque.

Quand je relève la tête, la montagne ne s'est pas rapprochée d'un pouce et la nuit commence à tomber.

Une brise suave fait courir des frissons à travers la prairie.

L'Élohim a raison, je ne ressens pas la fatigue. Je pourrais continuer à cheminer ainsi pendant des siècles. Mais j'ai besoin de faire taire mes pensées.

Demain, j'y verrai plus clair.

Un arbre se dresse, non loin de là, un arbre d'une espèce inconnue dont les branches épaisses et noueuses indiquent mille chemins différents.

Une mare sableuse brille à son pied ; deux grands oiseaux blancs picorent sur la berge. À mon approche, ils se redressent.

Leur cou gracieux se balance au-dessus du miroir, ils étirent leurs ailes. Sur les bords de la mare, je m'assois. Le soleil disparaît derrière les nuages. « Le » soleil, ou juste une énorme étoile.

Je m'allonge sur le flanc. Les oiseaux ont repris leur quête de nourriture. Ils doivent estimer que je ne suis pas menaçant. Y a-t-il un mâle, une femelle ?

Le crépuscule sur la plaine comme un lait de rose. Je ferme les yeux. Vais-je me réveiller à Paris, dans mon lit ?

Semblables à des comètes dans un ciel d'innocence, les images de l'attentat – imaginées, réelles – traversent mon esprit en hurlant.

6

L'aube est là, blanche et sèche. Je n'ai pas dormi, pas vraiment : je suis descendu en moi-même.

Les oiseaux sont partis. Le soleil, encore caché, teinte déjà l'horizon de feu. Y a-t-il donc un est, ici, un ouest ?

Sur les bords de la mare, je m'agenouille pour faire mes ablutions. L'eau est étonnamment claire. Je pourrais la boire mais je n'ai pas soif.

Je me tourne vers les montagnes. J'ai pris la décision de les franchir. Je veux voir le Nihil, cela me donne un but ; je ne m'imagine guère rester ici sans rien faire, ni appeler l'Élohim déjà.

Que je le veuille ou non, mon scepticisme de jeune Occidental moderne travaille à mon insu. Je ne me sens pas prêt à tout abandonner, pas encore.

Je lève la tête vers les sommets. Mon seul entraînement, en termes de randonnée, consiste en quelques semaines de vacances passées dans les contreforts du mont Blanc, au-dessus de Chamonix. Personne, dans la famille, n'a une âme d'aventurier. Cette fois, les données du problème sont différentes. Je dois passer de l'autre côté. Et le froid, la faim, la fatigue, tous les ennemis traditionnels de l'alpiniste, m'apparaissent joyeusement étrangers.

Le vent souffle comme un vieux dieu fatigué, et les grands oiseaux blancs ont fait leur retour.

Deux jours. J'ai l'impression de m'être perdu, d'errer dans un pays lointain, le Chili peut-être, ou un coin reculé de l'Asie.

Rien n'est si différent, ici. C'est *moi* qui ai changé : moi, mon corps, ma façon de penser. Le Floryan superficiel et sûr de lui que j'étais a laissé place à un jeune homme avide et perdu, le reflet de l'enfant que j'ai été.

Courir. Bruissement des herbes sur mon passage. Marcher sans ressentir la fatigue, quelle sensation merveilleuse ! Et malgré tout, je n'avance guère.

Le soir tombe, mais je n'ai pas parcouru la moitié du chemin me séparant des contreforts. Cette nuit-là, je décide de ne pas m'arrêter. Après tout, il ne me reste que quarante-sept jours.

Une lune quasi pleine, verdâtre, se hisse dans le ciel, éclairant la prairie d'un halo féerique. Une autre, violette celle-ci, plus menue, paraît à son tour. De lents nuages passent à la dérive. Seul mon souffle trouble le silence.

Une chose est certaine, une seule : je ne suis plus sur Terre.

Mais où, alors ?

J'entame mon ascension. La pente est douce, pour commencer, une prairie parsemée de fleurs multicolores.

Tout un peuple d'insectes bourdonne sur mon passage. De longues brindilles pourvues de quatre paires d'ailes volettent à travers la pénombre. Des araignées bleues, mauves, orangées tendent des toiles rêveuses entre les herbes. Sur des pierres plates, des scarabées à carapace argentée profitent de la nuit.

Je ramasse un caillou et l'enfouis dans la poche de mon jean. C'est un rituel auquel j'ai décidé de m'astreindre.

Je pénètre dans la forêt comme dans un sanctuaire. Des plantes inconnues, des essences odorantes. Des feuilles en losange, coupantes, des troncs cendreux, des fruits boursouflés, magiques, des effluves sucrés. J'enjambe un ruisseau où passent des poissons lumineux. La lueur des deux lunes peine à se frayer un passage à travers les frondaisons. Je décide de m'octroyer une pause.

Que font mes parents, en cet instant ? J'ai évité de réfléchir à ça.

Je soupire.

L'aube revient. Des taches de lumière tremblent sur le sol moussu. Je suis déjà reparti.

Au matin du quatrième jour, les arbres disparaissent, le paysage devient plus aride. Herbes drues, pierrailles. J'embrasse la plaine du regard. Mon esprit se vide, comme une bouteille renversée laisserait échapper sa substance.

Des bancs de neige bleutée commencent à apparaître mais il est difficile d'en tirer une conclusion ; la température ne semble pas avoir baissé.

Au soir du cinquième jour, un escarpement se présente. Je dois avancer dos à la roche, pas à pas.

Je m'arrête longtemps, ce soir-là, contemplant la lune verte presque pleine et sa petite sœur violacée, rêvant à l'immensité du monde. Les grands oiseaux blancs continuent de planer sous les nuages.

Le lendemain matin, ma progression se complique encore. Le chemin est semé d'éboulis. Arrive finalement ce qui devait arriver.

Au détour d'une corniche, mon pied glisse, ma main ripe sur la roche et je pars en arrière.

7

Six ou sept mètres plus bas – l'équivalent, à vue de nez, d'un immeuble de trois étages –, je m'écrase sur le dos.

Pendant plusieurs minutes, je demeure sans bouger. Mon corps a fait un bruit mat en frappant le sol. Suis-je paralysé ? Non. Me voici sur mon séant, ahuri, indemne. Le choc m'a coupé le souffle.

Je repars.

Je m'émerveille de tout : le velouté d'une fleur d'or, l'éclat gris-bleu d'un nuage atteint de gigantisme, le murmure d'une source comme un rire d'enfant.

La septième aube est une armée de nuages empourprés. Mes pas crissent dans la neige. Au détour d'un rocher, je plisse les yeux. Il y a une grotte, là-bas. Et sur la paroi de cette grotte : un signe.

Stupéfait, je me retourne vers la plaine, comme si la réponse à cette nouvelle énigme avait été oubliée parmi les hautes herbes.

« Y a-t-il encore une chose que tu veux savoir ? » Tant d'énigmes, tant de questions que j'aurais dû poser quand j'en avais l'occasion.

Je m'approche.

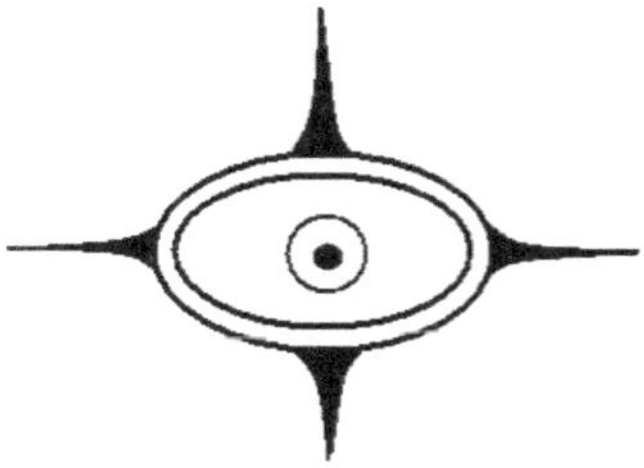

Ce symbole a été gravé par une main humaine.

Sur le côté, à hauteur de genou, une petite inscription à demi effacée : Владелец был здесь.

Du russe ?

Intrigué, je m'avance sur le seuil. L'anfractuosité, au bout de quelques mètres, se rétrécit et devient un boyau. À l'extrémité luit un minuscule point blanc. Un tunnel, traversant la montagne de part en part. Qui a pu abattre un tel travail, et dans quel but ? En tout cas, cela prouve une chose : d'autres m'ont précédé.

Saisissant une grosse pierre, je m'engage.

Il me faut plus de deux heures pour atteindre l'autre versant. Deux heures d'obscurité quasi totale, avec cette lumière fragile pour seul horizon.

Le sol est sableux, les parois, humides. Arrivé au terme de ma traversée, je dois fermer les yeux : la lumière est trop forte.

Là-bas, au milieu de la vallée, on distingue parfaitement les contours du Nihil. Et comme une illumination, je me rappelle soudain à quoi ce paysage me fait penser : un tableau de la Tate Britain de Londres, où je me suis rendu un jour avec mon père. *Les Plaines du paradis*, de John Martin.

Vraiment, ça y ressemble beaucoup – à ceci près que le lac s'est évaporé, laissant un gouffre empli de brumes.

Adossé à un rocher, je reste un instant à me reposer de rien. De l'autre côté de la plaine, la seconde chaîne de montagnes barre l'horizon.

8

À mes pieds, une langue de glace sinue entre deux amas de roches noires.

Comme à regret, le soleil disparaît derrière les montagnes. Inutile de s'aventurer de nuit dans un paysage aussi escarpé : je descendrai demain.

Toujours, je repense à ma vie, je repense à la Terre. L'expression rêveuse de Patience dans un café du 16e arrondissement. La roue avant de mon vélo, fendant une flaque où se reflétait le dôme des Invalides. L'aiguille du Midi, un arc-en-ciel, un champ semé de fleurs, un soir lavé par l'orage.

Le pire, c'est cette absence de tristesse, cet engourdissement de l'âme.

Une phrase de mon père, murmurée à l'enterrement de mon grand-père, me revient en mémoire : « C'est pour ceux qui restent que la mort est difficile. »

9

Chaque jour, je deviens plus fort, plus agile, comme si un nouveau moi était né. Je le sens dans mes os, dans mes muscles, je ne suis plus le même. Rien ne me fatigue et – ma chute me l'a prouvé – rien non plus ne peut me blesser. Plus exactement, mes blessures guérissent d'elles-mêmes. Hier, une méchante coupure s'est refermée sous mes yeux en quelques minutes.

Souvent, je contemple le carré dans ma paume. La douleur est toujours là, telle une amie gênante refusant de s'en aller, et les chiffres paraissent briller.

J'entre dans une forêt comme on entre dans un temple. Dans ma poche, huit cailloux s'entrechoquent. Ils commencent à me gêner. Je ramasse un bâton et, armé d'un silex, y taille des encoches.

Des sapins se dressent, des arbres noueux au tronc veiné de bleu.

L'ultimatum posé par l'Élohim, ce délai que les nombres gravés dans ma paume ne manquent jamais de me rappeler, continue de m'interloquer, mais je l'envisage désormais sous un autre angle. Cette vie parmi les montagnes, cette existence si paisible : est-elle si mauvaise qu'on puisse lui préférer l'abolition de la mémoire ?

Le soir même, je sors de la forêt et débouche sur une ample prairie. Des sapinières isolées y ont élu domicile.

Avisant une souche, je m'y adosse et ferme les yeux. J'ai lu un jour dans un article que près de deux cent mille personnes mouraient quotidiennement sur Terre. Il n'est pas normal que je me sente si seul. La route que j'ai empruntée, je veux le croire, a été tracée par d'autres.

Perturbé, je finis par sombrer. Mon sommeil n'en est pas un. C'est une plongée dans un étang brun. Nulle place pour le rêve.

Un craquement.

Je sursaute, me redresse. Un homme se tient devant moi, levant une main en signe de paix. Trente ans, dirais-je, et un fin collier de barbe noire. Ses cheveux sont crépus, sa peau, hâlée.

– Je ne te veux aucun mal.

Les mots roulent dans sa gorge. Il s'exprime dans une langue que je ne connais pas, que je n'ai jamais entendue et que, pourtant, je reconnais comme mienne.

– Qui êtes-vous ?

Au fond de mon esprit, quelqu'un *sait* que cette langue n'est pas du français, que les mots prononcés n'appartiennent à aucun idiome connu, et que l'homme qui se tient face à moi, tête inclinée, les comprend naturellement.

– Je suis Taweel. Tu viens de l'autre côté, n'est-ce pas ?

Il porte un pantalon de cuir et une chemise de lin, des bottes montantes et une sacoche en bandoulière – des accessoires confortables, mais totalement étrangers à notre époque. On dirait un troubadour du Moyen Âge, un aventurier des *Mille et Une Nuits*.

Une forme remue, derrière lui. Je me redresse, m'époussette. C'est une sorte de… de dragon, je ne sais comment le dire autrement : un reptile de la taille d'un fauve, dont la peau grise et lisse évoque une armure métallique.

Je n'ai jamais vu de dragons ailleurs que dans les films

mais c'est à peu près ainsi que je me les représente. L'animal, harnaché d'une selle en cuir, ne paraît pas agressif.

– Je te présente Kyros, mon Altar.

– Altar ?

J'ai répété le mot. L'homme – Taweel – esquisse un sourire.

– J'imagine à quel point tout cela doit te sembler nouveau. Je peux me mettre à ta place. J'ai *été* à ta place.

– Vous voulez dire…

– Je viens de la Terre, oui : tout comme toi.

– Êtes-vous… Es-tu…

– Mort ? À vrai dire, ça n'a plus grande importance. Je suis arrivé ici il y a huit ans et je ne suis jamais reparti.

Me frottant l'épaule, je considère le dragon – l'Altar – occupé à se lustrer les ailes. Sa langue est grise, et si longue ! Taweel sourit en suivant mon regard.

– Tu n'as rien à craindre de lui non plus. Les Altars sont une espèce intelligente et remarquablement pacifique.

Concentré sur sa toilette, l'animal ne nous prête aucune attention.

– Depuis combien de temps es-tu ici ? reprend Taweel après un silence. Je veux dire, dans les montagnes ?

Je me baisse pour ramasser mon bâton. Il y manque une encoche.

– Neuf jours.

Taweel croise les bras.

– Et tu es arrivé par la passe d'Éphraïm.

Je ferme un œil.

– Le tunnel, précise-t-il. Celui avec le signe gravé.

– Alors c'est vous qui…

– Qui l'avons creusé ? Non. D'autres nous ont précédés là-haut. Mais nombreux, parmi les nouveaux arrivants, sont ceux qui le découvrent d'eux-mêmes, car il suit l'une des voies d'ascension les plus naturelles.

À présent que j'y repense, c'est évident : je n'ai pas pris « un » chemin au hasard. J'ai rejoint une voie, choisie par d'autres avant moi.

L'Altar s'est vautré dans l'herbe. Un souffle régulier gonfle ses flancs. Je suis fasciné par ses griffes.

– Nous sommes les Égarés, m'explique Taweel. Nous vivons ici, dans l'Intermonde, parce que nous avons refusé de choisir entre le Royaume et le Nihil.

– Refusé ?

Un rictus éclaire son visage.

– Je devine ce que l'Élohim a dû te raconter : qu'il n'existait pas de troisième choix. Le paradis ou le grand saut, pas vrai ? Mais nous sommes la preuve que cette affirmation est un mensonge. Tu peux rester ici. Tout le monde peut le faire.

Mon expression fascinée ne doit pas lui échapper.

– Tu as eu de la chance que je te trouve. Je m'aventure rarement aussi loin, d'ordinaire. La zone dans laquelle nous évoluons n'est pas sécurisée.

– Comment cela ?

– Près du Nihil, où nous vivons, les Élohim ne peuvent rien contre nous. Mais si nous nous éloignons…

Je plisse le front.

– Les Élohim sont donc vos ennemis ?

Il se frotte les mains, tourné vers sa monture.

– Nous sommes l'épine dans leur pied. Nous leur soustrayons autant de nouvelles âmes que possible.

– Pourquoi ?

Je pose trop de questions. Taweel soupire.

– Longue histoire, trop longue pour être évoquée ici. Si tu le désires, je peux te conduire auprès de notre chef et te montrer notre village. Là-bas, je suis sûr que tu obtiendras les réponses que tu cherches.

L'Altar, affalé, a posé son museau entre ses pattes. Ses paupières se ferment.

– Ton village, est-ce loin d'ici ?

– Trois jours de marche. (J'ouvre de grands yeux.) Mais en volant, nous y serons en moins d'une heure.

J'émets un rire nerveux. En *volant* ?

Taweel porte deux doigts à sa bouche. Kyros se redresse et s'approche en chaloupant. Sa queue oscille tel un balancier. Il s'arrête devant nous. Son maître abat une main sur la selle de cuir.

– Alors ?

Je m'ébouriffe les cheveux. La créature m'observe avec intérêt.

– C'est que… Je n'ai jamais…

Taweel tapote l'encolure de sa monture, laquelle s'aplatit au sol, museau frémissant, ailes à demi dépliées.

Il monte en selle et attrape les rênes.

– En route.

10

Taweel me tend la main et me hisse devant lui, bien calé sur la selle. Je serre les doigts sur le rebord, à m'en blanchir les jointures.

– Kyros n'a pas l'habitude d'accueillir deux cavaliers mais il s'en sortira. Si tu as le vertige, regarde devant. Au fait, je ne sais même pas comment tu t'appelles.

– Floryan.

Déjà, l'Altar se redresse et mes entrailles se nouent. Sans autre forme de procès, mon cavalier tire sur les rênes. La bête se cabre et s'élance parmi les éboulis avec un claquement d'ailes. Nous prenons de la vitesse, quittons le sol. L'impression est comparable à celle que l'on éprouve au décollage d'un avion. Je n'ai *jamais* aimé l'avion.

Les bras de Taweel, refermés sur ma taille, font office de garde-fou. Je ne m'en cramponne pas moins.

Des arbres défilent sous nos pieds. Le vent hurle à mes oreilles. Nous sommes à quinze, vingt mètres du sol. Le vertige me tétanise.

– Respire ! me crie Taweel. Tu vas t'y habituer !

Brusquement, l'animal décroche et, battant des ailes avec ardeur, se propulse vers le firmament.

Je garde les yeux ouverts. Jamais je n'ai contemplé pareil spectacle. Au loin, sur l'azur du ciel, des sommets argentés se découpent. Une brume dorée baigne encore leurs contreforts. L'Altar décrit une longue ellipse, et notre ombre passe sur un lac d'un bleu si pur qu'on le jurerait artificiel.

Nous descendons de la montagne, laissant derrière nous les cirques et les forêts. Une rivière se fraie un chemin à travers la prairie. Puis, d'un coup, le plateau disparaît, et une cascade somptueuse se jette dans le vide. Un lac mousseux l'accueille en contrebas. La lumière explose – une myriade de particules multicolores.

Je m'accoutume au vol, aux embardées brutales. De temps à autre, Taweel tire sur les rênes pour faire monter ou descendre son Altar, mais il pourrait les lâcher, tant sa monture semble connaître le chemin. Bientôt, elle trouve son allure de croisière – un vol égal et rectiligne vers la plaine.

– Kyros adore voler, mais il a parfois tendance à oublier qu'il a quelqu'un sur le dos.

Je souris face au vent. Je dois me retourner pour qu'il m'entende.

– Y en a-t-il d'autres, là où nous allons ?

Il hoche la tête.

– Chacun a le sien ! Tu verras !

Je respire par petites goulées. La terreur des premiers instants s'est estompée et, à présent que notre monture en a fini avec ses prouesses, je commence à me sentir plus à l'aise. La griserie du vol me gagne.

Je sens les muscles de l'Altar jouer sous sa peau. Ses ailes battent lentement avec des bruits de soufflets.

Je repense aux paroles de Taweel, ses allusions aux Élohim. Ne pas choisir entre le Nihil et le Royaume, voilà une hypothèse que je n'ai jamais envisagée.

Rester ici pour toujours. Jouir des bienfaits de cette vallée, de cette lumière. Il y a forcément un prix à payer.

Nous avons perdu de l'altitude. Nous rasons les cimes, survolons des prairies.

– Nous ne sommes plus loin ! crie Taweel.

L'horizon s'éclaircit. À notre gauche descend une forêt. Une allée rectiligne la traverse – une œuvre humaine, sans aucun doute.

De l'autre côté s'ouvre une anse rocheuse ceinturée d'une haute clôture en bois. Des tours de guet coiffées de toits en chapeau la ponctuent, et j'aperçois des silhouettes montant la garde.

Une corne de brume signale notre arrivée.

Notre monture répond par un cri aigu, qui ressemble à celui d'un dauphin.

À son côté, un compagnon de vol à peau noire vient d'apparaître. Son cavalier est une femme élancée, ses cheveux roux agités par le vent. Taweel lui adresse un signe, index et majeur tendus. Tout de suite après, son Altar décroche et remonte vers les nuées.

Dans l'une des tours, un homme nous salue tandis que nous passons au-dessus de lui.

Manifestement, les Égarés se sont établis parmi les ruines de ce qui devait être jadis une petite garnison ; la végétation, exubérante, a repris ses droits.

Des colonnes subsistent çà et là, des autels, des jardins à demi clos composant une trame labyrinthique. Au milieu de ces vestiges, enserrant des blocs de pierre de leurs racines, des arbres massifs se dressent, qui abritent des cabanes en bois plus ou moins biscornues. Certains troncs sont cerclés d'escaliers en colimaçon, reliés entre eux par des ponts. Ailleurs pendent des échelles de corde.

Notre Altar, qui a ralenti l'allure, se dirige vers la falaise surplombant le camp. Je remarque des cavernes, des terriers. Des escaliers creusés à même la roche permettent d'y accéder. Allons-nous…

– Baisse la tête, me recommande Taweel.

Je ferme les yeux. Kyros a beau avoir décéléré (le claquement de ses ailes évoquant la voilure d'un navire rentrant au port), je ne vois pas comment nous allons passer.

Une main se pose sur ma nuque, me forçant à me courber. Une secousse violente, un dérapage bref, et nous nous immobilisons.

– Tu peux respirer, lâche Taweel.

Il m'aide à descendre de la selle. Je me frotte les paupières en titubant. Garnie de paille et d'une auge en bois sculpté, notre grotte s'ouvre sur le village. Il y flotte une odeur d'urine et de bête fauve.

Couché sur la paille, l'Altar observe le dehors. Taweel a posé un genou à terre et lui caresse la tête. L'animal le dévisage. L'intelligence brille dans ses yeux.

À mon tour, je m'avance vers le jour.

– Bienvenue à Landerost, murmure Taweel dans mon dos.

11

Taweel s'approche.

– Landerost...

– Hé. Tout va bien ?

Décidément, j'ai du mal à m'habituer. Une partie de moi, je crois, est restée sur Terre. Je suis sur le point de répondre lorsque...

– Bonjour.

La cavalière rousse qui nous a escortés tout à l'heure est apparue au sommet des marches, tenant un seau. Kyros se redresse à son approche. Elle dépose le seau et prend sa gueule entre ses mains.

– Salut, mon tout beau ! Tu es encore allé voyager trop loin ?

Elle se tourne vers nous. Elle doit bien avoir cinquante ans. Un visage ridé par le soleil, de grands yeux verts, une tignasse de sorcière irlandaise. Elle s'incline.

– Je suis Diane. Bienvenue.

J'ignore ce que je suis censé faire. Je m'incline à mon tour, dis mon nom – ma timidité l'amuse.

Elle porte un pantalon de cuir noir, étroit, usé, et une tunique de coton brodé dont elle a retroussé les manches. Ses bottines sont crottées. De son seau, elle tire une carcasse de lapin, qu'elle lance à l'Altar. Celui-ci l'attrape au vol et se détourne aussitôt. Des bruits de mastication et de craquements d'os emplissent le silence.

– Diane est notre dresseuse en chef, m'explique Taweel. Elle n'a pas son pareil avec les Altars. Elle connaît chacun d'eux comme si c'était son propre enfant.

La dresseuse acquiesce.

– D'où nous arrives-tu ?

Elle aussi s'exprime dans cette langue étrange, que je comprends et parle parfaitement. La question, cependant, me déstabilise.

– Elle te demande de quel pays tu viens, précise Taweel. Sur Terre.

– Ah !

Je le lui dis, sans lui raconter ce qui m'est arrivé. Elle se gratte le front.

– Nous n'avions pas encore de Français, si ?

Taweel cligne des yeux.

– Non.

– Où l'as-tu trouvé ?

Ils discutent comme si je n'étais pas là.

– Une heure de vol. Vers l'ouest.

Diane reprend son seau.

– Quand cesseras-tu de prendre de tels risques ?

Taweel ne baisse pas les yeux. Diane pivote vers le jour, comme si la conversation était terminée, puis se tourne vers moi.

– Une nouvelle opportunité t'est offerte. Une existence neuve. Bientôt, tu réaliseras à quel point tu as eu de la chance.

Elle se baisse pour caresser Kyros, qui a déjà terminé son repas et la considère d'un air énamouré. Puis elle sort et redescend, disparaissant de notre vue.

– Diane est spéciale, commente Taweel une fois que l'écho de ses pas s'est éteint. Dure, parfois, douce, souvent.

Son contact avec les Altars est extraordinaire. Elle n'est avec nous que depuis sept ans mais c'est comme si elle les avait toujours connus. Chacun ici finit par trouver sa place. Viens, laissons Kyros se reposer.

Le soleil est déjà roi dans le ciel. Des nuages vont s'effilochant, une chaleur dorée se répand dans la vallée – cela sent les sous-bois, l'herbe d'été.

Quelle heure peut-il être ? Onze heures, midi ? Descendant les marches à la suite de Taweel, je ne peux m'empêcher de sourire.

– Je dois te présenter à notre chef, déclare-t-il, comme le veut la tradition. Essaie de ne pas paraître trop impressionné.

Arrivés au bas de la falaise, nous la longeons, abrités par son ombre.

Je considère les cabanes dans les arbres. Des constructions alambiquées mais solides, apparemment. La plupart sont vides à cette heure. Parfois, un homme, une femme, occupés à quelque tâche d'entretien, apparaissent dans les hauteurs. Taweel adresse des saluts de la main. On lui répond.

Le grondement d'une cascade se rapproche. Mon guide montre le sommet de la falaise. Un torrent se jette, là-haut, droit dans un lac aux eaux sombres.

Nos pas craquent sur un ponton de bois mouillé passant *derrière* la cascade. On devine l'ouverture d'une grotte. Posté non loin, un grand gaillard vêtu de cuir – une sentinelle ? – hoche la tête.

Taweel s'arrête devant l'entrée pour vérifier ma tenue. Une fois encore, crier est nécessaire pour se faire entendre. Je lui indique que ça va ; je suis trempé.

– Il va falloir un certain temps avant que tes yeux s'habituent à l'obscurité.

Ses doigts se referment sur mon poignet. Il m'entraîne. Pas à pas, nous nous engageons dans les ténèbres. Nos pieds foulent un sol sableux, et seul le bruit de nos respirations trouble le silence. Le chemin suit une pente douce. Le silence est revenu.

– Nous ne sommes plus très loin.

Nous avons tourné plusieurs fois et mes yeux commencent tout juste à s'accoutumer à la pénombre ; je suis perdu.

Enfin, une lueur vacillante paraît. Nous nous sommes enfoncés de deux ou trois cents mètres, d'après mes estimations, et un calme surnaturel baigne les lieux.

– Voilà.

Taweel lâche mon poignet.

Nous nous tenons au milieu d'une vaste grotte où dansent des ombres difformes. Une odeur de sable humide, de bois sucré, aussi. Çà et là, des torches grésillent. Tel un volcan miniature, un tumulus creux se dresse.

– Taweel.

La voix est calme. Un corps émerge, torse nu, crâne rasé, le front ceint d'un diadème métallique noir.

L'homme, ruisselant d'un liquide blanchâtre, visqueux, ne porte qu'un pagne. Les muscles de son dos roulent comme des serpents. Mains jointes, en prière, il garde les yeux fermés.

– Télémaque… murmure Taweel.

Un sourire se dessine sur les lèvres de l'homme.

– Tu nous as trouvé un nouveau miraculé.

– Ce matin. Il s'appelle Floryan, et il arrive de France.

Le sourire s'élargit.

– Comment va le monde, Floryan ?

La question me prend de court.

– Je…

– Laisse-moi deviner. Il court à sa perte.

Que répondre ?

– J'ai perdu la vie dans une explosion. Un attentat.

Il hoche la tête, comme s'il avait déjà entendu l'histoire et qu'elle l'ennuyait par avance.

– Montre-moi ta main.

Je consulte Taweel. Il me fait signe d'obtempérer. « Main droite », articulent ses lèvres. Je m'avance, pose un pied sur la base du monticule, tends ma paume. L'homme – Télémaque – la prend et, d'un doigt, suit le contour de la figure que l'Élohim y a laissée.

– Douloureux ?

– Disons irritant. Et j'ai l'impression que les chiffres palpitent.

Il ne répond pas. Ma main retombe.

– Qu'est-ce qui t'a décidé à franchir la montagne, Floryan ? Tu aurais pu rappeler l'Élohim sans attendre.

J'avale ma salive. Cette question, je me suis appliqué à la chasser de mon esprit chaque fois qu'elle se présentait. Existe-t-il un manque en moi ? Quelle intuition m'a poussé à rester ? Sans doute, malgré la promesse de bonheur idéal que m'a laissé entrevoir l'Élohim, ne me sens-je pas encore prêt.

– J'étais curieux, dis-je. Je voulais savoir si j'étais seul.

Télémaque replonge dans son liquide blanc.

– Eh bien, tu vois : tu ne l'es pas. (Seule sa tête émerge.) J'imagine que tu ne prends pas encore pleinement la mesure de ta fortune. Rien de plus normal. (Il marque une pause.) Tu peux rester ici aussi longtemps qu'il te plaira, Floryan. Nous t'accueillons avec joie. Taweel te montrera un endroit où t'installer, puis quelqu'un s'occupera de toi. Va, maintenant. Nous nous reverrons.

Dois-je le remercier ? Taweel m'y encourage.

– Je vous suis… reconnaissant de… de m'accueillir ici, et…

La tête est droite, parfaitement immobile. Télémaque ne répond pas. Il a refermé les yeux.

À reculons, nous nous éclipsons. Nos ombres s'étirent, immenses et tremblantes sur le sol de sable.

Nous tournons le dos à la grotte. Mon guide ne m'attrape pas le poignet cette fois. Il se contente d'ouvrir le chemin, jugeant que je peux me débrouiller seul.

La lumière du jour m'aveugle. À mon côté, Taweel admire le ciel.

– Ça va ?

J'acquiesce.

– J'ai des questions, dis-je. Innombrables.

Nous repassons sous la cascade. Taweel me donne une petite bourrade.

– Tu en apprendras plus chaque jour, crois-moi. (Il sourit, lui aussi.) Rien ne presse.

12

– Je crois que ta maison est prête.

Je brosse mes vêtements avec empressement et saute sur mes pieds.

Taweel ne m'a laissé seul qu'une dizaine de minutes mais c'est comme si une éternité s'était écoulée.

J'ai parfois eu cette sensation, à l'étranger : lorsque l'on se retrouve livré à soi-même dans un pays inconnu et lointain, lorsque les personnes familières disparaissent, il est aisé de se croire abandonné.

– Pas de problème en mon absence ?

– J'ai vu quelqu'un, dis-je.

– Oui ?

– Un Indien, je crois. Il avait un turban.

Taweel enfouit ses mains dans les poches de son pantalon.

– C'est Adil. Nous l'appelons « le Juste ». Et il est bangladais, pas indien. Mais quelle importance, hein ?

Je médite cette remarque.

– Il ne m'a pas parlé. Il s'est contenté de me regarder pendant une bonne minute et puis il est parti. Comme s'il avait compris quelque chose à mon sujet.

Taweel se met en route, m'invitant à le suivre.

– Adil est ainsi. Il jauge les gens.

– Vraiment ?

Nous cheminons à l'ombre, à travers un dédale de vieilles ruines et de bosquets. Nous croisons des arbres, massifs, vénérables – et pas âme qui vive.

Les habitants de Landerost, m'explique mon guide, désertent le village pendant la journée.

– Adil parle très peu, poursuit-il, mais il comprend beaucoup.

– Quand est-il arrivé ici ?

Taweek écarte une liane, comme agacé.

– Toujours cette question du temps, hein. Enfin, si tu tiens à le savoir, c'était en 1998.

Il inspecte les frondaisons, front plissé. Nous passons les ruines d'une maison de pierre ouverte sur le ciel. Des racines ont descellé les dalles, des mauvaises herbes s'insinuent dans les interstices, mais on distingue encore des restes de mosaïque sur un pan de mur. Toujours cette question du temps, oui.

– Et voilà.

Poings sur les hanches, Taweel s'est campé devant un arbre jeune. Je lève les yeux à mon tour. Une échelle de corde nous attend.

– Martjin !

Mon guide a mis ses mains en porte-voix. Un visage apparaît, celui d'un homme entre deux âges, les cheveux au vent.

– Montez !

Taweel m'invite à grimper le premier. Je ne fais pas de manières. Enfant, dans le jardin de mes grands-parents à Meudon, j'avais une cabane dans les arbres. Je garde des souvenirs émus de cette époque.

– Salut.

L'homme qui me tend la main, sur la plate-forme, ne doit pas avoir plus de soixante ans, mais comment être sûr ? Sa tignasse grise emmêlée, son visage couperosé, ses grands yeux bleu délavé évoquent un alcoolique au bout du rouleau. Il sourit, pourtant, comme un type qui serait le seul à comprendre une blague.

Taweel se hisse à ma suite.

– J'ai tout nettoyé, se félicite notre hôte. J'espère que ça te conviendra.

Il s'efface pour nous laisser découvrir. Un divan aux motifs orientaux trône dans le fond de la pièce. Il y a aussi un coffre ouvert, vide, et une petite table en fer forgé. Un tapis décore le sol en bois poncé.

Martjin guette ma réaction en se tordant les mains. Il est vêtu simplement – pantalon de toile et chemise.

– Je pense que ce sera parfait, dis-je.

Rassuré, notre hôte nous précède dans l'escalier en colimaçon qui mène au niveau supérieur. Un hamac y est tendu. Un autre coffre m'attend, vide lui aussi, et une table rudimentaire accompagnée d'un tabouret.

– La chambre de monsieur, annonce Martjin sans malice. Taweel a dû te prévenir, la plupart d'entre nous ne passent guère de temps au village durant la journée.

Il flotte une lueur indéfinissable au fond de son regard. Comme un besoin de consolation.

– Si tu as besoin de quoi que ce soit, reprend-il, eh bien, euh… je suppose que tu sauras te débrouiller sans moi, pas vrai ?

Son rire est un coassement. Ses maigres épaules s'agitent en rythme, puis il passe un doigt sous son nez, et la gaieté qui l'animait s'évanouit d'un coup.

Je lui souris. Je vais vivre avec ces gens, me dis-je, tous ces gens et sans doute pour longtemps.

J'ai tout à apprendre d'eux.

– Très bien, déclare Taweel tandis que Martjin recule maladroitement, nous allons te laisser, Floryan. Demain, ton tuteur viendra te chercher et t'expliquera tout ce que tu as besoin de savoir. D'ici là, tu es libre. Mais je dois te mettre en garde : personne ne viendra te voir aujourd'hui. C'est la coutume. Les nouveaux venus ont besoin de paix, de réflexion. La nuit ne sera pas trop longue, fais-moi confiance.

Il prend congé, poussant Martjin devant lui, et je reste seul dans cette étrange maison.

Dubitatif, j'éprouve les attaches du hamac et me love à l'intérieur. Les trouées de l'arbre découpent des coins de ciel bleu.

Je pourrais passer une année à réfléchir et je ne serais pas plus avancé. Je ferme les yeux. En pensée, je retourne chez moi.

Paris.

Quel jour sommes-nous, là-bas ? Je devrais être en train de préparer le bac.

Brièvement, je souris à cette idée. J'imagine mes amis, rassemblés autour de ma tombe, yeux rougis, bras dessus, bras dessous.

Et puis je vois ma tombe seule, mon nom gravé dans le marbre, ces dates absurdes – et mon sourire s'efface pour laisser place à la nuit.

13

– Toc toc.

Une jeune fille vient d'apparaître sur le seuil. Elle est blonde, cheveux mouillés, emmêlés, elle porte une veste kaki et elle a refermé ses bras sur ses épaules.

Pas très grande. Vingt ans, peut-être ? À peine plus âgée que moi, en tout cas, et de grands yeux noisette pétillants de gaieté.

Je quitte mon hamac et me frotte les joues. Le soleil n'est pas levé encore mais la lumière de l'aube est déjà agréable.

– Je suis Scarlett. Ta tutrice.

Elle s'est inclinée, alors je fais de même. Ma *tutrice* ?

– Je vais être chargée de t'exposer tout ce que tu as besoin de savoir sur Landerost. Et, de façon plus générale, sur l'Intermonde.

Je suis décontenancé.

– Merci, dis-je. Et, euh, désolé.

Elle cligne des yeux plusieurs fois très vite.

– Désolé ?

Mon rire sonne faux.

– Je veux dire, que tu sois obligée de me prendre en charge.

Son expression se radoucit. Elle joint les mains.

– Oh, non, non, tu n'y es pas ! C'est *moi* qui ai demandé à m'occuper de toi. N'importe qui est autorisé à se porter volontaire ici et, quand nous avons parlé de toi, hier, à la veillée, je me suis dit que le moment était venu d'essayer. J'ai l'honneur de t'annoncer que tu es mon premier novice.

– Cool.

Le mot m'a échappé. Il la fait rire. Elle se dirige vers l'escalier.

– La nuit n'a pas été trop longue ?

Les marches craquent.

– Je crois que j'ai dormi. C'est bizarre, je ne pensais pas...

À l'étage inférieur, elle se retourne.

– Ça arrive souvent, au début. En théorie, personne ici n'a physiologiquement besoin de dormir. Mais il peut arriver que ça nous fasse du bien. L'esprit humain n'est pas conçu pour rester perpétuellement en veille.

Elle avise le divan, se laisse tomber dessus, tapote la place à son côté. J'hésite.

– Tu as peur ?

Elle arrange ses cheveux d'un geste énergique et passe un doigt sur ses paupières. J'aime sa façon de prendre soin d'elle sans en avoir l'air.

– Ici, nous nous efforçons d'aller droit au but et de dire les choses comme nous les pensons au moment où nous les pensons.

Est-ce un message ? Je fais celui qui comprend.

Elle détaille la pièce.

– J'espère que tu te plais, ici. Toutes les maisons se ressemblent. Plus elles sont simples, mieux cela vaut ; elles sont nos sanctuaires, nos refuges. En temps normal, personne ne doit monter chez quelqu'un sans prévenir. Si tu ne réponds pas, ça signifie que tu veux rester seul. Ce matin était l'exception.

Elle se lève, émet un claquement de langue.

– Prêt pour une promenade ? À pied, précise-t-elle,

notant ma grimace. Les Altars, le vol, nous verrons ça plus tard.

– D'accord.

Elle descend par l'échelle de corde. Je la rejoins.

– Ces vieilles pierres, explique-t-elle, désignant les fondations de la maison voisine, sont les vestiges d'une cité antérieure.

– Longtemps avant ?

– C'est une histoire compliquée. Gardons-la pour plus tard, elle aussi.

Nous longeons la palissade. Faite de rondins grossiers, elle semble robuste, capable de résister à de grands chocs. Scarlett montre une tour de guet.

– Fut un temps où toutes ces précautions avaient leur raison d'être.

– Ce n'est plus le cas ?

– Moins.

Deux battants massifs marquent l'entrée. Ils sont ouverts en grand. L'idée d'un village fortifié me paraît incongrue, dans la mesure où les gens, apparemment, se déplacent beaucoup à dos d'Altar. Mais peut-être Landerost a-t-elle eu affaire à d'autres menaces par le passé ?

Dans la tour, un grand homme sec coiffé d'un chapeau à large bord porte un index à son front. Une allée rectiligne s'offre à nous, traversant la forêt. J'ai vu tout ça en arrivant par les airs.

Nos pieds foulent une terre grise semée d'herbes folles. Les branches des arbres forment une voûte au-dessus de nos têtes. Plus loin, elles se retirent.

– La voie royale, déclare Scarlett. La piste où nos Altars prennent leur élan lorsqu'ils s'envolent vers le Nihil.

Au bout de l'allée, une trouée de lumière. Scarlett, qui marche à mon côté, me tend la main.

– Tout va bien, novice ?

Ses doigts se referment sur les miens et, l'espace d'un instant, je songe à Patience. Que penserait-elle, en me voyant ainsi ? Que fait-elle en ce moment, seule dans sa chambre ? Je l'imagine, un album photo ouvert sur les genoux…

– Floryan ?

D'une pression, Scarlett met fin à ma rêverie. Le sourire que je lui concède est peu convaincant, mais elle s'en satisfait.

Cette jeune fille ne me veut que du bien, me dis-je. Le fait de me prendre la main n'est rien d'autre qu'une marque d'amitié. Et quand bien même. Pourquoi suis-je obligé de tout compliquer ?

Et pourquoi es-tu obligé de te mentir à toi-même ?

Je secoue la tête. Nous avançons sous le couvert des frondaisons et nos pas craquent sur la terre sableuse.

Des taches de lumière dansent devant nos yeux.

– Comment es-tu mort ?

14

« Comment es-tu mort ? » Scarlett m'entraîne plus vite, comme pour m'encourager. Je m'apprête à répondre lorsqu'elle cesse de marcher.

– C'était un piège, dit-elle. Ce secret-là ne doit se révéler qu'au moment propice. Lorsque tu penses que ce moment est venu, lorsque tu penses qu'une personne mérite ta confiance, alors tu peux t'ouvrir à elle. Un jour, tu t'apercevras que tu l'as dit à tout le monde.

Je me mords la lèvre. Télémaque sait déjà. Taweel.

– Ce n'est pas un secret.

– Si tu racontes avec ton cœur ? Si, c'en est un. C'est là d'où tu viens. C'est ce qui te définit. Chaque fois que tu racontes cette histoire à quelqu'un, tu tranches l'un des liens qui te rattachent à la Terre, à ton passé. Crois-moi, ce n'est pas une décision à prendre à la légère.

Elle se détourne.

– Je suis morte le 21 décembre 1988, assène-t-elle. Dans un Boeing 747 qui devait nous conduire à New York, ma mère et moi.

Elle a lâché ma main. Scrutant le ciel comme si elle cherchait un signe.

– Il faisait nuit et nous passions au-dessus de l'Écosse. Nous avions décollé une demi-heure plus tôt, on allait nous servir un apéritif. Ma mère avait déjà fait son choix. « Champagne ! J'ai bien le droit, non ? » Ce sont les derniers mots que je lui ai entendu prononcer. Elle et mon père venaient de divorcer, c'était une mauvaise période pour nous. « Champagne », oui. Juste après ça, il y a eu un grand « boum », et l'enfer s'est déchaîné.

– Hé. Tu n'es pas censée…

Elle pivote, des larmes dans les yeux.

– Mais moi, je veux couper les liens, tu comprends ? Je n'en ai pas coupé assez encore et tant que je n'aurai pas…

Elle renifle, et je suis près d'elle, et je sens son parfum – une odeur de peau chaude, vanillée.

– Je pensais que, quand une bombe explosait dans un avion, les gens mouraient tout de suite. Faux. La bombe n'a creusé qu'un trou minuscule dans le fuselage. Des morceaux de l'avion ont commencé à se détacher. J'ai vu le ciel à travers la carlingue, Floryan ! Comme si l'avion avait été un jouet laissé entre les mains d'un enfant. Il se désagrégeait, partie par partie. Des gens étaient emportés, aspirés par le souffle. Mais pas nous. Pas nous.

Du bout de sa bottine, elle taquine une motte de terre.

– J'étais encore consciente quand nous nous sommes écrasés. Ma mère, non. Ma mère avait perdu connaissance. D'autres passagers gisaient dans la travée, les poumons explosés, ou assommés par des bagages. J'aurais peut-être eu cette, disons, chance si je n'avais pas gardé ma ceinture attachée. (Son rire s'enraye.) La vérité, c'est que j'ai toujours eu peur en avion, toujours été morte de trouille. Tu ne peux pas imaginer ce que j'ai éprouvé pendant ces deux minutes. Personne ne peut…

Elle reprend ma main dans la sienne et la pose sur sa joue. Ses larmes coulent entre mes doigts.

Elle me repousse.

– Je suis une idiote. Tu viens d'arriver, et je t'impose tout ça. Télémaque m'a dit que toi aussi, tu… Je ne voudrais pas que tu penses que je t'ai choisi parce que…

– Ça va.

Elle s'est assise au bord du chemin, genoux remontés contre la poitrine. Son regard est comme hanté.

– Tu dois penser que je suis folle.

– C'est important ?

Elle sourit entre ses larmes.

– Je suis ta tutrice. Je suis supposée t'apprendre des choses, pas pleurnicher comme une jeune arrivante. Merde. Ça fait plus de vingt ans que je suis là, vingt ans, tu te rends compte ? Je devrais avoir tourné cette page.

Je me balance, mains glissées dans les poches arrière de mon pantalon.

– Tu l'as tournée, cette page. C'est juste un souvenir.

Pendant un moment, rêveuse, elle me dévisage. Impossible de savoir à quoi elle pense. Pour finir, elle se relève.

– Fin de notre séquence nostalgie. Ça ne se reproduira plus, promis, juré. On continue la promenade ?

Elle me tend la main. Je la saisis, et nous repartons. Des particules de poussière dansent dans un rayon de soleil.

Plus tard, je me souviendrai de cette scène. Je la verrai pour ce qu'elle est : une comédie, une mise en scène. Mais pour l'instant – et comment pourrait-il en être autrement ? – je suis dupe. Tremblant et conquis.

– Alors, me demande Scarlett, comment es-tu arrivé jusqu'ici ? Qu'est-ce qui t'est passé par la tête pour que tu te décides à gravir la montagne ?

J'ai un geste évasif.

– Je ne voulais pas revoir l'Élohim, pas tout de suite.

Dans ma tête, les choses étaient claires. Mais je me disais : « Tu as le temps. »

– Tu as le temps, répète ma tutrice. Et les Élohim ne sont pas ce qu'ils semblent. (Elle me laisse digérer l'affirmation avant de poursuivre.) Ils savent que les arrivants sont perdus, privés de repères. Ils jouent sur leur confusion. (Elle me jette un regard en coin.) As-tu une question à me poser ?

– J'en ai mille.

– Alors lance-toi.

La trouée, au bout du chemin, se rapproche.

– Comment se fait-il que nous soyons aussi peu à trouver le chemin de Landerost ? Je veux dire, des dizaines de milliers de gens meurent chaque jour et, même en admettant que certains optent pour le Royaume, nous sommes étonnamment peu nombreux… Y a-t-il d'autres lieux pareils à celui-ci ?

Scarlett secoue la tête.

– Je ne dis pas que c'est impossible. Mais il serait surprenant que leurs habitants ne soient jamais entrés en contact avec nous, non ? À moins qu'ils mènent une vie totalement différente de la nôtre. Quoi qu'il en soit, et pour répondre à ta première question, tous les gens qui meurent n'arrivent pas dans l'Intermonde, loin s'en faut.

Je hausse un sourcil. Elle poursuit :

– Je suis morte brutalement. Tous ceux qui vivent ici sont décédés de la même façon – attentat, cataclysme, catastrophe naturelle. Voilà ce qu'ils ont en commun : de la peur, de la violence, pas le temps de comprendre ce qui se passe. Tu sais ce qu'on dit sur les fantômes, les esprits des morts qui n'ont pas trouvé la paix ? Eh bien, voilà peut-être pourquoi nous sommes ici.

Elle ralentit. Elle parle fort, avec des mimiques espiègles.

– D'après les estimations de Télémaque, seule une personne sur cinquante millions arrive dans l'Intermonde après sa mort. Et une sur cent, parmi elles, franchit l'obstacle de la montagne pour nous rejoindre.

– Une sur cinquante millions, répété-je, incrédule. Où iraient toutes les autres ?

Ma tutrice marche en balançant le bras bien fort, comme si nous étions sur le chemin de l'école ; je suis le mouvement. Je la sens joyeuse.

– Nulle part. Elles meurent et leur esprit disparaît, point. Si tu es croyant, tu peux toujours espérer qu'il rejoigne une sorte de Grand Tout, et que ce Grand Tout s'appelle Dieu. Si tu ne l'es pas, tu te dis simplement que leur âme, à l'instar des particules qui composaient leur corps, se dissout et qu'il n'en reste rien.

Je la fixe avec le plus grand sérieux.

– En somme, nous avons eu une chance incroyable.

– Conclusion logique, en effet. (Elle sonde les sous-bois, comme si elle s'apprêtait à changer de sujet.) Mais seul l'avenir nous le certifiera.

L'issue lumineuse est là. Les parfums d'humus, cette chaleur bienfaisante, le bruit de nos pas sur la terre, tout est réel, mais je ne peux m'empêcher de me répéter que quelque chose s'est achevé.

– Quoi qu'il en soit, reprend Scarlett, je suis heureuse que tu nous aies rejoints. L'âge n'a plus beaucoup de signification de ce côté de la vie mais, tout de même, la plupart des gens ici sont morts plus vieux que moi, et je n'ai pas tant d'amis que tu pourrais le croire.

Elle porte ma main à ses lèvres, y dépose un baiser. Je la dévisage.

– Je suis sûre que nous allons merveilleusement nous entendre, ajoute-t-elle sans même me regarder.

Bientôt, nous sortons des sous-bois. Un bain de lumière vive.

Je cligne des yeux. Ce n'est ni la première ni la dernière fois que je me sens ébloui.

Nous débouchons sur un promontoire. Au-dessous de nous, une falaise tombe à pic. Un plateau immense s'étend à ses pieds. Plus loin – la distance est difficile à évaluer – s'ouvre le Nihil.

Scarlett se laisse choir. Je m'assois à mon tour.

– Pourquoi…

Elle se tourne vers moi, amusée.

– Il va y avoir beaucoup de « pourquoi » au cours des jours à venir.

Je ne peux qu'approuver.

– Pourquoi les nouveaux venus, ceux qui arrivent dans la plaine et rencontrent l'Élohim… Pourquoi sont-ils si prompts à choisir le Royaume ?

Elle pose son menton sur ses genoux.

– Essaie de te rappeler quelles ont été tes premières pensées quand tu t'es réveillé après que l'Élohim a posé la main sur ton front. « C'est ce que je veux » : voilà ce que tu t'es dit, non ? Tu avais l'impression que ta mort était une injustice. Nous avons tous pensé cela. Et puis, peu à peu, tu t'es mis à voir les choses *différemment*. Tu as regardé le monde, ce monde, et tu as compris qu'une seconde chance t'était offerte. L'existence que tu as menée sur Terre ne s'est pas achevée comme elle aurait dû. Tout porte à croire que ton travail de vivant n'est pas terminé. C'est comme si une mission t'avait été assignée et que tu ne savais pas encore ce que c'était.

Je me relève.

De grands oiseaux blancs tournoient au loin.

– Ici, soupire Scarlett, tu n'as rien à attendre. Tu peux partir, nous n'avons jamais retenu personne, ou tu peux rester. Si c'est la décision que tu prends, alors fais-le-nous savoir, et tu deviendras naturellement l'un des nôtres.

– Naturellement ?

– Tu seras initié, reprend Scarlett, ses longs cheveux blonds dérangés par le vent.

15

« Le temps n'existe plus. » C'est ce que m'a dit Scarlett, et je sais que c'est vrai et faux à la fois.

Nous restons dehors jusqu'au soir, ce jour-là, parcourant le rebord de la falaise, puis allongés dans l'herbe, côte à côte, à regarder le soleil se coucher.

J'ai le sentiment de la connaître depuis des années. Ses joies d'enfant. Son calme, sa presque indifférence. Tout est si naturel, oui.

Elle embrasse mes mains, mes joues, elle passe ses doigts dans mes cheveux, elle pose sa tête sur mon épaule. Chaque fois, mon cœur s'emballe. Mon cœur veut tellement s'emballer.

La nuit est tombée depuis une heure quand nous rentrons à Landerost. Avec lenteur, en grinçant, les portes de la palissade se referment derrière nous.

Autour des ruines, dans les arbres, au bord des sentiers, des flambeaux crépitent, peuplant la nuit d'ombrages.

Nous avons pris le chemin de mon arbre lorsqu'une silhouette venue de l'obscurité nous barre la route.

– Starck ! s'écrie Scarlett.

L'homme, cheveux en brosse, la quarantaine, tient une machette. Il porte un pantalon de treillis et un tee-shirt blanc qui moule parfaitement son torse.

– Salut, beauté. Ton nouvel ami ?

Il me désigne de son outil. Son regard bleu profond fouille mon âme ; je me sens petit, vulnérable.

– Floryan, je te présente Starck. Starck, voici Floryan. Je suis sa tutrice.

L'homme sourit, me broie la main. Puis il s'approche de Scarlett et lui embrasse le front, paupières closes.

– Ainsi, déclare-t-il en reculant d'un pas pour mieux m'examiner, Télémaque a accepté ta requête. Je n'y suis pas étranger, tu sais ? Floryan, je suis enchanté. Je suis certain que Scarlett saura bien s'occuper de toi.

Le sourire qu'ils échangent peut être interprété de mille façons différentes mais je suis incapable d'en choisir une. Scarlett indique la machette.

– Tu es en chasse ?

Starck baisse les yeux sur son outil.

– Oh, ça ? Juste quelques travaux de débroussaillage autour des remparts. (Il se tourne vers moi.) Te verrons-nous à la veillée ?

Je lis de l'intérêt dans ses yeux, ainsi que, peut-être, de la méfiance. Déconcerté, je cherche le regard de Scarlett.

– Nous n'avons pas encore parlé de ça, dit-elle. Nous avons le temps.

– Tout le temps du monde, confirme Starck, qui persiste à sourire. À bientôt donc.

Il nous adresse un salut militaire et tourne les talons.

– Le lieutenant attitré de Télémaque, dit Scarlett. Mieux vaut être dans ses petits papiers.

– C'est ton cas ?

Elle émet un rire léger, secoue ses cheveux.

– La question, c'est jusqu'à quel point il est bon d'être ami avec quelqu'un.

Je fais mine d'approuver. Attend-elle que je lui pose une question ?

Nous arrivons au bas de mon arbre.

– Chaque soir, déclare-t-elle, nous organisons une veillée. Nous échangeons des anecdotes, nous parlons de ce que nous avons découvert. Mais j'ai peur que cela soit barbant pour toi. Tu dois en avoir assez.

– Non, je…

Elle pose un doigt sur ma bouche.

– De toute façon, tu aurais du mal à participer. Nos histoires sont un peu… particulières.

Je la dévisage, interloqué.

– Comment cela ?

– Moi, par exemple, je n'aurai pas grand-chose à partager avec les autres aujourd'hui. Parce que tout ce que j'ai fait, c'est être avec toi.

Je reste coi.

– Je t'expliquerai plus tard. Ne le prends pas mal, mais on m'a recommandé de te ménager. Nous avons bien discuté, non ? (Elle rit, et je ne comprends pas pourquoi. Telle une mère encourageant son enfant, elle me tend de nouveau la main.) Allez, viens. Marchons, et nous verrons ce qui se passera.

Soudain, je me sens épuisé. Elle a raison : l'avalanche de révélations qui s'est abattue sur moi me donne le tournis. Mais je suis si excité !

Sous le ciel empli d'étoiles, comme un frère et une sœur, nous déambulons.

Je rencontre deux nouveaux habitants ce soir-là.

Heng est le premier. Un Asiatique à la peau ridée, coiffé d'un chapeau de paysan, assis en tailleur au pied d'un tronc annelé.

Il ne se lève pas à notre approche. Mais me salue, deux doigts serrés. L'une de ses jambes est en bois.

– Heng peut avoir l'air idiot, commente Scarlett tandis que nous nous éloignons. Mais il ne l'est pas, pas du tout. Il aime juste rester à l'écart.

La jambe de bois me rappelle les questions idiotes du catéchisme : « Et si je perds un bras, est-ce que je le retrouverai au paradis ? »

– Nous arrivons dans l'Intermonde, me confie Scarlett comme si elle avait deviné ce qui me préoccupe, dans l'état où nous étions au moment de notre mort. Nos douleurs ont disparu mais nos infirmités demeurent dès lors qu'elles nous constituent. Apparemment, Heng tenait à sa jambe de bois.

– De quel pays est-il originaire ? Chine ?

– Oui.

Le reste, semble dire son silence, tu le lui demanderas toi-même.

La deuxième habitante s'appelle Ingrid. D'une branche, elle saute à terre derrière nous, et nous sursautons.

La trentaine, des cheveux noirs comme du charbon, une allure de mannequin. « Colombienne », m'apprendra Scarlett quand nous l'aurons quittée.

Mon instinct me souffle qu'elle et ma tutrice ne sont pas dans les meilleurs termes, car elle s'adresse à moi sans jamais la regarder. D'où est-ce que je viens, comment suis-je arrivé ici, est-ce que le village me plaît ? Soumis au feu roulant de ses questions, j'essaie de détacher mes yeux de sa poitrine, qu'un tee-shirt trop étroit comprime. *Bon sang*, pesté-je en moi-même, *quel adolescent attardé !*

– Et toi, demande-t-elle à Scarlett en se tournant vers elle, comment te sens-tu ?

Ma tutrice se pince la lèvre inférieure, gênée.

– Il faudrait que nous parlions.

Ingrid fait la moue.

– Oui ?

– Seule à seule, précise Scarlett.

D'un geste embarrassé, j'indique que je peux les laisser. Ingrid me retient par le bras.

– Certainement pas. Je ne discuterai pas ce soir, ni avant longtemps. C'est l'avantage d'être ici, ajoute-t-elle avec un sourire que je devine ironique : rien ne presse.

– Alors à plus tard, lâche Scarlett dans un murmure.

Ingrid s'incline, main sur le cœur – chacun a sa façon de saluer, ici, une résurgence du monde ancien –, et se fond dans la pénombre.

Ma tutrice a fermé les yeux. Je me racle la gorge.

– Une ennemie ?

Elle rouvre les paupières.

– Ingrid et Jovan sont arrivés bien avant moi. À ma connaissance, il s'agit d'un cas unique : mari et femme, morts ensemble, arrivés ensemble. Ils étaient plus amoureux que jamais, bien sûr, et...

– Je vois.

Elle me fusille du regard.

– Tu ne vois rien du tout. Qu'est-ce que tu t'imagines ?

Je montre mes paumes vides.

– Rien ! Je pensais juste...

Un vent frais agite l'obscurité. Les flambeaux qui pendent aux branches sont des cocons sur le point d'éclore. Scarlett repart vers les lumières de la veillée.

– À demain. Je viendrai te chercher à l'aube.

16

Le lendemain matin, c'est comme si rien ne s'était passé. Une aube fragile, pommelée de rose, gagne doucement le ciel et Scarlett m'attend, assise au pied de mon arbre. Je me suis peu reposé, cette nuit. Trop de questions, de scènes rejouées.

– On dirait que tu viens de prendre un bain, dis-je.

– C'est le cas.

Scarlett sautille, me tire par la main. Si joyeuse. Si vivante. Des gouttes de rosée perlent sur les énormes feuilles vertes. Elle les fait choir d'une pichenette.

Je la suis, éberlué. Elle siffle.

– Ulric ?

Au sommet de la tour, un homme aux longs cheveux blonds attachés en queue-de-cheval hoche la tête, puis s'éclipse pour actionner le dispositif d'ouverture des portes.

– Ce n'était pas lui hier, remarqué-je.

– Non. Nous prenons des tours de garde.

Après quelques pas, je m'aperçois que mes lacets sont dénoués. Je m'accroupis pour m'en occuper. Mes chaussures sont toutes crottées.

– Pour ce qui est des vêtements…

Elle tapote sa veste kaki – la même que celle qu'elle portait hier.

– Tu auras remarqué, je présume, que nous ne transpirons pas et que nous n'émettons pas de déjections. Tout ce qui peut nous salir, c'est le monde extérieur. Ces habits, nous les confectionnons la plupart du temps nous-mêmes. Certains d'entre nous cousent, tricotent, rapiècent. Je t'emmènerai au magasin demain, et tu choisiras ce que tu veux. Mais tu peux aussi, eh bien, te débrouiller par toi-même.

Je hausse les sourcils.

– Comment ?

Elle se frappe le front du plat de la main.

– Ah, j'explique tout à l'envers ! Je commence à me dire que j'aurais dû laisser ma place à quelqu'un de plus expérimenté. De plus…

Je ris sans me forcer.

– Qu'est-ce que tu racontes ?

Elle hausse les épaules.

– Oublie. Viens. J'ai une amie à te présenter.

Nous arpentons la grande allée. Une brise fraîche caresse nos visages. Au bout d'une centaine de mètres, Scarlett fait halte.

– Ferme les yeux. Et pas de triche, s'il te plaît.

J'obtempère.

– Laisse-toi guider.

Elle glisse ses doigts dans les miens. Ai-je le choix ? Elle m'entraîne, et je la sens jubiler. Nous bifurquons. Des ronces s'agrippent à mon pantalon. Nous devons avoir emprunté l'un de ces petits chemins de traverse que j'ai remarqués hier.

– Tu peux ouvrir les yeux.

Je recule, et mon cœur manque un battement.

Ils sont deux : deux Altars de bonne taille, l'un à la peau blanche, l'autre d'une teinte plus grise, attachés à un arbre. Le premier – le blanc – s'est redressé. L'autre, couché à terre, m'observe avec attention. Ils nous attendaient.

Scarlett les délivre l'un après l'autre sans me quitter des yeux. Elle guette ma réaction.

L'Altar gris s'ébroue. Elle le caresse, murmure à son oreille, tandis que le blanc attend sagement. Patientant près de l'arbre, l'air triste. Enfin, comme s'ils avaient répété la scène, Scarlett se tourne vers lui.

– C'est une femelle. Comment vas-tu l'appeler ?

Alors, je comprends, et ma vue se brouille, et une vague de joie enfantine me submerge. Quelle splendeur !

Je fais un pas vers lui – vers *elle.*

– Tu n'es pas en train de te moquer de moi ?

Scarlett me pousse vers l'animal et, de sa bottine, tire un poignard ciselé.

– Fais-lui mal, juste une fois. Ainsi, elle saura qui tu es. Regarde-la dans les yeux, trace une entaille – ici, par exemple (elle désigne son flanc, juste sous la jointure de l'aile) –, et explique-lui que c'est la dernière fois que tu la fais souffrir.

Je me gratte le menton.

– Comment…

– Pense-le très fort. Elle t'entendra, ne t'inquiète pas. Et elle comprendra. Nous lui avons déjà parlé de toi.

Je considère le poignard dans ma main.

– Jamais je ne pourrai.

– Il le faut, Floryan. C'est important.

Genou à terre, je glisse une main sur le poitrail de l'animal, qui me regarde faire avec curiosité. Dents serrées, j'approche la lame, pose la pointe contre la peau, et appuie d'un coup.

– Pardon…

L'Altar tressaille, pousse un faible cri. Ses ailes, involontairement, se sont déployées. Elles se remettent bien vite en place.

Je me relève, honteux. L'animal me regarde dans le blanc

des yeux. Ce que j'y lis me stupéfie. Elle sait ce que j'éprouve, elle sait ce que je ressens.

– Et voilà, souffle Scarlett dans mon dos. Adopté ! Bien sûr, ce n'est que la première étape. Il faut que tu lui trouves un nom.

– Un nom ?

– Ensuite, tu seras à elle et elle sera à toi.

Encore hésitant, je pose une main sur le crâne de l'animal. Ravi, celui-ci ferme les yeux. Les Altars, me confiera Scarlett plus tard, sont des créatures à nulle autre pareilles. Patients, attentifs, ils accordent toute leur confiance à leur maître et, une fois le pacte scellé, s'en remettent entièrement à lui. En définitive, déclare-t-elle, ils ressemblent à de gros chiens. À ceci près que les chiens ne volent pas.

17

« Tha-le-ane. »

De la douceur, du mystère, trois syllabes un peu grecques : je les souffle à l'oreille de la bête et elle se redresse avec entrain, sa queue battant la poussière.

– Ces animaux sont si pacifiques.

Scarlett croise les bras.

– Ne t'y trompe pas. Ils peuvent se montrer féroces lorsqu'il s'agit de combattre.

– Combattre ?

Elle s'avance vers sa monture, lui ouvre la gueule à deux mains.

– Tu vois ces crocs ? Plus tranchants que des rasoirs. Et je ne te parle pas des griffes. Je dis « combattre », parce que notre sécurité n'est pas assurée partout. (Elle note ma grimace, sourit.) Ne bouge pas.

Me laissant seul avec les Altars, elle s'enfonce dans les sous-bois. Thaleane m'observe. L'autre animal fouille dans les fourrés à coups de museau.

Scarlett réapparaît, portant deux selles empilées l'une sur l'autre, et deux mors. Elle les lâche sur l'herbe.

– Qu'est-ce que ça veut dire, « sécurité pas assurée » ?

– D'abord, tu dois apprendre à voler. Tu dois voler sans y penser. Il sera bien temps ensuite pour les autres dangers.

Sa monture s'est recouchée. Scarlett saisit son museau une fois encore, la regarde dans les yeux.

– Aujourd'hui, Urian, nous serons deux sur ton dos, d'accord ?

L'animal se redresse.

– Il comprend ce que tu dis ?

Scarlett se relève.

– Il comprend aussi ce que je ne lui dis pas. Nous avons tous notre façon de communiquer avec notre monture. Tu trouveras la tienne.

Elle me fait signe d'approcher, puis prend la selle d'Urian et la pose sur son dos.

– Observe.

Ses doigts virevoltent entre attaches et lanières. Cela n'a pas l'air plus compliqué que de préparer un cheval.

L'opération terminée, Scarlett désigne l'autre selle.

– À toi de jouer !

Je me plante devant Thaleane. Je passe une main sur son encolure, ce qui a pour effet de lui faire fermer les yeux, et j'installe la selle sur son dos. Scarlett est là, me prodiguant des conseils chaque fois que nécessaire. En quelques minutes, et malgré mes hésitations, le laçage est terminé et le mors est en place. Thaleane s'est laissé faire avec une docilité déconcertante. Scarlett lève un pouce.

– Fantastique. Passons aux choses sérieuses.

Elle saisit la corde d'Urian et le tire en avant, vers la grande allée. Je reste immobile ; elle se retourne.

– Alors ?

Je prends la corde de Thaleane. L'animal se laisse entraîner sans rechigner. Nous rejoignons ma tutrice.

Elle et sa monture se font des confidences.

– Rassure-toi, me glisse Scarlett en tirant sur les attaches de la selle pour en éprouver la solidité, je ne vais pas te demander de voler aujourd'hui. Pour ton premier essai, tu vas montrer derrière moi. Thaleane nous suivra.

– Elle...

– Elle ne t'en voudra pas.

Urian s'est aplati, attendant notre bon vouloir. Ma tutrice empoigne le devant de la selle et, d'un bond, se hisse.

– Tu viens ?

Dès que je suis installé, Urian se redresse. Scarlett me passe les rênes.

– Nous allons voir comment tu te débrouilles. En principe, tu le sais, les Altars sont capables de voler seuls. Ils deviennent ce que nous attendons d'eux. Tout ce que tu dois faire, c'est donner l'impulsion de départ. Ensuite, il s'agira d'imprimer des directions. Pour monter, tu te penches en arrière.

– Et pour descendre, complété-je, en avant. En théorie, c'est toujours simple mais je ne crois pas que...

Scarlett tapote le flanc de sa monture, qui commence à courir.

– Tiens bien les rênes, crie-t-elle, et, quand je te le dirai, tire fort dessus.

Les pattes d'Urian martèlent la piste de plus en plus vite et ses ailes se déplient. Thaleane nous suit.

Pas question de se défiler cette fois, pas question de fermer les yeux. Je ne risque rien, si on y réfléchit. Je suis déjà mort.

– Maintenant !

D'un coup, je tire les rênes. Les ailes se déploient dans un claquement, et nous quittons le sol à l'endroit même où la forêt s'arrête.

Très vite, nous passons la falaise et laissons le plateau derrière nous. Sous nos pieds, cent mètres de vide. Rien ne pourrait me faire desserrer les poings. Plaqué contre le dos de Scarlett, j'ai cessé de respirer.

Elle tourne la tête.

– Détends-toi. Plus tu es crispé, plus tu as peur, et plus tu as peur, plus tu risques la chute.

Ne pas regarder en bas. Garder les yeux ouverts. Scarlett continue de crier :

– Bientôt, tu ne feras plus qu'un avec ta monture. Tout te paraîtra plus facile, crois-moi !

Je la crois. Je la crois mais, pour l'heure, je suis incapable de faire ce qu'elle demande. Respirer. Respirer à pleins poumons. Me dire que tout va bien. C'est ça, mon garçon. Un muscle après l'autre.

– Voilà qui est mieux ! crie Scarlett.

Peu à peu, et à ma propre surprise, je commence à prendre confiance. Et puis Thaleane est là. Elle vole à nos côtés, altière, passe au-dessus de nous, vire de bord, tourne sa tête vers moi comme pour m'encourager elle aussi.

Combien de temps volons-nous ainsi ? Plus tard, Scarlett m'affirmera que nous sommes restés plus d'une heure dans les airs. En ce qui me concerne, c'est comme si nous venions à peine de décoller.

Je gagne en assurance. Le vol est stable, remarquablement. Urian pallie mes insuffisances, comprend mes intentions, les anticipe.

La plaine qui entoure le Nihil est de plus en plus aride. Elle se transforme en un désert de roches tacheté de broussailles. Le gouffre lui-même est encore loin.

Ici et là, des grands poteaux se dressent, ornés de fanions qui claquent au vent. J'interroge Scarlett.

– Ce sont des actions de grâces, crie-t-elle.

Inutile de secouer la tête, elle ne peut pas me voir. Je me penche vers son oreille.

– Des quoi ?

– Des remerciements !

– Remerciements pour quoi ?

Elle pointe un doigt vers le Nihil.

– Attends d'être allé faire un tour là-bas et tu comprendras !

– Qu'attendons-nous ?

– J'ai autre chose à te montrer avant.

Nous hurlons contre le vent. C'est drôle, et assez épuisant aussi.

– Par ici.

Elle désigne le versant gauche, celui de la falaise. Plus loin commence la montagne. Je tire sur les rênes, penché. Urian trace une ellipse et met le cap sur le plateau où, entre des zones de forêt sombre, s'étendent des prairies offertes à la brise.

Longtemps, nous survolons la plaine, Scarlett presque couchée, moi dirigeant l'animal au jugé. Droit devant, des canyons se dessinent : le Daedelium, m'explique Scarlett. Elle reprend les rênes. Nous faisons demi-tour.

– Je vais te montrer comment on atterrit.

Je m'accroche à elle. Elle porte le poids de son corps en avant. Sous nos pieds, une tranchée sinue à travers la prairie telle une cicatrice.

Je jette un œil par-dessus mon épaule. Thaleane nous suit toujours. Elle aussi bat des ailes plus lentement – elle plane presque.

Urian se redresse, tel un avion sur le point de se poser, et je dois refermer les bras sur Scarlett pour ne pas basculer en arrière. Les ailes claquent dans l'air tiède, les pattes accrochent le sol, dérapent, et nous nous stabilisons enfin.

Je reprends mon souffle. Scarlett a déjà sauté à terre et flatte le museau de Thaleane qui s'est posée tout près.

Je descends à mon tour. Mes avant-bras sont engourdis, la tête me tourne mais je n'échangerais ma place pour rien au monde. Ma tutrice m'attend, une moue interrogative aux lèvres.

– Tes impressions ?

Je lève mes paumes au ciel.

– Incroyable, dis-je. Plus de vertige.

Thaleane a l'air satisfaite de moi. Je m'approche, caresse son museau. Scarlett se frotte les mains.

– Les sensations que tu éprouves sont des réminiscences de peurs ancestrales. C'est ton ancien moi qui les crée. D'ici quelques jours, elles auront complètement disparu et voler deviendra pour toi aussi simple que marcher.

Je hoche la tête. Les herbes hautes ondulant dans le vent me rappellent la prairie où je me suis réveillé, en plus jaunies, en plus coupantes. Scarlett les fend, m'invitant à la suivre. Elle s'arrête devant la tranchée : un trou profond – trois mètres au moins –, qui se poursuit dans les deux directions.

– Tu as certainement vu cette frontière quand tu es arrivé. Elle encercle toute la partie inférieure du Nihil. C'est une limite de sécurité. À moins que tu aies une excellente raison pour cela – comme Taweel quand il est venu te chercher –, je te recommande de ne jamais la franchir.

Je m'apprête à répondre. Scarlett ne m'en laisse pas le temps :

– Au-delà, tu deviens vulnérable. La protection offerte par le Nihil cesse plus ou moins d'opérer, et les Élohim ou leurs agents peuvent te pourchasser.

Je secoue la tête.

– Si je te dis que je ne te suis pas…

Elle hoche le menton vers le gouffre à l'horizon.

– Tu as vu les vapeurs qui s'échappent du Nihil ? Elles neutralisent les pouvoirs des Élohim. Tant que tu restes derrière la Frontière, tu ne risques rien. Plus loin, le no man's land commence.

Je fronce les sourcils.

– Qui a creusé cette tranchée ?

– Les Ancêtres.

– Les Ancêtres, répété-je, dubitatif. Tu veux dire, *vos* ancêtres ?

Elle hume l'air, paupières closes.

– Non. Personne ne se reproduit, ici. « Les Ancêtres », c'est le nom que nous donnons à ceux qui nous ont précédés, il y a longtemps. C'est dans les ruines de leur village que nous nous sommes installés. Landerost était leur domaine avant d'être le nôtre.

– Que leur est-il arrivé ?

Scarlett hausse les épaules.

– Je suppose qu'ils ont fini par s'en aller ailleurs.

– Vous ne savez pas.

Elle me jette un regard oblique.

– Rien ne prouve le contraire, d'accord ?

Elle me tourne le dos. On dirait qu'elle m'en veut.

18

Le soir est tombé et les étoiles s'allument une à une, comme si quelqu'un, quelque part, répondait à des vœux.

Au milieu d'un cercle de pierres, un grand feu crépite, projetant des nuées d'étincelles. Le terrain, à cet endroit, forme une cuvette naturelle.

Des ombres grandissent sur la palissade.

Des dizaines de silhouettes se sont installées à flanc de colline, sous les frondaisons. Certaines sont enlacées, d'autres s'agglutinent en petits groupes, quelques-unes restent seules.

Combien sommes-nous ? J'ai essayé de compter et je me suis arrêté à cinquante-cinq. Bien sûr, Scarlett me l'a assez répété, chacun est libre de bouder ces soirées. Mais la plupart des habitants de Landerost, après de longues journées solitaires, voient avant tout en ces rassemblements l'occasion de se retrouver, de partager.

Parfois, quelqu'un se poste près du feu et lève une main pour demander le silence. Une voix retentit, alors, qui raconte une vie enfuie. C'est un exutoire, m'a expliqué Scarlett, une façon de se délester de son existence passée.

Télémaque encourage ces cérémonies. Il tient à ce que la parole circule, à ce que la mémoire se libère, loin des contingences de la plume. De fait, je ne trouverai aucune trace de témoignage manuscrit à Landerost : parce que l'écriture emprisonne, parce qu'elle fige la réalité.

La parole, au contraire, est libre. Légère, volatile.

Personne n'est obligé de partager, mais la plupart des Égarés le font avec plaisir, continue Scarlett tandis que nous prenons place sur l'herbe, et les derniers arrivants ne sont pas en reste.

– Bonsoir !

Un homme corpulent se présente, un Asiatique qui nous a vus arriver. Il s'appelle Etzu, m'annonce-t-il, il est – était ? – japonais, son vrai nom est Etzukazu, « plaisir de l'harmonie » dans sa langue natale, mais, à choisir, il préfère le plaisir à l'harmonie. Il s'esclaffe. Scarlett m'a parlé de lui comme l'un de ses meilleurs amis. « Homosexuel, amateur d'opéra, le garçon le plus gentil et le plus drôle du monde. Mort durant le tremblement de terre de Kobe, a-t-elle ajouté. Ce n'est un secret pour personne. »

Etzu ne paraît pas avoir plus de quarante ans mais, à cause de sa peau très lisse, il est difficile d'en être sûr. Il s'installe en soufflant et sort un éventail de sa tunique, qu'il agite avec emphase.

Il m'adresse un clin d'œil puis donne un coup de coude à sa voisine, une femme noire aux traits de statue, qui semble plongée dans une intense méditation.

– Tu pourrais être polie, Favor.

La femme ouvre les yeux et regarde droit devant elle.

– J'aimerais te tuer, Etzu. C'est ce plaisir qui me manque, ici. Ne t'ai-je pas dit cent fois que je voulais que tu arrêtes de faire ça ?

– Je te signale, répond l'intéressé d'un ton enjoué, qu'un nouveau venu s'est joint à notre communauté. La plus élémentaire des corrections voudrait que tu lui présentes tes salutations.

Favor se tourne vers moi. Avec ses pommettes hautes, son port de danseuse, ses sourcils parfaitement dessinés, on la dirait sortie d'un vieux conte africain.

Son sourire est tout de blancheur.

– Bienvenue, Floryan. J'ai entendu parler de toi.

Je m'incline.

– Bla-bla-bla, se renfrogne Etzu, poings serrés sous son menton.

Taweel nous rejoint, accompagné de Diane, la dresseuse d'Altars à la tignasse flamboyante. La soirée n'a pas encore officiellement commencé, et les spectateurs disséminés dans les collines trompent l'attente en bavardant. Je balaie les lieux du regard.

– Télémaque ne vient pas ?

Assis à la droite de Scarlett, Taweel pose une main sur mon genou.

– Télémaque se mêle rarement à nous. Il y a bien longtemps qu'il a cessé de parler de son passé. Et celui des autres ne le passionne guère.

Je perçois un reproche dans ces mots, un regret peut-être. J'arrache un brin d'herbe, le porte à mes lèvres :

– Que faisait-il, autrefois ?

Etzu agite les doigts comme un marionnettiste.

– Lui artiste ! Très grrrand artiste !

Favor soupire.

– C'était un écrivain, déclare Scarlett, ignorant mon bruyant voisin. Un peintre, également. Il composait des fresques. Mais il ne les exposait pas.

– Pourquoi ?

Elle sourit, impénétrable. À ce moment, le silence se fait. Un petit homme bedonnant a levé la main pour réclamer la parole.

– Oh non, murmure Favor, paupières de nouveau mi-closes, pas Hasan !

Le petit homme triture sa moustache, puis s'éclaircit la voix. Visiblement, ce n'est pas la première fois qu'il raconte son histoire.

Lui et sa famille ont perdu la vie en Turquie à la suite d'un tremblement de terre. Ils étaient en train de célébrer le mariage de sa fille, tard dans la nuit, lorsque le séisme s'est produit.

Il est ému, « trop encore », me glisse Etzu.

Quelques applaudissements résonnent. Un deuxième homme s'avance, plus jeune, qui pose une main sur l'épaule de Hasan et explique à quel point son protégé a progressé depuis son arrivée.

Scarlett me jette un coup d'œil. La relation entre un novice et son tuteur, m'a-t-on dit, peut se prolonger longtemps après la fin de l'initiation.

– Hasan, déclare le jeune homme, tout le monde ici rend hommage aux efforts que tu as accomplis pour te libérer de tes entraves. Ceux que tu aimais ne sont pas partis, ils vivent dans la fabrique du temps.

Scarlett reste concentrée sur la scène.

L'hommage du tuteur s'achève. Tranquillement, il va se rasseoir.

Une femme prend la place de Hasan. Elle est arrivée ici plus tôt que lui, et considère son passé avec davantage de détachement. C'est une Iranienne, morte dans l'incendie d'un cinéma, « à une autre époque ».

Je suis étonné. Ces gens paraissent désireux de rompre avec leur passé sur Terre mais ils évoquent l'histoire de leur pays et de leurs ancêtres avec un luxe de détails ahurissant. Et ce n'est pas tout : ils parlent du monde, de l'Histoire, d'un temps avant l'Histoire. Ainsi la femme iranienne évoque-t-elle, au détour d'une phrase, le vol irréel des ptérodactyles. A-t-elle été paléontologue ?

Un homme lui succède, qui mentionne Jésus comme s'il s'agissait d'une connaissance personnelle, puis une femme encore : Edeeth.

Edeeth a la soixantaine, elle est blonde, américaine, elle bégaie. L'émotion ? Edeeth est arrivée il y a peu, sept années terriennes. Elle a trouvé la mort dans les inondations qui ont submergé La Nouvelle-Orléans après le passage de l'ouragan Katrina. Ses souvenirs sont encore douloureux.

Elle a été botaniste, raconte-t-elle, spécialiste des jardins, et son métier lui a procuré de grandes joies mais, à présent, elle trouve son bonheur dans la contemplation des fleurs. Toutes les fleurs, de toutes les époques. Savons-nous que les premières magnoliidées sont apparues il y a cent vingt millions d'années à la surface de la Terre ?

Les auditeurs hochent la tête. Scarlett feint de ne pas me prêter attention.

Quand Edeeth regagne sa place, un homme s'agenouille et jette de la poudre dans le feu. Des crépitements colorés se dispersent dans la nuit.

La veillée est terminée ; les gens se lèvent. Etzu s'étire comme un chat.

– Et pour toi, chéri, quand aura lieu le grand baptême ?

Scarlett lui administre un coup de poing.

– Tu ne peux donc pas tenir ta langue ? Je ne lui en ai pas encore parlé.

Mimant l'embarras, Etzu plaque une main sur sa bouche. Favor, qui nous a rejoints, lève les yeux au ciel.

– Le grand baptême ? répété-je.

Favor me caresse le bras d'un geste apaisant.

– Lorsque les novices décident de rester définitivement parmi nous, nous organisons une cérémonie appelée « Immersion », et nous leur révélons des secrets. (Elle désigne le feu, qui brûle déjà moins fort.) Certaines choses ont dû te paraître bizarres, ce soir.

Difficile de nier.

Je repense aux ptérodactyles, aux fleurs préhistoriques, à cet homme, aussi, qui a parlé de son amour du Christ. « Je l'ai vu, de la même façon que je vous vois, a-t-il déclaré. Et il n'est pas comme on le croit. »

19

Des lumières perchées dans les arbres. Des feux pâles, mauves, à travers le treillis des branchages. Des rires étouffés, des discussions turbulentes et, toujours, cette brise, ce parfum douceâtre.

Chacun regagne son chez-soi. Scarlett et Favor me raccompagnent jusqu'à mon arbre. Ne veulent-elles pas monter ? J'ai envie de discuter encore.

Elles acceptent, mais à charge de revanche. Favor m'adresse un sourire serein. Sa cabane, précise-t-elle, n'est pas loin de la mienne, je peux aller la trouver quand j'en éprouve le désir. Je la remercie. Sa voix chaude m'est réconfort.

Nous prenons place sur mon divan, moi au milieu. La pénombre nous enveloppe. De sa ceinture, Favor a tiré une pipe d'ébène bourrée d'un mélange d'herbes. Elle se lève pour l'enflammer à l'une de mes lampes à huile et, se réinstallant, tire dessus avec délectation.

– Un plaisir, indique-t-elle, notant mon air interrogateur. Et une nécessité.

– Nécessité ?

– Ces herbes ne sont pas comme les autres. Elles poussent sur les rebords du Nihil et possèdent des propriétés particulières. Mais tu as une question, je crois.

Je masque mon étonnement.

– Eh bien... Qui fabrique ces objets ? Votre pipe, ce divan, cette lampe… Ils ne sont pas tombés du ciel.

Les paupières de Favor, tels des rideaux, sont closes. Des ombres dansent sur la peau sombre de son visage.

– Il y a les choses qui naissent de nos mains. Certains ici pratiquent le tissage, l'ébénisterie, d'autres modèlent la glaise ou sculptent la pierre. Autrement, nous nous servons de ceci.

De son index, elle se tapote le front.

– Votre imagination ?

– Tu risques d'avoir du mal à comprendre : ton esprit est encore tout englué de rationalité terrestre. Mais je vais tout de même essayer de t'expliquer. Disons que nous faisons apparaître des objets. Nous les rêvons, dans un demi-sommeil et, lorsque nous ouvrons les yeux, ils sont là, devant nous. C'est comme si notre cerveau les avait créés dans une dimension annexe et les avait acheminés jusqu'à nous.

Mon sourire s'élargit.

– Vous vous fichez de moi.

Scarlett pose une main sur ma cuisse.

– Il se trouve que Favor est l'une de nos plus grandes Transformeuses. Si nous vivions sur Terre, nous l'appellerions « magicienne ».

L'intéressée retrousse les lèvres.

– Tu exagères toujours…

– Elle peut fabriquer n'importe quoi, insiste Scarlett. Tout ce dont elle a besoin, c'est de temps. Ce qui tombe à merveille.

– Des restrictions existent, tempère Favor. Par exemple, fabriquer des appareils technologiques – des choses dont nous ne comprenons pas le fonctionnement – est quasi impossible. Si tu savais quelles pièces composent un transistor, et comment elles s'emboîtent, alors tu pourrais en créer un. Ce n'est pas mon cas.

– Mais… Concrètement…

– Nous fermons les yeux. Nous nous concentrons sur l'objet, sur sa forme, sa taille, sa texture. Plus il est rudimentaire, plus le processus est simple. Ensuite, eh bien, cela dépend. Certains psalmodient. D'autres fument. (Elle montre sa pipe.) Chacun sa méthode.

– Ce que vous essayez de me dire, c'est que tout le monde ici est capable de créer des objets ?

Les cheveux de Scarlett chatouillent mon épaule.

– Ça, c'est la théorie. En pratique, des années de concentration sont souvent nécessaires avant d'arriver à faire apparaître une chose aussi basique que… mettons un tabouret. Favor est connue pour sa modestie mais c'est la plus douée d'entre nous. Après Télémaque, cela va sans dire.

– Télémaque, reprend Favor, a créé d'innombrables objets à Landerost. Des outils, des armes, des ustensiles – la plupart des selles de nos Altars. Ses talents d'artiste lui ont été d'un grand secours dans cette entreprise.

Je bloque une inspiration. Chaque jour, chaque heure apporte son lot de révélations et de surprises, mais je ne suis nullement rassasié.

Les questions se bousculent. Les jeunes femmes s'amusent. Oui, les habitants de Landerost ont créé une bonne partie de leur habitat par le seul pouvoir de « l'onirisation », comme ils l'appellent. Et, oui encore, chacun d'entre nous, qu'il le veuille ou non, possède ce pouvoir, quoique à des degrés divers.

– Ne t'y trompe pas, déclare Favor, l'onirisation nécessite une capacité de concentration hors du commun. C'est un exercice éreintant. Mais le plaisir, en ce qui me concerne, l'emporte sur les désagréments. Et c'est ainsi que j'œuvre pour la communauté.

Je suis sur le point de répliquer lorsque des éclats de voix nous interrompent, qui proviennent d'un arbre voisin. Scarlett se mordille un doigt.

– Ingrid et Jovan, chantonne-t-elle, Jovan et Ingrid.

Renversant la tête, Favor souffle un nuage de fumée vers le plafond.

– Ces deux-là vivent une situation extraordinaire. Séparés par la mort, réunis de nouveau. Chacun, ici, est encouragé à faire le deuil de son passé, le plus tôt étant le mieux. Ah, nos tourtereaux n'ont pas la tâche facile. Ils ont tant de souvenirs en commun ! Ils avaient même un enfant.

– Se disputent-ils souvent ?

Elle considère sa pipe, sceptique, avant de tirer dessus.

– Je ne me mêle pas des affaires des autres. Mais la réponse est oui.

Les éclats de voix troublent le calme de la nuit. Tout le camp doit les entendre. Bientôt pourtant, ils s'atténuent, et finissent par se taire. Favor se redresse. Sa pipe s'est éteinte.

Elle se lève, main sur le cœur.

– Je vous souhaite la plus merveilleuse des nuits.

Et elle se laisse glisser le long de l'échelle.

20

Scarlett reste avec moi. Sa main glisse sur ma poitrine et je respire à peine. Est-ce ainsi qu'une tutrice est censée se comporter ?

– Tu es si tendu. (Elle dépose un baiser sur ma joue, puis se détache de moi.) Qu'est-ce qui t'arrive ?

Je grimace.

– Rien. C'est juste que… Toi et moi…

Tête inclinée, elle attend la suite. Je ne trouve rien à ajouter.

– Tu sais, Floryan, quand ils arrivent ici, les gens ressemblent à ce qu'ils étaient sur Terre : leurs émotions, leurs espoirs, leurs souvenirs, ils gardent tout, ils sont encore humains. Télémaque nous encourage à nous détacher de notre ancien moi, et je sais qu'il a raison. Mais il y a une chose que tu dois garder à l'esprit.

Je veux répondre. Elle ne m'en laisse pas le temps.

– À mesure que nous vivons ici, nos sentiments tendent à s'effacer. Nos plaisirs changent, nos centres d'intérêt aussi et nous devenons contemplatifs, trop peut-être. D'une certaine façon, j'envie Ingrid et Jovan, et j'espère pour eux qu'ils se disputeront le plus longtemps possible. Car cela prouve qu'ils s'aiment encore, que la flamme ancienne ne s'est pas éteinte. L'amour, c'est facile à perdre, facile à oublier, ici. Parfois, j'y songe avec fatalisme. Mais d'un autre côté… (Ses doigts courent sur mes lèvres, elle picore mon cou de baisers), je me sens trop jeune pour abandonner ça déjà. Quand tu es arrivé ici, quand je t'ai vu, si… si fragile, j'ai… je ne sais pas… J'ai eu l'impression que je t'attendais depuis longtemps et que je devais saisir ma chance. Tu dois me prendre pour une folle.

– Pas du tout, murmuré-je, glissant ma main sur la sienne.

Son sourire est timide. Je souris, moi aussi. Une foule de sentiments s'agitent en moi. Scarlett est jeune, pour autant qu'on puisse encore parler de jeunesse. Elle est belle, aussi, et joyeuse – loin, si loin de la sophistication des filles que j'ai pu côtoyer sur Terre. De fait, Patience m'est déjà sortie de l'esprit. Plus j'y réfléchis, et plus je réalise que nous n'avons jamais été réellement amoureux. Il est si facile de se mentir à soi-même quand on a envie de croire.

Scarlett baisse la tête. Son sourire se fait discret.

– Tu vas rester, n'est-ce pas ? Tu ne vas pas rejoindre les Élohim…

Je fronce les sourcils. Lui montre ma main : le carré qui palpite et picote. Elle a un petit sourire espiègle.

– Ça ? Ça ne signifie rien.

– Je sais, mais…

– Ça signifie que nous voulons croire, si tu préfères. Que nous aimons ça, que nous réagissons plus aisément aux symboles qu'à la raison. Les Élohim connaissent cette faiblesse. Ils veulent tout sauf notre bien.

– Mais comment le savez-vous ?

– *Télémaque* le sait. Télémaque a des visions. Je n'ai pas le droit de t'en révéler plus – pas avant que tu promettes de rester. Ce serait trahir notre cause, et ce n'est pas ainsi que les choses sont supposées se passer.

– Comment sont-elles supposées…

– Comme ça.

Une main posée sur ma nuque, elle m'attire à elle et effleure mes lèvres de la pointe de sa langue.

Nous respirons par à-coups, frémissant. Mes dernières résistances se sont évaporées. Scarlett recule en riant, fait passer sa tunique par-dessus ses épaules. Deux petits seins fermes et blancs se dévoilent.

– Nous sommes encore en vie, souffle-t-elle. Encore bien en vie.

Plus tard, au cœur de la nuit, et tandis que nous gisons sur le divan, elle sur moi, jambes entremêlées, je lui jure ce qu'elle voulait entendre : que je resterai toujours.

Le lendemain, dès l'aube, elle me conduit à Télémaque afin que je lui fasse part de ma décision.

Dans l'obscurité de sa caverne, le maître de Landerost, plongé dans le lait visqueux de son cratère, ne paraît pas étonné.

Tourné vers nous, il hoche la tête avec gravité.

Il me dit qu'il est comblé.

Il me dit que j'ai fait le bon choix, le seul possible.

21

Huit jours ont passé depuis mon arrivée ici. Huit jours, une éternité.

Je commence à me sentir comme chez moi.

Une seule chose me manque : pouvoir écrire, afin de retranscrire le flot d'émotions et de pensées qui m'ont assailli depuis mon arrivée. Mais écrire est proscrit, je le sais. Écrire fige les choses dans le temps, et cela est contraire aux principes édictés par Télémaque.

J'écris, désormais. J'écris, parce que je suis différent et que tout a changé, à commencer par moi.

J'écris parce que je suis sur Terre, de nouveau, et que c'est ainsi que les gens procèdent en ce monde.

Mais revenons au présent éternel. À nos huit jours.

Scarlett et moi ne nous cachons plus. Elle a, plus ou moins, élu domicile dans ma cabane. « Ça ne te dérange pas ? » m'a-t-elle demandé un matin, assise au pied de mon divan, m'offrant sa bouche comme un fruit.

Que répondre à ça ?

Nous nous levons dès que l'aube rosit le jour. Le village dort souvent encore, des vestiges de brume s'accrochent aux branches et nous allons, main dans la main, chuchotant et riant.

Elle me trouve sensible, pince-sans-rire, courageux ; je la

trouve drôle, légère, un brin fragile aussi, parfois, avec ses regards perdus et ses poses de femme-enfant.

Elle veut tout savoir de ma vie d'avant, y compris ce que je ne révélerais jamais aux autres. Je veux tout savoir de la sienne, et de ses pensées.

A-t-elle eu un grand amour ?

Oui.

Regrette-t-elle la Terre ?

De moins en moins.

Lui arrive-t-il encore de penser à son accident ?

Deux ou trois fois par jour.

Comment considère-t-elle l'avenir ?

« Nous ne sommes plus obligés de subir le temps, de marcher le long de cette route. Nous vivons le même jour à jamais, et notre bonheur ne dépend que de nous. »

Le jour où Scarlett prononce ces mots, un film me revient en mémoire, *Un jour sans fin*, où Bill Murray revit la même journée jusqu'à ce que son comportement soit parfait.

M. Dargent, mon bien-aimé professeur de philosophie, nous avait fait étudier ce film en mai (quelques semaines avant ma mort, réalisé-je, pris de vertige), dans le cadre d'un cours sur Nietzsche et le concept d'« éternel retour ». Tout individu, nous avait-il expliqué, doit chercher à mener son existence de façon à vouloir la revivre à l'identique et dans les moindres détails une infinité de fois, si cela était possible.

Est-ce ainsi que nous sommes censés épuiser notre temps ?

Je ne pose pas la question à Scarlett, parce que je sais qu'elle n'a pas vu le film et ne le verra jamais. Mais l'idée de l'absence de temps, de temps éternel, me travaille. Il va me falloir beaucoup de jours identiques et parfaits avant de m'y habituer.

Je pense aux miens, parfois, je pense à Paris, à la vie qui continue sans moi, comme un train qui passe. Combien de temps, déjà ? Ma mort doit être si fraîche, si neuve, dans les consciences !

Je souffre d'être séparé de mes proches, je souffre de ne pouvoir leur dire qu'ils me manquent et que je vais bien, contre toute attente.

Les Élohim, eux aussi, occupent mon esprit. Je n'ai pas oublié le moment de grâce que j'ai ressenti lorsque l'être de lumière a touché mon front, mais je suis incapable d'en tirer la moindre conclusion. Scarlett ne cesse de me répéter que cette grâce est un leurre, que Télémaque sait des choses qui me seront révélées le moment venu. Je n'ai d'autre choix que de lui faire confiance.

Les amis de Scarlett sont devenus les miens. Il y a Favor, la magicienne belle et caustique, qui a promis de m'initier à son art ; Etzu le ventripotent, si vif et si drôle, qui ne cesse de bavasser, de chanter, de pousser des cris d'orfraie, tel un acteur suivant un script à la lettre de peur de se retrouver seul avec lui-même. Il y a Diane la dresseuse, qui m'aide à mieux connaître Thaleane, et Taweel le fidèle, qui s'envole des jours entiers par-delà la Frontière à la recherche d'autres âmes perdues.

Martjin, le Hollandais fantasque qui m'a accueilli le premier jour, et Heng le Chinois muet, juché sur sa jambe de bois, font également partie de mon cercle. Tous m'ont accueilli avec bienveillance. Tous semblent heureux, à leur façon. Télémaque a gagné son pari.

Bien sûr, je ne suis pas naïf au point de penser que tout, toujours, peut se dérouler conformément au plan.

Il en est un, par exemple, qui me considère avec un mélange de mépris et d'ennui. Certes, il ne s'est jamais montré méchant à mon égard, pas même incorrect.

Mais je ne suis pas aveugle.

Starck, m'apprend Scarlett, est mort au Vietnam pendant la guerre, et a laissé derrière lui une femme et trois enfants. C'est un homme de bravoure et de parole. C'est aussi un coureur invétéré et, malgré la promesse que nous nous sommes faite de tout nous dire, je soupçonne ma tutrice de me cacher des choses à son sujet.

Les disputes de Jovan et Ingrid sont un autre sujet d'interrogations. De toute évidence, ces deux-là traversent une crise, et j'ai l'impression d'être le seul à ne pas comprendre quelle en est la cause.

Les autres ? La blonde Edeeth, celle qui a péri dans les inondations à La Nouvelle-Orléans, fait preuve d'une amabilité sans faille. Mais il est possible qu'elle me surveille. Elle travaille pour Starck, ai-je compris, et Starck travaille pour Télémaque. Au fond, finis-je par songer, non sans amertume, Landerost connaît les mêmes problèmes que n'importe quelle communauté humaine : tensions, jalousies et querelles de pouvoir.

« Tu as raison, concède Scarlett. À ceci près qu'il s'agit là de difficultés temporaires. Bientôt, elles s'aplaniront, et l'harmonie régnera. »

Elle essaie de me rassurer. N'y parvient qu'à moitié. Hormis cela, je dois bien l'admettre, la vie ressemble à un poème d'été.

Nous passons nos journées à voler, à faire ce que font tous les amoureux du monde. Il y a des rires, des silences féconds, des vagues de chaleur.

Au pied des falaises du plateau de Raktar, celui qui mène au Nihil, des arbres au feuillage vert argent prodiguent une fraîcheur incomparable. Nous restons allongés, nus le plus souvent, au bord d'un ruisseau où viennent s'abreuver les grands oiseaux blancs. Nous discutons : de ce qu'est notre vie, du bonheur inconcevable qui nous est offert.

À plat ventre dans les herbes, Scarlett ferme les yeux et

laisse la brise jouer dans ses cheveux. Elle rend grâce au destin qui l'a amenée ici, grâce à Télémaque qui a fait de ce rêve une réalité et qui l'a peuplée d'oiseaux, d'Altars...

– Les Altars ? Il les a créés aussi ?

Elle hoche la tête, ce matin-là, et je me redresse sur un coude pour admirer nos montures, paissant dans une clairière maculée de soleil. Ainsi, un seul homme est à l'origine de ces merveilles...

Thaleane se tourne vers moi, comme si elle m'avait entendu penser. La vitesse avec laquelle j'ai appris à voler – avec laquelle, devrais-je dire, *elle* m'a appris – ne laisse pas de m'impressionner.

Cette créature est exceptionnelle ; elle est dotée d'une empathie dont bien peu d'humains peuvent se prévaloir. Dès lors que je la monte et que nous prenons notre envol, elle lit en mon esprit. Les rênes ne sont là que pour matérialiser des indications qu'elle a déjà anticipées.

Toute sensation de vertige ou de peur s'est évanouie. Je goûte pleinement l'ivresse des altitudes.

L'après-midi, Scarlett et moi franchissons la Frontière pour nous lancer sur les contreforts de la montagne.

– Le ciel est notre limite ! hurle-t-elle en riant.

Et c'est vrai. Rien ne nous rattache au sol. Nous pouvons monter aussi haut que nous le désirons.

Enfin, ce n'est pas tout à fait vrai. Pas encore. Il y a des règles à respecter. La Frontière en est une, que nous avons transgressée une fois, après que Scarlett m'a fait promettre de ne jamais recommencer sans elle.

Le Nihil représente un autre interdit, du moins en ce qui me concerne. Je n'ai pas le droit de l'approcher avant l'Immersion : celle qui aura lieu ce soir.

Du gouffre sans fond, je n'ai eu jusqu'alors qu'un aperçu lointain. Des brumes en montent, perpétuelles, des brumes dont on ne veut rien me dire.

Une végétation touffue s'accroche à ses flancs, à l'intérieur, et sur quelques dizaines de mètres. Des torrents s'y jettent, impétueux, le fracas irisé des cascades ne faisant qu'ajouter à la splendeur des lieux.

Mais ce soir…

22

Ce soir, l'énigme du gouffre au-dessus duquel, pour une raison que j'ignore encore, presque tous les Égarés s'en vont voler chaque jour va enfin m'être dévoilée. Le moment tant attendu. L'Immersion.

Encore l'un de ces crépuscules à vous couper le souffle : la vallée prend feu, des traînées voluptueuses tavèlent le ciel d'or et de pourpre.

Une fois n'est pas coutume, Scarlett et moi avons passé la majeure partie de l'après-midi à Landerost dans *sa* cabane. Le village, peu à peu, s'est vidé de sa substance. Bercé par la torpeur du jour, j'y ai à peine prêté attention.

Le soleil sombre à l'horizon lorsque ma tutrice s'arrache à mes bras.

– Es-tu prêt ?

J'ai revêtu la tunique blanche traditionnelle fermée d'une ceinture de cuir noir. J'ai enfilé les bottes. Je hoche la tête, résolu.

Nous sortons du village et rejoignons nos montures, qui nous attendent au milieu de l'allée centrale. Scarlett s'envole la première. Je la suis, cœur battant. *Sais-tu bien ce que tu t'apprêtes à faire ?*

D'instinct, je me courbe sur Thaleane, serre les jambes. J'ai besoin de la sentir, de vibrer à ses battements d'ailes.

Sa vie.

Le sol s'ouvre sous nos pieds. Nous survolons le plateau de Raktar, tapissé de verdure, d'abord, puis de plus en plus aride et strié de crevasses.

Les fanions des actions de grâces claquent au vent. Je les ai vus de près, hier. Des dessins les ornent, des symboles, des caractères imaginaires, les seuls que nous sommes autorisés à tracer.

Et voici le cratère suprême, la béance. Jamais je n'en ai été aussi proche. Un gouffre gigantesque, plus large encore que ce que j'imaginais.

Les Égarés m'attendent près du bord, minuscules, agitant les mains.

Du Nihil lui-même, je ne distingue pas grand-chose. Les brumes qui s'en échappent sont si épaisses qu'elles l'emplissent en entier.

Enfin, nous nous posons.

Télémaque nous rejoint, suivi d'un petit détachement. Quelqu'un prend la longe de nos Altars et les emmène à l'écart avec les autres montures.

Le chef de notre communauté, torse nu, n'est vêtu que d'un pantalon de flanelle. Le diadème noir brille toujours à son front.

– Floryan.

Une petite assemblée s'est regroupée autour de nous dans un silence total. Je mets un genou à terre.

– Télémaque…

Il pose une main sur ma tête.

– Tu as compris que ceci est irréversible.

– Oui.

Ses doigts exercent une douce pression sur mon crâne.

– Ce soir, nous partageons avec toi ce qui fait notre richesse et notre vie. Ce soir, nous partageons le temps.

Je ferme les paupières.

– Tu es des nôtres, Floryan. Tu as choisi de nous offrir

ta confiance et de te détourner des mirages des Élohim pour rejoindre notre communauté. C'est là une décision qui t'honore. T'engages-tu à servir Landerost au mieux de ses intérêts, à respecter chacun de ses membres, à ne jamais trahir ses secrets ?

– Je m'y engage.

– T'engages-tu à m'obéir et à accueillir, comme nous t'accueillons aujourd'hui, tous ceux qui, à ton exemple, remettrons leur destin entre nos mains ?

– Je m'y engage.

– T'engages-tu, enfin, à respecter les règles du Nihil telles qu'elles te seront transmises, sous peine de t'en voir à jamais interdire l'accès ?

À ce stade, j'ignore à quelles règles notre chef fait allusion. Je sais qu'il existe un Corpus qui les réunit. Cela, m'a expliqué Scarlett, fait partie du contrat. Mais le jeu en vaut la chandelle.

Je jure donc, une dernière fois.

– Relève-toi.

La foule s'ouvre pour laisser place à Starck qui s'avance, torse nu lui aussi. Ses mains sont gantées, et il tient un récipient en bois où clapote un liquide blanchâtre, le même, je le sais, que celui dans lequel Télémaque se baigne.

Il me présente le récipient sans me quitter des yeux. Que suis-je censé faire ? Scarlett s'approche.

– Tends ta main droite.

Celle dont la paume a été marquée par l'Élohim. Je la présente, et Starck me fait signe de la plonger.

J'obtempère, inquiet. L'assemblée retient son souffle. Pour commencer, je ne ressens rien. Puis la température s'élève. Vite, de plus en plus vite. Starck, que ma grimace laisse de marbre, adresse un signe à Scarlett. Celle-ci referme ses doigts sur mon poignet pour me forcer à continuer.

Je réprime un cri. La douleur que je ressens est, à peu de choses près, celle que j'ai éprouvée lorsque l'Élohim a pris ma main dans la sienne. On peut souffrir, ici. On peut encore souffrir.

Des fumerolles montent du récipient. La poigne de Scarlett est incroyablement ferme. Le regard que je lui jette est inutile, elle a détourné la tête. Je vais tomber. Je vais abandonner. Je vais...

La douleur s'en va aussi vite qu'elle est venue. Je retire ma main du liquide brûlant. Elle est intacte, et le symbole a disparu, emportant les quarante-neuf nombres avec lui.

Starck approuve, puis se retire.

– Te voilà délivré, annonce Télémaque. Tu es maintenant des nôtres. Profite de chaque instant et va. Tu es un Égaré.

Il pose une main sur mon épaule, puis l'autre.

Une clameur monte de la foule. Les spectateurs, même les plus lointains, y joignent leurs voix.

On veut me toucher, me caresser, m'embrasser. Certains le font – mes amis, ceux que, déjà, je considère comme des frères.

Puis, l'agitation s'apaise et deux files se forment, de part et d'autre du chemin qui mène à mon Altar.

Scarlett me prend par la main et m'entraîne. Impatiente, Thaleane a relevé la tête. Elle est prête, elle aussi.

23

Le moment tant attendu est enfin arrivé. Je me tourne vers Scarlett. Par un anneau de fer, elle a fixé une corde à son poignet. Elle prend ma main, ouvre un second anneau, le passe à *mon* poignet.

« Pourquoi ? » demandent mes yeux.

– C'est ton premier vol au-dessus du Nihil, m'explique celle qui cessera bientôt d'être ma tutrice. Il n'est pas impossible que tu perdes connaissance, cela arrive souvent la première fois. Je volerai à ton côté. Tu n'as pas à t'inquiéter.

Elle rejoint sa monture, la corde se déroulant derrière elle. D'un saut leste, elle se juche sur sa selle.

Elle sourit, comme toujours.

Je pivote. La foule attend que je monte à mon tour.

Nos deux montures s'avancent, soulevant des nuages de poussière. Le crépuscule se fond dans la nuit, les premières étoiles scintillent sur la voûte bleutée presque noire. Souvent, je me demande si les miens, les autres, ceux qui sont restés sur Terre, regardent ces mêmes étoiles. Si l'une d'elles n'est pas le soleil.

– Prêt ?

Une trentaine de mètres nous séparent du gouffre. Scarlett a saisi ses rênes. D'un hochement de tête, je marque mon assentiment.

– Nous allons voler. Descendre dans les brumes. Tu auras des visions, des visions en rapport avec ce que tu as vécu, vu, ou appris – avec ce qui se trouve déjà dans ton cerveau.

– Des visions ?

Ma tutrice agite ses rênes. Urian se lance au galop, ailes au vent. À mon tour, je donne le signal du départ.

Comme si elle savait ce qui l'attendait, Thaleane s'envole avec une fougue joyeuse. Très vite, Scarlett et moi nous retrouvons côte à côte, séparés d'une dizaine de mètres, la longue corde pendant entre nous. Nous filons droit au-dessus des brumes, de la bouche du monstre. Ma terreur initiale refait surface. Je pensais ne plus jamais connaître le vertige ; je me trompais.

Là, sous mes pieds, sous Thaleane, c'est le vide, le néant, et la moindre chute peut m'être fatale.

Scarlett lève une main qui se veut rassurante. *Tu as déjà volé tant de fois*, me rappelle son regard. *Pourquoi voudrais-tu qu'il t'arrive quelque chose ce soir ?*

Je lui fais signe que tout va pour le mieux ; mon sourire crispé me trahit. J'ai bien essayé, au cours de ces derniers jours, d'obtenir des précisions sur ce qui m'attendait. Mais ma tutrice, comme on a dû le lui demander, est restée muette.

Thaleane vole calmement, sans brusquerie, suivant l'allure de son congénère. Puis Scarlett vire de bord. Souffle court, j'imprime une douce traction. Nous descendons, songé-je. Mon excitation se mêle de peur.

Nous sommes loin, si loin du bord ! Les Égarés ont disparu derrière les brumes.

Scarlett se porte à mon côté.

– Il se peut aussi que tu perdes le sens de l'orientation, crie-t-elle. Mais ne t'en fais pas pour ça. Thaleane saura toujours où elle est, elle !

À peine a-t-elle prononcé ces mots que nous entrons dans un énorme nuage. Je n'y vois plus à trois mètres. Nous y voilà, me dis-je : le cœur du Nihil. Quelles forces redoutables s'agitent ici ?

De temps à autre, je vois Scarlett, dressée sur sa monture. Pour le reste, plus rien.

Nous fonçons vers ce qui doit être le centre du gouffre. Je suis en train de me demander comment ma tutrice s'y prend pour se repérer lorsqu'une première vision me frappe.

Brutale.

Comme si quelqu'un m'avait saisi par les cheveux et m'avait plongé la tête dans une cuve d'eau glacée.

Je suffoque. Ai-je perdu connaissance ?

Non. Une partie de moi, lointaine, perdue dans les brumes, demeure consciente. C'est la partie dont j'ai besoin pour rester en place sur ma selle, pour tenir mes rênes.

L'autre est absorbée par la contemplation d'une scène si réaliste que rien ne permet de la distinguer de la réalité : comme si, regardant un film sur grand écran, j'avais été inspiré *à l'intérieur*.

Je survole Londres. C'est un jour de pluie, un jour gris – je reconnais la tour du Parlement, le dôme de Saint-Paul, Westminster, l'ample et noire Tamise ondoyant dans le brouillard.

Sauf que ce n'est pas le Londres que je connais. Sauf que c'est un Londres en ruines. Un Londres dévasté.

Me voilà fusant à travers les avenues, Regent Street, plus loin. Des bombes pleuvent, explosent comme des fleurs de feu. Au milieu des immeubles en ruines, des malheureux détalent.

Très brièvement, tel un nageur essayant de reprendre sa respiration, je reviens à moi. Je suis sorti du nuage. Un autre se profile.

Scarlett ?

Je n'ai pas le temps de la chercher des yeux. Je passe au-dessus d'une plaine verdoyante, en plein soleil cette fois. Deux hommes se battent – des samouraïs, dansant un ballet aérien et mortel. L'acier bleuté des katanas siffle dans l'air. Au loin, comme une estampe : le dôme blanchi du mont Fuji.

Et je suis là. Je suis là, tout près de ces hommes, immatériel, absolument présent, et je sais que ce que je vois existe.

De nouveau, une inspiration. Où est le vrai monde ? Les lanières de cuir rougissent mes doigts. Je sursaute. Manque basculer.

Scarlett est toujours là, droit devant. Je voudrais lui demander de remonter. Un autre nuage nous avale.

Cette fois, c'est la jungle, une forêt dense et étouffante, un monde de sang et de tambours. Au sommet d'une pyramide jaunie, un prêtre coiffé de plumes hurle des imprécations en levant un poing vers le ciel. À sa main gauche, tenue par les cheveux, pend une tête dégoulinante. Une vague de corps peinturlurés reflue au pied de l'édifice. Les Mayas, me dis-je. Un sacrifice cérémoniel. La chose la plus terrifiante et la plus extraordinaire qu'il m'ait jamais été donné de contempler.

Mes mains lâchent les rênes. Seules mes cuisses, serrées sur les flancs de ma monture, m'obéissent encore. Je pars en arrière, dodelinant de la tête, et c'est comme lutter contre un sommeil invincible.

Une vaste plaine herbeuse, à présent, des hommes bondissant au milieu des rochers, armés de sagaies. Près d'une tourbière, un mammouth se débat. Quelque part, dans l'Intermonde, il me semble que je ris, un rire de joie totale et païenne, un rire de panique – mes visions m'ont pris au piège.

Un cou reptilien, étiré comme une anguille, émerge au-dessus des massifs. Une tête apparaît, qui se balance avec mollesse : un diplodocus. Le saurien arrache une branche et la mastique paisiblement. Me voit-il ?

Par la pensée, je me propulse à travers la forêt. Un obus lancé à pleine vitesse. J'ai à peine le temps de reprendre mon souffle – le temps de me sentir, bras écartés, renversé en arrière sur ma selle – que, déjà, je suis reparti.

Cette fois, le monde est vierge. Des bulles éclatent à la surface de lacs de lave. Un paysage lunaire fait de crevasses et de geysers s'étend jusqu'aux confins.

Je pousse un cri de nouveau-né. Les images se succèdent, frénétiques, de plus en plus rapides et colorées, je suis happé par un maelström de fureur et de néant, hurler est tout ce que je peux faire, de plus en plus fort, à m'en décrocher les poumons car après ce monde, qu'y a-t-il, que reste-t-il à voir ?

Soudain, je me sens tomber pour de bon. C'est alors que je comprends que je n'ai jamais crié. Tout s'est passé dans mon esprit. À travers les brumes du Nihil, je chute comme une pierre.

Thaleane pousse une longue lamentation. Elle m'a perdu. Une secousse brutale me ramène dans les airs.

Je lève la tête. Je flotte et je me balance, environné de brume. La corde de Scarlett disparaît dans un nuage, et l'anneau me cisaille le poignet.

Un claquement d'ailes, et je vois Thaleane revenir dans ma direction, juste à la bonne hauteur. Elle passe devant moi et j'attrape la selle au vol, m'affale dessus, me cramponne. Puis je reprends les rênes et impulse une montée.

Battant des ailes, ma monture fonce vers les nuées. La corde retrouve du mou. Les nuages s'éparpillent, dévoilant une nuit de rêve, pailletée d'étoiles. Les deux lunes sont là, qui nous observent.

Je fends les airs au côté de Scarlett, et le vent me fouette le visage. Ma tutrice est inquiète.

– Floryan ?

Elle veut s'assurer que j'ai recouvré mes esprits. Incapable de parler, je ne peux qu'opiner de la tête.

Des deux lunes qui nous éclairent, la violette est devenue plus grosse. Sa présence me rassérène. Peu à peu, je retrouve mon souffle.

Sur le bord du gouffre dansent des flammes minuscules. Nous volons vers elles. Ce sont les torches des Égarés qui célèbrent mon retour.

24

Floryan ?

Mon nom, encore, mais murmuré cette fois, soufflé tel un baiser à la commissure de mes lèvres.

Allongé sur le divan de Scarlett, je sens mes muscles se tétaniser. Mon crâne me fait un mal de chien. La flamme de la lampe à huile, au-dessus de ma tête, me force à plisser les yeux.

– Je suis fière de toi, Floryan. Nous le sommes tous.

Je marmonne une réponse. Scarlett se tourne vers l'entrée. Une silhouette se découpe dans l'embrasure.

– Il revient à lui, souffle ma tutrice.

Favor s'approche à son tour, s'accroupit. Sa main sur mon front est comme une aube de printemps.

– Brave explorateur. Tu dois te demander ce qui t'est arrivé.

Je souris. C'est, pour l'instant, tout ce que je suis capable de faire.

Je me rappelle m'être posé sur le rebord du cratère, avachi sur Thaleane. Je revois Scarlett se précipiter et les autres m'arracher à ma selle. Etzu pleurnichait, je crois. C'est Taweel qui m'a fait descendre. Il m'a soutenu et j'ai risqué trois pas, cherchant Télémaque des yeux.

Après cela, mes jambes se sont dérobées, et le monde a cessé de palpiter.

– Essaie de te redresser.

Scarlett et Favor me tiennent chacune par un bras. Tant bien que mal, je m'assois, me cale contre un coussin.

Favor sort un miroir de sa sacoche et me le tend.

C'est la première fois, depuis mon arrivée, que j'ai l'occasion de contempler mon reflet. La sensation est déconcertante : comme si on m'apportait la preuve que je suis bien réel. À supposer, songé-je, que ce monde lui-même le soit.

– Ça lui donne un air, non ?

Tournée vers Favor, Scarlett ricane.

– J'imagine que tu es meilleure juge en la matière.

Mes yeux ! A l'exception de la pupille, ils sont devenus tout bleus.

– Effet secondaire, déclare la magicienne en reprenant son bien. Il se dissipera d'ici quelques heures, tout comme ton mal de crâne et tes vertiges. Par la suite, ton organisme s'accoutumera, et tu ressortiras de chaque descente comme si rien ne s'était passé.

– Descente ?

Scarlett passe une main sur ma joue.

– C'est ainsi que nous appelons la partie initiale du voyage dans le temps.

Je porte un doigt à ma tempe. La cabane tangue. Je ne me sens pas encore capable de me lever.

– Ces visions. Tout le monde les a, n'est-ce pas ?

Favor s'est relevée. Sa toge blanche, longue et ample, lui donne des allures de grande prêtresse.

– Dis-nous ce que tu as vu.

Mes souvenirs sont vifs, encore – plus que des rêves. Le bombardement sur Londres. Les samouraïs. Le mammouth. Le dinosaure. Favor écoute, patiente.

– Des choses que tu connaissais, dit-elle.

– Comment cela ?

– Le sacrifice maya, ou ce combat dans la plaine, ce sont

des scènes, des anecdotes que tu as déjà étudiées. Tirées de films, peut-être. De documentaires ?

– Vous voulez dire que ce n'était pas réel.

Elle sourit.

– Ça l'était. Mais c'est comme si ton cerveau avait sélectionné ces scènes à dessein. Comme s'il n'avait choisi que les plus familières pour en atténuer l'impact.

Je passe une main sur mon visage.

– As-tu remarqué, poursuit la magicienne, que Scarlett regardait droit devant elle en volant ? Elle n'était pas sujette aux visions, elle. Elle ne s'est pas laissé distraire.

– Éclairez-moi.

– Si tout pouvait être éclairé ! soupire Favor en prenant place sur le tabouret près de l'entrée. La vérité, c'est que personne ne sait de quoi sont faites les brumes du Nihil. Nos connaissances ne découlent que de notre expérience, et notre expérience est par essence limitée. Utilisées à bon escient, les brumes nous permettent de voyager dans le temps. De purs esprits, voilà ce que nous devenons. Avec un entraînement approprié, nous devenons capables de nous rendre où nous voulons, à l'époque de notre choix.

Scarlett dépose un baiser sur mes lèvres.

– Maintenant, tu sais pourquoi personne ou presque ne reste à Landerost durant la journée. Ces voyages sont notre raison d'être.

– Lorsque nous chevauchons nos Altars, reprend Favor, nous descendons plus profondément que tu ne l'as fait ce soir, à un niveau où les brumes ne se dissipent pas. Nous nous enfonçons dans la structure même du temps, ce que nous appelons la « Trame ». Télémaque nous a enseigné qu'il était possible, en esprit, de nous y orienter à notre guise. Ce que tu as vécu aujourd'hui n'était qu'une approche initiale. Comme si, pour te préparer à explorer en scaphandrier l'épave d'un paquebot, on t'avait jeté à l'eau sans masque ni bouteille. Comme si tu avais juste ouvert les yeux.

Elle m'observe, vigilante. Ai-je bien compris ce qu'elle disait ? Je passe un doigt sur mes lèvres.

– Nous pouvons voyager dans le temps.

– Avec tout ce que cela implique : oui. Et tu comprends mieux, à présent, le sens de nos veillées nocturnes. Tu comprends mieux pourquoi les gens évoquent le passé de leur famille, de leur peuple, de leur pays avec une telle profusion de détails. Ils sont allés là-bas, Floryan, ils y sont allés en personne. Ce qu'ils racontent, c'est ce qu'ils ont vu.

– Pouvons-nous nous voir nous-mêmes ?

– Le Corpus le déconseille.

Le fameux Corpus. Je renifle, attendant la suite.

– Le Corpus rassemble les règles édictées par Télémaque. Tu devras te les remémorer. Se rencontrer soi-même, pour répondre à ta question, représente une tentation très forte à laquelle nous avons tous succombé au moins une fois. Mais tu te rendras vite compte que c'est aussi une expérience bien vaine. L'existence que tu as vécue est terminée, tu la connais déjà. Tu ne peux rien y changer.

Les idées s'entrechoquent.

– Pouvons-nous changer le cours du temps ? (Je cligne des yeux, effrayé par les mots mêmes que j'emploie.) Provoquer un paradoxe temporel ?

Le sourire de Favor brille dans la nuit.

– Tu as lu trop de livres de science-fiction, cher voyageur ! Non, nous ne pouvons pas. Il est interdit de se manifester physiquement au cours d'une plongée. Lorsque tu entres dans la Trame, tu n'es qu'un esprit que personne ne peut voir. Toi, tu peux regarder, et tu peux entendre, et tu peux même sentir. Mais tu ne peux ni goûter, ni toucher parce que tu n'es pas matériel. Partant de là, comment pourrais-tu exercer la moindre influence sur le monde ?

– Et si quelqu'un bravait l'interdiction ?

Elle hausse les épaules.

– L'avenir est déjà écrit, lâche-t-elle, énigmatique.

Je réfléchis. Ces révélations sont si ahurissantes que j'ai l'impression de lever les yeux sur une muraille. Chaque question en entraîne dix nouvelles.

– Peut-on se rendre dans le futur ?

Favor secoue la tête.

– On peut, en théorie. Mais c'est également prohibé.

– Par le Corpus ? Pourquoi ?

De nouveau, Scarlett se love contre moi.

– Parce que ça ne sert à rien, me glisse-t-elle. Et parce que le futur, jour après jour, se transforme en passé.

– Mais ne voulez-vous pas savoir ce qui arrivera ensuite ?

Favor se frotte les mains.

– Les questions que tu poses sont si typiques d'un jeune novice ! Ne le prends pas mal, mais je les ai déjà entendues mille fois. Tout ce qui te préoccupe, c'est ta petite personne. Tu aimerais savoir comment le monde se débrouillera sans toi ? Eh bien, je vais te le dire. Les choses suivront leur cours. Les gens pleureront, puis ils panseront leurs plaies et ils se remettront à vivre. Ils t'oublieront, tu peux en être certain. Bientôt, et à moins que tu aies accompli de ton vivant une chose absolument extraordinaire, il ne restera plus sur Terre que quelques personnes pour se souvenir de toi. Et puis, un jour, il n'y en aura plus une seule. Tu disparaîtras, définitivement. C'est là une loi immuable.

– Je sais.

– L'intérêt du voyage dans le temps ne réside pas dans l'exploration de nos misérables petits cas personnels. L'histoire des civilisations, les premiers hommes, la préhistoire, l'apparition de la vie… Comprends-tu de quoi je parle,

Floryan ? Les plus anciennes roches connues sont vieilles de quatre milliards d'années mais elles ne sont pas apparues au milieu de nulle part. Le champ d'investigation est potentiellement infini. Chacun d'entre nous, Télémaque compris, ne fait pour l'heure que balbutier son art. Nous sommes des nouveau-nés découvrant le vaste monde. Tu peux assister au sacre de Napoléon. Être témoin des plus grands événements de l'Histoire. Tu peux partager l'existence d'un paysan africain avant même que le moindre homme blanc ait posé le pied sur sa terre. Tu peux écouter les discours de Platon, accompagner les pérégrinations de Michel-Ange, découvrir comment les dinosaures ont disparu. L'éternité nous a été donnée pour cela. Parce que le monde, en tant que temps et espace, est littéralement infini.

Ses mots se fraient un chemin en moi.

– Jusqu'où… Jusqu'où peut-on remonter le temps ?

Favor émet un rire gracieux.

– Voilà ! Tu te préoccupes de métaphysique, tu te soucies de grandeur ! Le mystère de la vie, ah ! Je ne possède pas la réponse, concède-t-elle soudain, courbant la tête. Certains prétendent être remontés aux temps où la Terre n'était qu'un amas chaotique de matière en fusion. Ce genre de périple requiert des efforts démesurés mais la récompense, si tu veux mon avis, n'est pas à la hauteur.

Scarlett pose sa tête sur mon épaule. Favor parle toujours. Elle évoque les Élohim, la nature du Royaume. Le domaine des êtres de lumière ne ressemble en rien au paradis, dit-elle. Télémaque affirme qu'il s'agit d'un endroit maléfique dont nul ne peut revenir. Comment le sait-il ? Il le sait, voilà tout. Il a reçu des visions, il a décrit des endroits, au pied des Hauts-Blancs, où aucun Égaré ne s'est jamais aventuré. Qui songerait à mettre sa parole en doute ?

La suite est confuse. Mon mal de tête atteint des proportions angoissantes, et même suivre une conversation devient difficile. Je sens qu'on m'allonge, avec douceur. Des mots sont susurrés à mon oreille.

Si le véritable sommeil des Terriens nous est refusé, la torpeur que je ressens doit être ce qui s'en approche le plus. Tel un bienheureux, je sombre.

25

Voyager dans le temps est l'expérience la plus complexe et la plus émouvante qu'on puisse imaginer.

Rien ne se compare à cela. Rien ne s'en approche.

Dès les premiers feux de l'aurore, Scarlett et moi enfourchons nos Altars et mettons le cap sur le Nihil. Quelques minutes plus tard, nous nous posons sur le rebord du cratère. La matinée est consacrée aux considérations théoriques.

– Tu vois les vapeurs ?

Difficile de ne pas les voir : le gouffre en est empli. Toujours changeantes, mouvantes, elles se déploient tels des nuages capricieux. À quelques dizaines de mètres de profondeur, il n'y a plus qu'elles.

– Les vapeurs sont la clé de tout, assène Scarlett. Elles sont le fluide, l'essence qui permet d'accéder à la Terre. Ce sont elles qui mènent au passé.

Et ce sont elles qu'il faut traverser. Pour commencer, il s'agit donc de s'y immerger. C'est ce qu'on appelle la « descente ».

Ensuite ?

Ensuite, et avec un peu d'exercice, l'esprit finit par matérialiser. Il « traduit en termes concrets », comme le formule Scarlett, l'influence à laquelle il est soumis.

L'Égaré devient un arpenteur. Il voit apparaître autour

de lui les contours d'un tunnel, le long duquel il se déplace à la manière d'un souffle : c'est l'impulse.

Le tunnel ne manque jamais de se présenter ; l'impulse est un déplacement instinctif. Reste à entrer dans la Trame, à « plonger ».

Plus on sort tôt du tunnel, plus on accède à une période récente. Plus on attend, plus on prend de la vitesse, et plus on s'enfonce dans le temps.

En vérité, m'explique Scarlett après mon premier essai, cette histoire de tunnel n'est qu'une illusion, un modèle élaboré par notre cerveau pour comprendre ce qui lui arrive. Le temps objectif, le temps de l'extérieur, se déroule fort lentement. L'impression de durée subjective, la « longueur ressentie » du voyage, n'a rien à voir avec sa durée réelle chez l'arpenteur.

Je soupire.

– C'est si compliqué.

– Et ça devient si simple ensuite, rit Scarlett.

Choisir le bon moment pour plonger, elle le concède, n'a en revanche rien d'aisé. On ne peut, dans un premier temps, que procéder par tâtonnements.

– Tu viens ?

À cheval sur Urian, je referme mes bras autour de sa taille. Rester en contact physique dans l'Intermonde est le seul moyen de voyager ensemble. L'immense majorité des arpenteurs, évidemment, préfère plonger en solo mais, pour mes premières tentatives, la compagnie de Scarlett m'est indispensable.

Notre rituel ne change pas. Mademoiselle se retourne, m'embrasse à pleine bouche puis braque son regard vers le Nihil.

– À nous de jouer.

Je hoche la tête, déterminé, et l'Altar prend son envol.

Nous traversons les brumes. Je ferme les yeux. Le tunnel s'ouvre, et nous y entrons en boulet de canon.

En théorie, plonger est affaire de volonté. En pratique, de nombreux exercices de concentration préalables sont nécessaires avant de parvenir à un résultat satisfaisant. Scarlett me les enseigne.

Il s'agit, par exemple, de regarder fixement une pierre.

– Pense à cette pierre. Ne pense à rien d'autre.

Une minute de concentration m'est demandée. Un jeu d'enfant, me dis-je la première fois. Erreur : il me faut trois matinées avant d'être capable de fournir l'effort requis.

– Bien, conclut Scarlett avec une pointe d'impatience une fois que j'ai enfin réussi. Applique à présent la même intensité de pensée sur l'acte de plonger. Comme si tu devais te détacher de la bouée qui te retient à la surface et te laisser tomber tout au fond.

Après trois jours, donc, je parviens enfin à plonger, à nous faire entrer dans la Trame, ce mariage électrique de temps et d'espace. C'est encourageant ; mais ce n'est que l'étape inaugurale.

Plonger est une chose. Plonger à une époque et à un endroit voulus en est une autre, autrement délicate.

Au commencement, je me contente de réagir au signal de Scarlett. Très vite, elle m'incite à choisir moi-même.

– Prépare-toi à échouer, martèle-t-elle. Tu n'apprendras que de tes défaites.

Sélectionner le bon moment, voilà le premier défi si l'on souhaite rejoindre une époque donnée.

– De deux choses l'une, m'explique Scarlett au premier soir, dans la pénombre de notre cabane. Soit tu as à l'esprit un événement, une date, par exemple, une scène particulière : concentre-toi alors dessus. Si la connexion entre la réalité et ce que tu as en tête – ce que tu as vu dans un film, par exemple – est suffisamment stimulante et précise, ça fonctionne. En ce qui concerne les époques récentes, nous trichons souvent en visualisant la date sur un calendrier ou sur un journal. Tu veux assister au sacre de Napoléon ? Tâche de te représenter le tableau de David. Si tu n'as pas d'image, ou si ton image n'est pas assez pertinente, tu devras t'en remettre au hasard : c'est ce qu'on appelle plonger « au jugé ». Plus la netteté de tes choix s'affinera, moins tes erreurs seront importantes. Au début, tu risques de te tromper de plusieurs dizaines d'années, voire de plusieurs siècles. Ce n'est pas si grave que ça en a l'air. Voyager dans le temps de l'intérieur est en effet possible. On appelle ça « se projeter ».

Comme un idiot, j'écarquille les yeux ; Scarlett me décoche une chiquenaude.

– Supposons que tu veuilles assister au sacre de la reine Victoria, pour prendre un exemple que je connais. Le couronnement a eu lieu le 28 juin 1838. Si tu arrives trop tôt, mettons dix ans en avance, tu peux rester où tu es et avancer dans le temps.

– Encore faut-il se trouver au bon endroit, non ?

– Excellente remarque. Ce qui nous amène droit à notre deuxième point. Admettons que la date soit la bonne. En l'absence de toute indication spatiale, tu arriveras quelque part, n'importe où, au-dessus d'une mer, d'un océan, d'une terre inhabitée, etc. La probabilité que tu te retrouves dans un lieu familier est infime, tu t'en doutes. Alors, certes, arriver en une région totalement inconnue peut être amusant. Mais on s'en lasse vite lorsque l'on vise une période spécifique de l'histoire. Quel intérêt y aurait-il à se retrouver seul au milieu du désert de Gobi au moment où Hitler se suicide dans son bunker ? À l'instant où Rome tombe aux mains des barbares, où Christophe Colomb découvre les Amériques ? Si tu vises le jurassique, c'est une autre histoire. Toutes les forêts, toutes les montagnes, toutes les vallées sont bonnes à prendre.

Sa tête repose sur mes genoux ; je joue avec ses cheveux emmêlés.

– Continue.

Elle sourit.

– Donc, il est plus pratique d'arriver directement à l'endroit voulu. Mais échouer n'a rien de dramatique, surtout quand c'est de quelques kilomètres. Car, de même qu'il existe une façon de se mouvoir temporellement, se déplacer d'un point à un autre de l'espace est possible. On se projette à travers le temps, on glisse au milieu de l'espace. Dans un cas comme dans l'autre, la volonté intervient. Une fois que tu auras compris comment on s'y prend, quelle zone de ton cerveau il s'agit de faire travailler, l'exercice deviendra instinctif. Ce sera comme faire du vélo ou siffler entre ses doigts : tu oublieras que tu n'as pas su le faire un jour.

J'aime les petites comparaisons terre à terre de Scarlett. Aussi invraisemblables soient-elles, elles ramènent l'expérience à des proportions humaines.

Les trois premiers jours, je ne plonge qu'au signal de ma guide. Scarlett est capable de sélectionner une époque récente avec une marge d'erreur de quelques semaines, ou jours. Parfois même, elle tombe juste. Sans cesse, elle m'encourage : bientôt, promet-elle, je pourrai descendre seul.

Au quatrième jour, nous tentons un exercice. Scarlett sangle Urian, observant les brumes.

– Nous allons revivre l'attentat qui a coûté la vie au président Kennedy, annonce-t-elle comme s'il s'agissait d'une formalité. Tu connais la date ?

Je me mords les lèvres.

– 22 mars 1963 ?

– 22 novembre. Tu séchais les cours d'histoire ?

Mieux vaut ne pas répondre. Elle tapote l'encolure de son Altar.

– Essaie de t'imprégner de cette date. Imagine un journal où elle figure. Un journal américain. Tu es déjà allé à Dallas ?

Je secoue la tête.

– Dans ce cas, je vais t'aider. Il existe un quotidien local, *The Dallas Morning News.* Le titre est inscrit en lettres gothiques. J'ignore quelle était la couverture le matin de l'assassinat de JFK mais efforce-toi de visualiser les mots et la date, d'accord ? Une fois que tu y es parvenu, détends-toi. Tu devrais sentir une connexion.

J'opine sans conviction. L'un après l'autre, nous montons en selle. Derrière moi, Scarlett tient les rênes.

Je ne crains plus de chuter. J'ai appris à contrôler les mouvements de mon corps avec ce qui me reste de conscience au sein de l'Intermonde. Mais en ce qui concerne la date, le lieu, je ne suis sûr de rien. D'un mouvement de poignet, Scarlett donne le signal de l'envol.

Très vite, nous pénétrons dans les brumes. Je ferme les yeux, me vide l'esprit, descends en moi-même.

Le tunnel se présente : aveuglant, comme toujours. Au départ, ce ne sont que des points de lumière, de ceux que l'on aperçoit quand on serre les paupières trop fort. Puis les images se précisent. Le tunnel matérialisé, on est déjà lancé. La sensation, alors, est comparable à celle que l'on éprouve dans un wagon de montagnes russes projeté vers un looping.

J'ai la date en tête, le titre du journal. Nous prenons de la vitesse et j'ouvre les yeux, anticipant le moment de la plongée, la fraction de seconde où tout se joue.

Maintenant !

Un choc.

Un choc encore, puis un flash.

J'y suis. Je vois.

26

Scarlett et moi – elle n'est nulle part, mais je sens sa présence – nous trouvons au milieu de la Cinquième Avenue.

À New York.

– *Et merde*, dis-je.

Sur le trottoir, un vendeur de journaux. Les éditions des principaux quotidiens sont datées du 22 novembre 1963. C'est déjà ça.

– *Mauvais endroit, mais bonne date*, commente Scarlett. *Pas si mal pour un début.*

Sa voix résonne à mon oreille, comme si nous nous trouvions en chair et en os au milieu de la ville.

L'impression n'a rien de comparable avec celle que j'ai éprouvée en compagnie de l'Élohim. Scarlett ne parle pas *dans* ma tête. Elle est là, à mon côté, et je suis le seul à le savoir. Deux présences invisibles.

– *Viens.*

Peu à peu, elle s'élève, et je suis le mouvement, attaché à elle. Elle a repris le contrôle. Tout est léger, douloureusement simple. Il suffit de vouloir aller quelque part pour y être. Glisser…

Nous nous trouvons plus haut que le plus haut des gratte-ciel.

– *Tu vois l'océan ? Tu vois les terres ?*

Elle indique le sud-est.

– *Nous partons là-bas. Laisse-moi faire, d'accord ?*

En quelques secondes, nous passons au-dessus de Manhattan tels des oiseaux de passage. Puis nous accélérons. De plus en plus. Je réalise que nous filons à la vitesse d'un avion. D'une fusée. Le monde défile, en contrebas, et je peux à peine suivre les paysages des yeux.

Collines.

– *Washington*, m'indique Scarlett.

Forêts. Vallées.

– *Virginie. Alabama. Les plaines du Mississippi.*

On dirait l'un de ces documentaires filmés de très haut – la Terre vue du ciel –, quand la surface devient courbe à force d'être lointaine : succession effrénée de paysages, de reliefs, des villes à peines réelles, poignées de quartz jetées sur une toile sombre.

L'Arkansas, le Texas ? Survolés en quelques dizaines de secondes, sans effort et sans bruit. Enfin, nous ralentissons. Notre vitesse passe de celle d'un avion supersonique à celle d'un avion normal.

– *Et voici Dallas*, annonce Scarlett.

Visiblement, elle connaît sa géographie sur le bout des doigts. Combien de fois a-t-elle visité ce pays ?

– *De mon vivant ? Deux fois. Depuis que je suis ici ? Je ne sais pas. Des centaines.*

Quelqu'un, en moi, sourit.

– *J'ai vu la guerre de Sécession*, raconte-t-elle, et sa voix rêveuse accompagne notre long glissement, *j'ai vu le bombardement de Pearl Harbor, j'étais là quand Abraham Lincoln s'est fait assassiner et j'ai assisté aux funérailles de Marilyn Monroe. J'ai vu des Indiens aux yeux clairs fondre en hurlant sur des océans de bisons, et des hommes plus velus que des singes acculer un tigre aux dents de sabre dans le tréfonds du Grand Canyon. J'ai vu les montagnes Rocheuses, aussi, bien différentes de ce qu'elles sont aujourd'hui ; des ptéranodons tournoyaient sous un ciel de tempête.*

Survolant le treillis des avenues et des rues dans le ciel poudré de lumière, nous entamons notre descente. Il ne s'agit pas de mettre pied à terre : pour ce monde-ci, nous n'existons pas. Pas d'yeux, mais nous voyons ; pas d'oreilles, mais nous entendons. Des fantômes, des témoins que personne ne soupçonne.

– *Nous y voilà.*

Scarlett attire mon attention sur une horloge. Il est onze heures cinquante-sept.

– *JFK sera assassiné dans une demi-heure. Est-ce que tu veux que nous restions ?*

Mon regard est une caméra, libre et sans entrave, à même d'embrasser n'importe quelle scène avec une précision parfaite. Quelle matinée radieuse ! Une foule enthousiaste se presse sur les avenues, des milliers de fanions aux couleurs de l'Amérique claquent, suspendus au-dessus de la voie royale. Pas de barrières, et peu de policiers. Une odeur de désastre imminent flotte dans l'air mais nous sommes les seuls à la sentir. Nous remontons le long d'une grande artère vide – l'endroit où, d'ici quelques minutes, passera le cortège présidentiel.

– *Veux-tu que nous restions ?* répète Scarlett.

Je lui réponds que ce n'est pas nécessaire. La peur grandit en moi.

– *Tu sais dorénavant comment te déplacer dans l'espace : glisser. Tu vois ? C'est aussi simple que de marcher ou de respirer. Se mouvoir dans le temps est un exercice plus délicat mais, au fond, tout aussi naturel. Nous pouvons essayer maintenant.*

Autour de nous, de jeunes Américains agitent leurs drapeaux. Leur confiance en l'avenir est totale.

Je commence à comprendre ce qu'impliquent nos pouvoirs, et pourquoi le Corpus déconseille d'assister à de grandes catastrophes. Le sentiment d'impuissance est profond. Le président américain va mourir à l'endroit où nous nous trouvons et il n'est rien que nous puissions faire.

Mais c'est déjà arrivé, me dis-je. C'est écrit dans l'Histoire.

– *Essaie de ne penser à rien d'autre qu'au temps*, me conseille Scarlett. *Prends conscience du temps qui passe sans t'atteindre, comme si tu étais une vitre et que des gouttes de pluie coulaient sur toi.*

Je tente de suivre les instructions, de fermer mon esprit au monde, mais quelque chose se passe mal, une distraction, un doute – je m'y suis pris trop vite.

Sans le vouloir, je sors de la Trame.

L'instant d'après, je reprends mes esprits, mes bras fermés autour de la taille de Scarlett au cœur d'une véritable purée de pois.

Elle tire sur les rênes et Urian remonte. Elle s'est éjectée pour me ramener à bon port. Dix secondes plus tard, nous perçons la couche brumeuse et émergeons au-dessus de la mer de nuages.

Le ciel est plus bleu encore que celui de Dallas. Au loin, d'autres Altars voltigent. Je ne distingue pas leurs maîtres.

– Raté pour cette fois-ci, crie Scarlett en tournant la tête. Mais ne t'inquiète pas, il est très rare de réussir du premier coup.

Brusquement, la tâche me paraît insurmontable, l'affaire de plusieurs mois, plusieurs années peut-être.

Scarlett, à qui je fais part de mes doutes, s'esclaffe.

– Des années, ah ! Tu es fou ! Je te donne deux jours pour y arriver.

Elle a raison.

Le surlendemain, tandis que le soleil est à son zénith, nous retournons dans les brumes, direction Paris à la Libération.

Nous arrivons un soir au pied de la tour Eiffel (j'ai choisi un lieu emblématique, presque caricatural, pour être sûr de ne pas échouer – mais c'est si étrange de la revoir, cette tour, comme une vieille amie qu'on aurait trop longtemps négligée).

C'est auprès d'un marchand de journaux de l'avenue de Suffren que nous comprenons en quelle année nous nous trouvons : 1928, avril. La nuit tombe sur le Paris d'antan, un soir de printemps presque miraculeux.

Des cumulus pastel s'étiolent au-dessus des toits. Tout est semblable, d'une certaine manière, et tout est différent. Le palais du Trocadéro, par exemple, n'est pas celui que je connais : c'est un édifice baroque, un brin mauresque, qui me rappelle d'antiques gravures contemplées dans un livre de mon grand-père.

Nous nous tenons entre les quatre piliers. Scarlett est là, si proche. Elle m'encourage, encore et toujours.

La veille, j'ai tenté de rejoindre cap Canaveral en 1986 et j'ai échoué de près de cinquante ans. Je progresse.

Une nouvelle fois, je fais le vide dans mon esprit, essayant de me concentrer sur la substance, l'essence même du temps. L'effort est comparable à celui que l'on doit produire pour se remémorer une chose oubliée.

Devenir une conscience, un « maintenant » immuable. Regarder le temps passer comme un pré défilant derrière la vitre d'un train arrêté.

Des immeubles sortent de terre, d'autres tombent en ruines, disparaissent, des gens vont et viennent, la ville grouille d'une agitation perpétuelle et je suis le point central, l'inébranlable axe du monde.

Une voix, cependant, résonne aux frontières de ma perception. C'est celle de Scarlett.

– *Stop !*

Mentalement, j'ouvre les yeux, et le temps ralentit. Bientôt, il se fige.

– *Génial*, murmure ma guide. *Tu as réussi, tu t'es projeté !*

Paris n'a pas vieilli. Paris a juste changé d'époque. Un tract de campagne électorale volette sur le parvis. La date ? 2007.

– *Attends*, dis-je. *Je me suis trompé d'une soixantaine d'années.*

Mais, au fond de moi, je sens monter une jubilation sans bornes.

27

Lors de la veillée qui s'ensuit, on m'incite à raconter. Je décris Paris, *deux* Paris : celui du 26 août 1944, jour de la Libération, au moment où une foule en délire acclame, sur les Champs-Élysées, les forces armées du général Leclerc, et le mien, celui de 2007, atteint à mon quatrième essai, précise Scarlett comme s'il s'agissait d'un exploit (j'apprendrai par la suite que c'en est un, si peu de temps après ma première plongée).

C'est une soirée mémorable. Etzu m'étreint à m'en briser les côtes, Taweel me glisse un pendentif autour du cou (une pierre porte-bonheur, dit-il, et je vois Adil hocher la tête non loin, comme s'il approuvait), puis Scarlett et moi nous éclipsons gaiement, et la pénombre s'emplit de chuchotis et de rires avant que nous grimpions dans sa cabane.

L'aube venue, je me lève, la laissant nue sur le divan. Elle a rêvé, cette nuit-là, et de son rêve est sortie une paire de bottes à éperons, matérialisée, ainsi qu'elle me l'avait annoncé, sur le pas de la porte.

O-ni-ri-sa-tion.

Cet exploit-là, je le sais, je ne suis pas près de l'accomplir.

J'enfile les bottes, me laisse glisser le long de l'échelle de corde et pars sur le chemin en sifflotant.

Les portes s'ouvrent sur mon passage. L'homme de garde me gratifie d'un salut militaire. Je suis le premier à sortir.

Je me retourne. Les claquements caractéristiques se font entendre. Thaleane approche à tire-d'aile.

Contrairement à nous, les Altars ont besoin de sommeil, mais ils nous sont si attachés que, dès qu'ils perçoivent notre désir de voler, ils se réveillent.

Enjouée, ma monture tend le cou pour que je lui caresse l'encolure.

– Prête pour notre première plongée en solo ?

Elle a enfoui son museau sous une aile ; on dirait une jeune fille timide. Je lève une botte, lui montre l'éperon.

– Tu as vu ? Cadeau de Scarlett. Elle les a rêvées pour moi.

Une lueur d'assentiment brille dans son regard. Je désigne l'horizon.

– Allons-y, ma belle !

Nous gagnons le bout de l'allée. Parfois, sondant les sous-bois, Thaleane s'arrête. Son ouïe est très fine, elle perçoit des sons qui nous sont étrangers : des grattements, le grouillement d'une vie d'insectes et de rongeurs.

Les Altars, m'a-t-on expliqué, sont les plus imposants prédateurs de l'Intermonde, mais ils se contentent généralement de petit gibier. Dans la chaîne alimentaire, les flèches – les grands oiseaux blancs – les suivent de très près.

À l'extrémité du plateau, je saute en selle et saisis les rênes.

Vivre éternellement, aimer, explorer la Trame sans relâche, peut-on rêver perspective plus enivrante ? *Et cependant*, murmure la voix au fond de ma conscience, *aucun paradis n'est appelé à durer.*

Ma monture piaffe comme un cheval dans son box. Ses ailes se détendent. Je vais voyager seul. Le monde m'appartient. Jamais je n'ai ressenti une telle excitation.

28

Mes doigts triturent le pendentif à mon cou. Une pierre rare, finement sculptée, dont Taweel ne m'a rien révélé. Porte-bonheur, hein !

Je ne tiens plus les rênes que d'une main. Arrivé au centre du Nihil, je me penche en avant. Thaleane pique vers les brumes.

Nous en crevons la surface comme on plonge dans un lac. Déjà, j'ai fermé les yeux. Lorsque je les rouvre, tout est gris. Le tunnel s'ouvre devant nous.

Descente. Les trois préceptes fondamentaux du Corpus me sont désormais familiers : ne pas chercher à se rencontrer soi-même, ne pas se montrer aux mortels, ne pas se rendre dans le futur.

J'ai l'intention de violer deux de ces trois lois dès ma première plongée. Mais pour cette fois seulement. Ensuite, me dis-je, plus jamais je n'en trouverai le courage.

J'ai choisi mon lieu : la tour Montparnasse. J'y arrive avec une dizaine d'années d'avance. Un carrousel tourne, des gens sortent de la gare, allant d'un pas pressé. Nous sommes en 2002.

Étrange, de se trouver ici sans personne à qui parler. J'ai sous-estimé cette sensation de solitude.

Les arbres bourgeonnent, l'après-midi touche à sa fin. À quelques kilomètres d'ici, j'imagine, un jeune Floryan âgé de sept ans sort de sa classe de CE1, cartable sur le dos. Son grand-père l'attend, une cigarette entre les doigts. Dans deux ans, il sera mort.

Inutile de traîner plus que de raison.

Un bond en avant – je me projette. Les gens marchent à toute allure, les voitures filent tels des missiles, les jours succèdent aux nuits jusqu'à ce qu'il ne soit plus possible de rien distinguer.

Stop.

Le calme est revenu. Jetant un œil à la devanture d'un kiosque qui vend des places de spectacle, j'apprends que nous sommes en 2010.

Encore un effort.

Il me faut quatre autres tentatives pour sélectionner le bon jour. L'émotion, à mesure que je m'approche du but, obscurcit mon jugement.

Mon cerveau va entrer en ébullition.

Mardi 19 juin, six heures trente du matin, pied de la tour Montparnasse. Les livreurs s'activent, les cafetiers sifflotent, une aube grise s'éloigne en lambeaux.

Longtemps je demeure là, au milieu des voyageurs chafouins, des clochards qui grommellent, des crissements de freins et des Klaxon. Une odeur de café flotte dans l'air. Je ne suis pas pressé. Le temps que nous passons sur Terre, m'a expliqué Scarlett, n'est pas du temps perdu dans l'Intermonde. Des jours ici, des secondes là-bas : c'est comme un rêve, et je pourrais rester dix ans.

Aux abords des terrasses, je me surprends à errer. À une table dehors, un homme d'affaires sur le départ, tasse à la main, feuillette un quotidien. J'oscille au-dessus de son épaule. Il se gratte l'oreille et tourne les pages avec une moue contrariée.

L'accident dans lequel j'ai perdu la vie était bien un attentat. Plusieurs groupes terroristes s'en attribuent la paternité. Au sein de la classe politique, le débat fait rage. Il y a eu trente-sept morts et plus de deux cents blessés – un bilan sans précédent en France. Une marche en hommage aux victimes a été organisée la veille. « Contre la terreur. » Sur la photo de l'article, je ne reconnais personne.

L'homme referme son journal et le claque sur sa table comme s'il voulait mettre un terme à une situation fâcheuse.

Nous en avons fini, lui et moi. D'une impulsion, je m'éloigne, hésitant un moment au-dessus de l'hôpital Necker avant de rejoindre l'avenue de Breteuil. Le dôme des Invalides est là : si arrogant, si rassurant.

J'arrive devant chez moi. J'habite au numéro 4 de l'avenue, au cinquième et dernier étage. Rien, en apparence, n'a changé.

Il doit être sept heures du matin. Je me hisse à hauteur du salon. Du monde à l'intérieur. Mes parents, mon frère, ma tante.

Je reste derrière la fenêtre, gagné par une sensation de gêne. Je n'ai pas le droit d'être ici. Je viole un secret. « Ça ne t'apportera rien », m'a prévenu Scarlett. Mais la curiosité est trop forte. C'est de ma mort qu'il s'agit.

Je passe de l'autre côté. Tirée à quatre épingles, ma mère est assise sur le rebord d'un fauteuil. Ses yeux sont secs, vides, et c'est un déchirement de la découvrir. Soudain, elle lève la tête et braque son regard dans ma direction. Il lui est impossible de me voir, je le sais. Il n'empêche que je recule.

Installé sur le canapé, mon frère compulse une revue. Devant lui, sur la table en verre, fume une tasse de café.

Mon père, lui, est à la table du salon, avec ma tante et son avocat. Tous trois agitent des papiers, trient des documents.

Le téléphone sonne, et ma mère sursaute. C'est ma tante qui décroche.

Mon père attrape son Smartphone et fait défiler des numéros. Il ne ressemble pas à un homme qui vient de perdre son fils mais c'est tout lui, me dis-je, la retenue, les apparences.

Soudain, ma mère plaque une main sur sa bouche, comme si elle venait de se rappeler un détail essentiel.

– Mon Dieu ! murmure-t-elle.

Son visage n'est plus qu'une vallée de larmes.

Tel un chevalier des temps jadis, mon frère vient s'agenouiller devant elle. Il lui prend les mains.

– Ce n'est pas… pas possible, bredouille ma mère, ce n'est pas en train de nous arriver, nous ne sommes pas ici, PAS ICI !

Mon père la rejoint à son tour. Il lui masse les épaules. C'est là toute la tendresse qu'il s'autorise à lui témoigner.

D'un coin de mouchoir, ma mère se tamponne les joues. Elle parle, elle parle, elle parle – une vieille voiture garée en pente dont on aurait coupé les freins.

– Chaque fois que je me réveille, j'ai cette minuscule seconde d'espoir, l'espoir que je n'ai fait que rêver.

Elle lève les yeux vers mon père, qui s'éclaircit la gorge.

– Je vais rappeler Simonet. Il m'a recommandé de ne pas hésiter. Nous allons augmenter les doses.

Simonet est notre médecin de famille. Ma mère pince les lèvres.

– Je ne veux pas dormir ; je veux me réveiller.

Elle sourit, comme si ma mort pouvait n'être qu'une blague.

– Il ne reviendra plus, vous comprenez ? Plus jamais, même si nous vivons mille ans. Oh, mon tout petit !

Elle ouvre une main sur son visage comme si elle voulait

arracher un masque. Mon père s'éloigne, écœuré par son impuissance. Mon frère se relève.

– Je veux arrêter d'avoir si mal, reprend ma mère. Je ne supporterai pas ça très longtemps.

À mon tour, je m'approche. Je voudrais tant lui dire que je suis là, vivant, que je suis avec elle, « maman ! ». Mais ma voix résonne, dérisoire, dans la caverne de mon esprit.

Aux oreilles de ma mère brillent les boucles dorées que je lui ai offertes pour son cinquantième anniversaire. Je ne l'ai vue les porter qu'une fois. Je recule au fond de la pièce. Je voudrais qu'elle arrête de pleurer, maintenant, qu'elle arrête de parler de moi.

Sur la table du salon, le Smartphone tressaute. Mon père prend l'appel et s'éloigne dans le couloir. Je le suis. La conversation est brève.

– C'était le père Duval, annonce-t-il à la cantonade. Il nous confirme l'heure : demain mercredi, treize heures trente. Je vais renvoyer un mail à mes amis du *Monde* pour leur dicter la notule. Aceline ?

Ma mère ne l'entend pas.

Je ne voulais pas me l'avouer, mais c'est pour assister à mon propre enterrement que je suis sorti au pied de la tour Montparnasse.

Le cimetière n'est pas loin. Mes grands-parents maternels ayant été inhumés là-bas, je suppose que je le serai aussi.

Que puis-je attendre de mes funérailles ? Des cris, des pleurs, des paroles vides de sens. Ma mère voudra se jeter sur mon cercueil. On l'en empêchera.

Oui, qu'est-ce que tu cherches ? demande ma conscience. *Tu veux savoir à quel point les gens sont tristes ? Mesurer le degré de leur désespoir ?*

Je m'éclipse.

29

Les voix ne tintent plus, le salon disparaît, ne reste bientôt plus que la façade de l'immeuble arrosée de soleil.

L'été, l'été à Paris. L'été où je suis mort.

Il y a une pelouse devant notre immeuble, un long terre-plein sans âme décoré d'une fontaine. Devant la fontaine, un banc.

J'ai dans l'idée de rester ici. De faire reculer le temps.

Je ferme les yeux, si l'on peut dire. Je veux revenir aux origines. Au monde d'avant le monde, quand la mort ne signifiait rien.

Une terre sans tristesse.

Les saisons défilent, à l'envers, de plus en plus vite. Je sens que je m'élève, malgré moi.

Les années s'égrainent, les décennies, les siècles, des pages de calendrier arrachées avec une hâte féroce.

La sensation de vitesse est effrayante, mais elle me grise, aussi. Scarlett m'a parlé de ce phénomène : une sorte d'ivresse des profondeurs, qui touche surtout les nouveaux arrivants.

Parfois, le cerveau se déconnecte de lui-même, et le voyageur est éjecté contre son gré. Parfois, il parvient à remonter jusqu'aux origines.

Stop.

J'ai mis un terme à la chute.

J'ai bien cru que je n'y arriverais pas ; la machine de mon esprit était devenue folle. Mais, peu à peu, le mouvement a perdu de sa vitesse, l'énergie a décru et j'ai su que j'allais découvrir autre chose.

Mon esprit s'ouvre, s'épanouit, une vive lumière frappe mes rétines. Je me trouve en plein ciel. Sous mes yeux : l'océan. Des dizaines, des centaines de millions d'années en arrière.

Sans réfléchir, je me propulse en avant. Des montagnes apparaissent, des forêts antédiluviennes. Je ralentis, survole un vallon, des cascades titanesques. Sur les berges d'une rivière, là-bas, d'énormes sauriens s'ébattent. La France, me dis-je. Voilà à quoi ressemblait la France avant que vivent les hommes.

Sous un crépuscule sanglant, un troupeau de petits dinosaures bipèdes s'égaille à travers la prairie. De tout temps, me dis-je, les hommes ont cherché à s'évader par la pensée pour oublier les avanies du présent.

Les Égarés, eux, ont érigé ce principe en art de vivre.

À contrecœur, tel ce héros de livre pour enfants qui, lassé de se complaire en la compagnie des monstres, reprend le chemin de sa maison, je décide de partir. Une dernière fois, j'embrasse la vallée du regard.

Pourquoi les Égarés se donnent-ils la peine de revenir dans l'Intermonde ? La réponse me vient au moment même où mon esprit formule la question.

Parce qu'ils sont seuls.

Nous aimons qu'on nous raconte des histoires mais, par-dessus tout, nous aimons y prendre part.

Un troupeau de tricératops s'approchent d'un lac. Non loin de là, un trio de carnivores à collerette déchiquettent une carcasse. Je reprends de la hauteur pour mieux les contempler. Puis je disparais.

30

Le soleil s'en va derrière les montagnes, laissant de longues traînées d'or dans son sillage.

Des arpenteurs remontent l'allée, tenant leur Altar par la longe. Je ne connais la plupart que de vue. Nous nous saluons, heureux, repus. L'ombre de la forêt, la douceur du foyer, nous accueillons tout cela avec gratitude.

Tandis que je libère Thaleane, Scarlett, déjà rentrée, court à ma rencontre. Elle se jette dans mes bras, joue avec mes cheveux et me couvre de baisers sous les regards amusés de ses pairs.

Diane et d'autres sont là pour ramener nos montures à leur nid. Ils empruntent le chemin longeant la palissade, vers l'enclos où les animaux se retrouvent et sont nourris. Les Altars ont besoin de passer du temps entre eux après les plongées éprouvantes que nous leur imposons.

– Alors ?

Main dans la main, nous franchissons la grande porte et rejoignons ma cabane. J'ai décidé de passer mon escapade parisienne sous silence. De fait, j'ai déjà presque réussi à m'en purger l'esprit.

– Tu as vu *Jurassic Park* ?

Elle regarde ailleurs, et je regrette aussitôt ma question. Quel imbécile ! L'attentat de Lockerbie a eu lieu en 1988. Elle arrive à sourire.

– Non, je crains de n'avoir pas eu cette chance. Mais je sais où tu veux en venir. La première chose que font la plupart des Égarés lors de leurs plongées initiales, c'est se payer une virée au pays des dinosaures. Surtout quand ce sont des hommes.

Je fronce les sourcils.

– Insinuerais-tu quelque chose ?

J'aime son rire : un tintement de clochettes. J'admire son insouciance, aussi. Plus rien n'est grave ici-bas.

– Nous, les femmes, nous nous intéressons à l'Histoire et aux sentiments. Ce que nous voulons savoir, c'est comment Jane Austen écrivait ses livres.

– Jane qui ?

Elle me tire la langue, pas tout à fait sûre que je plaisante. Tant de choses nous séparent, à bien y réfléchir. Elle est morte sept ans avant ma naissance. C'est dérisoire, et c'est immense. Internet ne signifie rien pour elle, pas plus que le 11 Septembre, les lecteurs MP3, l'essentiel des séries et la musique que j'aime. *Harry Potter*, *Twilight* ? Elle n'en a jamais entendu parler.

Mais nous avons l'éternité pour pallier ce problème, n'est-ce pas ? Une éternité pour nous comprendre l'un l'autre.

Dieu.

Quelle perspective vertigineuse.

– À quoi penses-tu ? Au régime alimentaire des protocératops ?

Nous sommes chez moi, sur mon divan. Elle a posé sa tête sur mes genoux. Du bout des doigts, je suis le dessin de ses lèvres.

– Ç'a été une journée extraordinaire.

– Tu en vivras des millions d'autres.

Je n'ajoute rien à cette promesse extravagante. Dans la pénombre de ma cabane, nous demeurons assis, nus dans la moiteur nocturne, au milieu des chants d'oiseaux et des crissements d'insectes. Je me penche.

– Penses-tu réellement que nous ne mourrons jamais ? Je n'arrive pas à m'imaginer…

– Personne ne le peut.

Mon regard se perd.

– Quand j'étais vivant – je veux dire, quand j'étais sur Terre –, je discutais souvent avec un prêtre, un ami de la famille. Le père Duval.

Scarlett se redresse, m'embrasse dans le cou.

– Et ?

– Il prétendait que l'éternité ne connaît ni début ni fin.

Elle se lève, s'étire.

– Je sens que je vais avoir mal au crâne.

– Moi, j'avais toujours plein de questions. Par exemple : à quoi ça sert d'être immortel si la mémoire est limitée ? Si, au bout d'un moment, on ne peut pas se souvenir de ce qu'on a fait, de ce qu'on a été ? Il souriait tel un vieux sage. « Immortalité n'est pas éternité. »

Scarlett pivote. Sa nudité m'éblouit.

– Et après, professeur ?

Elle s'approche, pose mes mains sur ses hanches.

– J'ai l'impression, dis-je, que les Égarés ne se posent jamais ce genre de questions.

Scarlett soupire, déçue par mon absence d'initiative. Se laissant tomber à mon côté, elle croise les bras.

– Un : bien sûr que si, les gens se les posent, ils se les posaient déjà sur Terre. Mais ils ne trouvent pas plus de réponses ici que là-bas. Deux : il existe effectivement une différence entre immortalité et éternité. Nous, nous vivons dans un présent sans cesse renouvelé. Comme une roue qui tourne et ne s'use jamais. Tu me suis ?

– Je crois.

– Quoi qu'il nous arrive, ça ne peut pas être mauvais.

Je me tourne vers elle, songeur.

– Télémaque est le premier d'entre vous à être venu ici, n'est-ce pas ?

Scarlett acquiesce.

– Quand est-il arrivé ?

Elle hausse les épaules.

– Je ne sais pas, pas précisément. Il y a une soixantaine d'années, je crois.

– Et il connaît tout de ce monde ?

Elle se relève, attrape sa tunique, l'enfile sans un mot.

– Où vas-tu ?

– Je sors. Tu m'énerves.

– Quoi ?

Elle fait volte-face. Plus belle que jamais, peut-être à cause de la colère.

– Tu poses trop de questions. Quand tu étais sur Terre, tu avais peur, parce que tu ignorais ce qui se passait après la mort. Mais aujourd'hui, tu sais. Et pourtant, cela ne te suffit pas. Des questions, encore des questions. Pourquoi ?

Je lève mes mains, paumes en avant.

– Du calme.

– Aucune réponse ne te satisfera, Floryan. Nous n'avons *plus* besoin de réponses. Nous vivons dans le maintenant permanent, essaie de comprendre ça.

– Je suppose que ça demande du temps.

Elle attrape mon échelle de corde.

– Prends tout le temps dont tu auras besoin. Et viens me voir quand tu voudras profiter du présent.

31

Cette nuit-là, pour me changer les idées, je décide de « concevoir » un objet. L'onirisation, je le sais, est un art hautement complexe et très long à maîtriser, mais ses potentialités me paraissent si fantastiques que je ne parviens pas à me convaincre d'attendre.

Dix minutes durant, je fixe le seuil de ma cabane, l'endroit où j'entends faire apparaître mon œuvre. J'ai le projet de créer des lunettes d'aviateur, comme certains en portent en vol. C'est pure coquetterie de ma part. Personne n'a besoin de lunettes, ici, parce que les yeux ne sont pas affectés par l'air ou le vent ; de même que nous ne mangeons plus, que nous ne déféquons plus, les problèmes de vue d'ordre physiologique – irritation, liquide lacrymal – ont cessé de nous concerner.

Mon grand-père maternel, que j'aimais beaucoup, a été aviateur militaire dans sa jeunesse et il a longtemps conservé, dans une armoire de sa maison de Meudon, une collection de masques et de lunettes si extravagante qu'on l'aurait dit sortie d'un livre d'aventures coloniales. C'est un modèle bien particulier que j'ai en tête. Celui que mon grand-père m'avait légué.

Se concentrer, a insisté Favor. Tout passe par là. Je songe à ces théories rebattues alléguant que l'homme n'utilise que dix pour cent de son cerveau et que le reste est inexploité. Ça ne paraît pas si absurde.

Pendant l'heure suivante, je joue avec l'image de ces lunettes comme un chat avec une pelote de laine. Je la quitte, y revient, m'énerve un peu. Las ! La méthode n'est pas encore au point, et ne le sera pas avant longtemps. « Si tu n'y crois pas, a confirmé Favor, si tu n'es pas convaincu que ça peut fonctionner, alors tu n'as aucune chance. »

Là est bien le problème, décidé-je, mains croisées sur la nuque. Le processus relève trop du conte de fées à mes yeux.

Des éclats de voix me tirent de ma rêverie.

Quelqu'un crie, un homme en colère – cela vient de la palissade. Intrigué, je descends de ma cabane.

Cette fois, je distingue mieux :

– Et que crois-tu qu'il arrivera lorsque les Élohim ou leurs laquais entreront ici, hein ? Tu leur expliqueras que nous voulons « vivre en paix » ? Tu leur chanteras les vertus de la cohabitation pacifique ? Arrête de me fixer avec ce sourire idiot ! Cette fois, tu es bon pour le bannissement !

Sans hésiter, je saisis les barreaux de l'échelle qui mènent à la tour de garde et les gravis en hâte.

Starck se retourne. Torse nu, il baisse le doigt accusateur qu'il pointait sur le malheureux Chinois à la jambe de bois, recroquevillé dans un coin.

Cela fait un moment que je m'interroge au sujet de Heng. Heng ne sort jamais du camp, à ma connaissance. S'il possède un Altar – tout le monde en possède un –, je ne l'ai jamais vu le monter. Souvent, je le croise, une pipe à la main. En général, il se borne à me sourire, à soulever son chapeau. Je ne connais rien des vieux paysans mandchous mais c'est ainsi que je me les imagine.

– Quoi ?

Starck paraît furieux. Je lève les mains en signe de paix.

– Rien. Je t'ai juste entendu élever la voix, je voulais m'assurer…

Starck ricane. Du pouce, il montre Heng, assis contre la palissade, tremblant.

– Ce crétin est si perdu dans son monde intérieur qu'il n'a même pas réagi quand je suis monté. Il était allongé à même le sol – tu parles d'un garde d'élite ! J'ai été forcé de le réveiller à coups de pied.

Le Chinois nous observe tour à tour. Son visage est ridé comme une prune gâtée. C'est la deuxième fois, depuis l'altercation entre Ingrid et Jovan, que je suis témoin d'une dispute à Landerost, et je n'aime pas ça, je n'aime pas ça du tout. Crier ici, c'est comme lâcher un verre sur le carrelage d'une nurserie.

– Rentre chez toi, lâche Starck. Va faire ce que tu as à faire. Je m'occupe de cet imbécile. Nous n'aurons plus à le supporter longtemps.

Je gonfle mes poumons.

– Je vais rester ici. Je vais lui tenir compagnie.

Il hausse les épaules.

– Tu n'as pas à prendre de tour de garde. Il est trop tôt, tu…

– Je sais.

– Et ce débris ne vaut pas que…

– Tu ne devrais pas parler de lui comme ça.

– Pardon ?

– Il a peut-être commis une erreur mais il ne mérite pas tes insultes. Et je crois que tu lui fais peur.

Starck se tourne vers l'intéressé, revient à moi.

– Il serait préférable que tu apprennes à te mêler de ce qui te regarde, novice.

– Je ne suis plus novice.

– C'est toi qui le dis.

La situation prend une tournure à laquelle ni lui ni moi

ne nous attendions. Starck sourit, mais son hostilité est palpable. Il me jauge, réfléchissant à la façon de se sortir de cette impasse. Il crache par-dessus la rambarde.

– Comme tu veux. Si tu as envie de perdre ton temps… Mais tu peux d'ores et déjà expliquer à ton nouvel ami que ses jours parmi nous touchent à leur fin. Je vais aller trouver Télémaque dès demain matin.

– Nous serons deux.

Starck secoue la tête et descend. L'écho de ses pas s'évanouit dans la pénombre.

Heng, lui, n'a pas bougé. De l'autre côté de la palissade, je scrute les ténèbres puis lui tends la main. Il se redresse, me remercie avec force courbettes.

– Arrête.

Je me rappelle ce garçon avec qui j'étais à l'école primaire. Un autiste, ou peu s'en fallait. Nous avons passé une année entière à nous moquer de lui. Parfois, je le regardais, assis à l'écart – l'image même de la solitude. Je m'efforçais de ne pas penser à ce que nous lui faisions subir.

Je me retourne vers la forêt.

– Y a-t-il vraiment du danger, à l'extérieur, pour que nous soyons obligés de monter la garde toutes les nuits ?

Heng me dévisage.

– Tu as fait vœu de silence ?

Pour toute réponse, il ouvre la bouche : une caverne sombre, hérissée de chicots jaunâtres. Sa langue a été coupée.

– Bon sang, dis-je. Désolé. Je ne savais pas.

Pourquoi Scarlett ne m'a-t-elle rien dit ? Heng referme la bouche puis, posant un genou à terre, trace un signe du bout de l'index.

C'est un « T ».

Je suis surpris. L'écriture est bannie, ici. Où veut-il en venir ?

Un « H » suit. Puis un « A », un « N », et un « K ». Heng lève les yeux sur moi, comme pour s'assurer que j'ai bien compris. Puis il trace les trois lettres restantes : « YOU ».

Je reste stupéfait.

– Tu connais l'anglais ?

Il hoche la tête.

– Mais pas le français, n'est-ce pas ?

Cette fois, il la secoue. Je pose une main sur mon cœur.

– De rien, Heng. Je suis navré que tu ne puisses pas parler. Je suis sûr que nous aurions des choses très intéressantes à nous raconter.

Heng sonde l'obscurité des sous-bois. De la paume, j'éprouve le bois rugueux de la palissade.

– As-tu... As-tu peur de Starck ?

Il acquiesce. Il faudrait inventer une nouvelle forme de dialogue, des phrases n'appelant que des réponses simples.

– Ce n'est pas la première fois que ça t'arrive, t'endormir à ton poste ?

Heng hausse les épaules. Ce n'est pas la première fois, non, mais il n'a pas l'air de se rendre compte de la gravité de la situation.

– Cette pipe que tu fumes...

Il baisse les yeux vers sa ceinture, en tire l'objet en question : elle ressemble à celle de Favor. Il me la tend. J'agite les mains en signe de protestation.

– Non, non, merci, ce n'est pas... Je veux dire, est-ce que c'est à cause de cette pipe que tu as des absences, parfois ?

Il se détourne, s'absorbant dans la contemplation de la nuit. Soit je l'ai froissé, soit j'ai perdu son attention. Dans tous les cas, il est clair que je ne tirerai rien de plus de lui ce soir. Je m'accoude à l'autre rambarde, celle qui donne sur le camp.

Quelques lueurs brillent encore parmi les branchages mais la plupart des lampes et des lampions ont été éteints. De là où je me trouve, je ne parviens pas à reconnaître la cabane de Scarlett. Que fait-elle, en cet instant, à quoi pense-t-elle ?

Longtemps, je demeure pensif. Puis je me détache de la rambarde. Tourné vers la forêt, le vieux Chinois n'a pas quitté son poste. Je pose une main sur son épaule.

– Ça va s'arranger, dis-je.

Il secoue la tête.

– Non ? Pourquoi ?

Il désigne la cascade, à l'autre extrémité du camp.

– Eh bien quoi ? Télémaque ?

Il approuve.

– Starck va parler à Télémaque, d'accord. Et après ? Que veux-tu qu'ils fassent ?

Heng prend un air résigné. Quelles sont les sanctions en cas de manquement au règlement intérieur ? Existe-t-il un tel règlement, d'ailleurs ? Scarlett ne m'en a jamais parlé. J'ignore s'il est possible de vivre sans lois. La question aurait plu à ce cher M. Dargent.

– Demain, dis-je, j'irai trouver Télémaque. Et je prendrai ta défense. Ne t'inquiète pas.

32

La nuit, peu à peu, s'éclaircit. Un liseré de lumière souligne l'horizon. L'une après l'autre, les dernières étoiles s'éteignent.

Je regagne ma cabane. Scarlett ne s'y trouve pas. Je l'attends une heure, deux, tandis que le village émerge de sa torpeur.

Elle ne viendra pas. J'enfile une tunique neuve (Martjin s'est chargé d'étoffer ma garde-robe) et prends le chemin de la cascade pour aller trouver Télémaque.

Je ne me suis jamais rendu dans la grotte depuis que Taweel m'y a conduit, le premier jour, et j'ignore s'il est possible d'y entrer sans s'annoncer mais, comme personne ne m'a jamais dit le contraire, je prends le risque.

Une fois encore, il me faut plusieurs minutes pour m'habituer à l'obscurité. Et ce silence ! À chaque pas, ma détermination fléchit. Trop tard pour faire marche arrière.

Enfin, le tunnel s'évase ; les torches crépitent dans un silence de sépulcre.

– Floryan.

Télémaque émerge de son cratère, ruisselant, et porte deux doigts au bandeau de métal qui ceint son front. Le Céphalos, m'a dit Scarlett. Un artefact magique.

– Bonjour, Télémaque.

Il sourit.

– Les autres n'ont pas dû te prévenir mais il m'arrive d'être plongé dans des séances méditatives si profondes que l'irruption inopinée d'un visiteur peut s'avérer dangereuse.

Je balbutie une excuse. Il l'écarte d'un geste.

– Personne ne t'a empêché d'entrer. Je m'attendais à ta venue.

J'arque un sourcil.

– Starck m'a expliqué ce qui s'est passé, poursuit-il, et comment tu as pris la défense du vieux Heng. Il m'a fait part de ta probable visite.

– Heng a peur d'être banni.

– À raison.

Télémaque s'est assis sur le rebord de son cratère, mains sur les genoux. Son corps est celui d'un athlète. Passé ce sourire de convenance, rien chez lui ne trahit la moindre émotion.

– À plusieurs reprises déjà, Heng a fait montre d'une grave négligence dans l'exécution de la mission qui lui était confiée. Nous ne pouvons tolérer de tels manquements quand notre sécurité est un jeu.

– Sécurité ? Je croyais que nous étions à l'abri, de ce côté-ci de la Frontière.

– Nous le sommes en théorie.

– Je ne comprends pas.

Il a un geste évasif. Là n'est pas la question, semble-t-il me signifier.

– Je ne demande pas grand-chose aux habitants de Landerost, Floryan. Mais le peu de tâches qui leur sont attribuées, j'entends qu'ils les mènent à bien. Ta compassion et ton inquiétude sont appréciées à leur juste valeur. Elles ne changeront rien, cependant, au sort de Heng.

– Vous allez…

– Il sera jugé ce soir lors d'une réunion extraordinaire

du Conseil. (Prenant acte de mon silence, il poursuit.) Scarlett ne t'a jamais parlé du Conseil ?

Je secoue la tête.

– Le Conseil statue sur les rares situations qui posent problème à la communauté et ne peuvent être réglées à l'amiable. Quatre membres y siègent, moi compris.

Il hume l'air, comme si le débat ne le concernait plus, et j'abandonne mes questions. Je me sens désarmé, triste pour Heng. Que va-t-il advenir de lui ?

Télémaque s'immerge de nouveau. Une façon comme une autre de me donner congé.

– Y avait-il autre chose ?

– Non. Simplement…

J'ai commis une erreur en venant ici. Comment ai-je pu croire que je serais écouté, au même titre que Starck ou qu'un Égaré plus ancien ? Je suis un presque novice, on me l'a assez répété.

– Simplement ?

– Heng est muet. Je me demandais s'il aurait la possibilité de se défendre.

– C'est une question sans objet, Floryan. L'idée n'est pas d'argumenter, de peser le pour et le contre ou de trouver des circonstances atténuantes. L'idée est d'interroger la communauté : devons-nous prendre le risque de remettre notre sécurité et notre bien-être entre les mains d'un personnage tel que Heng ?

Je me racle la gorge. L'entretien est terminé. Je sors.

Dehors, le fracas de la chute d'eau brouille mes pensées. Bienheureux les pauvres d'esprit ! Des libellules irisées rasent la surface.

Je m'arrête.

Coiffé de son sempiternel turban, Adil le Juste est assis sur une pierre en position du lotus.

– Bonjour, dis-je.

Depuis mon arrivée, je n'ai entendu le son de sa voix qu'une fois – lors d'une soirée de veillée où Etzu l'a serré dans ses bras avec une affection excessive. Très calmement, Adil lui a demandé de le laisser tranquille.

– Je viens de parler à Télémaque. Je crois que Heng va être banni.

M'a-t-il entendu ? Une libellule fait du surplace à quelques centimètres de son visage.

– Je ne trouve pas ça très juste, dis-je encore.

– Pourquoi me parles-tu ?

Je suis si surpris que je ne trouve rien à répondre.

– Tu cherches des alliés. Des amis, peut-être ? Ou, plus prosaïquement, tu essaies de te faire ta place.

Je grimace.

– Je ne devrais pas ?

Il y a quelque chose d'effrayant dans la fixité de son regard.

– Non.

Je m'assois dans l'herbe, et je prends un air absent. J'ignore comment poursuivre. Soudain, une voix me tire de mes pensées. Une voix familière.

– Tiens, tiens.

Je lève les yeux. Scarlett embrasse la cascade du regard, m'ignorant avec ostentation.

– Tout le monde sait ce qui s'est passé cette nuit, annonce-t-elle. Et tout le monde devine ce qui va suivre ce soir. (Elle salue Adil d'un hochement de tête ; il lui répond en s'inclinant.) Ainsi, me dit-elle, tu es allé parler à Télémaque.

– Oui.

– Et ça n'a rien changé.

La lueur malicieuse que j'aime tant contempler dans son regard est absente.

– Tu te mêles de ce qui ne te regarde pas, Floryan. C'est une habitude que tu serais bien inspiré de perdre.

La vie est étrange. Mon égoïsme, mon peu d'empressement à m'occuper des autres, ma propension presque caricaturale à fuir les conflits faisaient partie, à en croire mon père, de mes défauts les plus embarrassants. Dès mon plus jeune âge, j'avais pris l'habitude de ne me mêler de rien. Étais-je heureux ? Je n'en suis plus très sûr.

Le bonheur, on le reconnaît quand on le perd. Et je n'ai pas l'impression d'avoir perdu grand-chose en abandonnant ma vie d'avant.

Heng est banni le soir même. Le Conseil, constitué de Télémaque, Starck, Edeeth et Favor, rend son verdict au pied d'un promontoire herbeux. On a fait monter l'accusé au sommet.

Il accueille la sentence d'un assentiment poli, comme s'il disait merci. Sans rien ajouter, on le conduit à l'entrée ouest et on lui ouvre les portes. Il s'avance en claudiquant et ne se retourne pas.

Aucun adieu. Aucun regret.

J'ai du mal à ne pas en vouloir à ceux qui restent. Cet homme a vécu parmi eux, des années durant. Est-ce là tout ce qui restera de son histoire ?

Les portes se referment. Solitaire, je reste campé devant bien après que les autres ont quitté les lieux.

33

Scarlett cherchera-t-elle à me voir ce matin, sera-t-elle prête à enterrer la hache de guerre ?

Moi, en tout cas, je ne le suis pas. Je la tiens pour responsable au même titre que les autres du bannissement de Heng.

La brutalité lapidaire du jugement, la froideur de l'assistance, l'air désemparé du malheureux Chinois au moment de passer les portes, tout cela m'a mis en rage, et j'ai passé une mauvaise nuit. Pour la première fois depuis mon arrivée, je considère la communauté sous un angle critique, et des détails laissés de côté me reviennent à l'esprit.

L'hostilité de Starck, l'indifférence de Télémaque, les réflexions elliptiques d'Adil me portent à croire que mon séjour à Landerost ne sera pas forcément le paradis promis. Et Scarlett, suis-je forcé de concéder, Scarlett, dont j'avais pensé qu'elle serait mon alliée, fait bel et bien partie du problème. À présent que nous avons connu notre première dispute, je dois bien l'admettre : je ne suis pas amoureux.

L'aube se lève à peine lorsque je quitte le campement. La garde de la porte nord, pour cette nuit, a été confiée à Peter, un géant barbu originaire d'Europe de l'Est avec lequel je n'ai échangé que quelques banalités depuis mon arrivée. Il me salue avec entrain et je m'efforce de paraître amical. À peine a-t-il ouvert les portes que je suis dehors.

Évidemment, il y a fort à parier qu'il informera Scarlett de mon départ précipité si elle lui pose la question. Merde, peu importe.

Dix minutes plus tard, je selle Thaleane. Toujours pas de lunettes d'aviateur, me dis-je en grimaçant vers le soleil. En avant !

Les feux de l'aurore colorent les brumes. Je suis le premier au-dessus du Nihil ce matin. Immédiatement, je pique vers les profondeurs. Ma décision est arrêtée, j'ai eu toute la nuit pour y réfléchir.

Le tunnel s'ouvre devant moi. Poings serrés sur mes rênes, j'y fonce. Direction Paris. Direction le passé proche.

C'est une violation du Corpus, et ça n'a rien d'un hasard.

Couplée à la curiosité qui continue de me tenailler à propos de mes funérailles, la colère que je ressens à l'égard de Télémaque et des autres est le carburant idéal de ma volonté de transgression.

Mercredi, treize heures trente, a dit mon père. *Tu vas regretter ça*, souffle la voix de ma conscience. Puis elle se tait.

Il est treize heures à peine quand les premiers amis de mes parents font leur apparition. Tous sont vêtus de noir ou de gris. Un taxi s'arrête, mon père en descend. Ma mère s'extirpe à sa suite. Elle a du mal à marcher seule ; il l'aide.

Mon cœur, une fois de plus, se brise. Mon père s'en sortira, j'en suis sûr. C'est un homme fort, qui a perdu des proches très tôt, un homme entouré, aussi, et trop préoccupé de lui-même et de son importance pour se laisser détruire par quoi que ce soit. Je lui en veux de ne pas pleurer, mais je l'admire, aussi, je suis fier de la façon dont il soutient sa femme, fier de son calme et de ses sourires quand leurs amis les rejoignent.

Mais ma mère ! Bouche tordue, elle cherche de l'air comme un poisson jeté sur le pont d'un chalutier. Elle est à peine coiffée. L'un de ses bas est filé. Ma mort, me dis-je, les circonstances de ma mort l'ont anéantie. Essayer de tenir debout, c'est tout ce qu'elle peut faire.

Et mes amis. Mes amis !

Valiant est là, et Toussaint, aussi, et Langley, Jan-Gustave, Marphisa, Esthel – tous accablés et tirés à quatre épingles, tous parfaits dans leur malheur, si beaux, fleur noire à la boutonnière, cheveux lissés, et cette moue impeccablement sombre. *Ils jouent dans un film. Ils ne sont pas vraiment là.*

Je secoue la tête pour chasser la voix. Tel le parfait gentleman, Toussaint tient Esthel par le bras. À quoi m'attendais-je ?

Esthel a été mon premier amour, la fille qui m'a initié, qui m'a enseigné, qui m'a un peu détruit. Elle et Toussaint sont sortis ensemble, ensuite, et puis elle s'est remise à m'envoyer des mails, des messages de regrets, de promesses d'avenir. Peut-être l'un de ces mails m'attend-il sur ma messagerie aujourd'hui. Je suis devenu sa légende noire, son grand amour perdu.

Et Patience ? Et Viktor ? Et Melvil ? Avec effroi, je me rends compte que je ne me suis jamais réellement soucié de leur sort. J'ai souvent pensé à eux dans l'Intermonde, j'ai rejoué mille fois le film de l'explosion dans ma tête mais jamais je n'ai envisagé la possibilité réelle de leur disparition. Trente-sept morts, proclamait le journal. Et d'innombrables blessés. La rame est tombée dans la Seine. Mes amis se tenaient près de moi. Comment auraient-ils pu survivre ?

De nouveaux arrivants se rassemblent. Des cousins. Mon frère, venu de son atelier, sans doute, mon frère qui travaille tant.

Ma mère l'a aperçu. Elle marche vers lui d'un pas décidé

comme si elle avait une nouvelle à lui apprendre. Elle s'affale dans ses bras.

Des amis, maintenant, des élèves encore, des gens avec lesquels j'ai à peine échangé deux mots au cours de l'année passée.

Ils viennent parce que tu es mort dans un attentat. Tu es célèbre, désormais.

Mes professeurs ! M. Dargent, mon mentor, pantalon de cuir et crâne rasé. Et Helen, notre chère Franco-Anglaise, la préférée du lycée, la plus jolie, aussi : yeux noircis, doigts tremblants.

Il en arrive de partout. L'un de mes oncles, Daniel, est posté à l'entrée et distribue des plans. Il a un cancer. Je ne l'ai pas vu depuis un an.

Par-dessus une épaule, je regarde le fléchage. L'emplacement réservé est bien celui de la tombe de mes grands-parents.

Arrivé sur place, je fais avancer l'horloge d'une poignée de minutes – une bascule infinitésimale. C'est comme jouer dans le film tiré de sa vie. L'épilogue est connu, mais pas le texte.

Une foule silencieuse s'agglomère autour de ma tombe. Deux cents personnes à vue de nez. Jamais vu autant de monde à des funérailles.

Mes amis se sont retirés, à l'écart. Ils discutent entre eux, suivent la cérémonie de loin. J'aurais fait pareil à leur place.

Je me rapproche. Ils évoquent des souvenirs, des choses dérisoire et fantastiques – la fois où j'ai plongé tout habillé dans la fontaine du Trocadéro, la fois où j'ai mimé une scène d'un James Bond avec les restes d'un homard à la table centrale d'un restaurant étoilé. Ils rient, et ils pleurent. Ils parlent d'autre chose, aussi. Des résultats du bac. De Patience, qui aurait dû rentrer à Science-po.

Patience.

À la façon dont ils prononcent son nom, je comprends qu'elle est morte, elle aussi. Ce n'est pas une surprise.

Elle est morte, et elle n'est plus nulle part. Une personne sur cinquante millions rejoint l'Intermonde. Statistiquement, les chances que nous nous retrouvions sont moins que négligeables. Jovan et Ingrid sont morts l'un contre l'autre, en se regardant dans les yeux. Patience et moi, songé-je avec amertume, sommes morts comme meurent la plupart des gens : seuls et dans l'effroi.

Étienne-Pascal évoque une fille qu'il a rencontrée à une soirée organisée par son frère. Elle porte, affirme-t-il, une crête sur le crâne et elle est étudiante en médecine. « Il paraît que ce sont les plus chaudes. » Je m'éloigne.

Aux abords de la fosse se tiennent des amis de mon père, des gens que je connais à peine. Il y a là des acteurs plus ou moins célèbres, quelques responsables politiques. À leurs côtés, des caméras, des micros, des appareils photo, frappés des logos des plus grandes chaînes françaises et étrangères. Mes funérailles, réalisé-je, ont pris l'allure d'un événement national. Je ne suis pas seulement une victime de l'attentat le plus meurtrier jamais commis en France : je suis aussi le fils de mon père.

Mon père, justement. En train de déclamer un passage du *Petit Prince*, l'un de mes livres de chevet. « L'essentiel est invisible pour les yeux… », des larmes, des sourires. Hé, ai-je envie de crier à la cantonade, bien sûr que l'essentiel est invisible ! Mais faites un effort, regardez-moi, *voyez-moi* !

Je suis là, et personne ne me voit. Je suis là, auprès de mon père, et des larmes coulent enfin sur ses joues mais il s'accroche, comme de juste, il s'arc-boute tel un explorateur remontant un fleuve à contre-courant.

Centimètre par centimètre, le cercueil descend dans un sinistre grincement de treuil. Mon père a refermé *Le Petit*

Prince – « l'exemplaire de Floryan, a-t-il précisé en l'exhibant face à l'assistance (c'est un semi-mensonge), chaque fois que j'ouvrirai ce livre, tu seras là... » – et il mord son poing, écarquille les yeux pour ne pas pleurer davantage, et un type que je ne connais pas soutient ma mère au deuxième rang.

Ma tante, de l'autre côté, s'est détournée pour se moucher. Le père Duval, que j'ai à peine remarqué, bénit mon cercueil avec un goupillon, qu'il lâche malencontreusement. Agenouillé dans l'herbe, il le cherche à tâtons.

Un gémissement rauque : c'est ma mère. Mon père la rejoint. L'autre la soutient toujours. Ils ne sont pas trop de deux.

La scène est irréelle, écrasante. Il n'y a aucune leçon à en tirer, sinon celle-ci : la douleur est un brasier qu'un simple soupir suffit à attiser. Ce que je ressens n'est pas la réalité de ma mort. C'est la souffrance de ces gens.

Une souffrance trop humaine.

Je recule. Je ne veux pas savoir ce qu'il est advenu de Patience et des autres. J'imagine très bien. D'autres cercueils, d'autres puits de ténèbres – d'autres pères d'argile, d'autres mères de cendres.

Tu es un voyeur.

Je prends de la hauteur. Bientôt, sous ce ciel d'ardoise, les gens rentreront chez eux. Il y aura des visages fermés, des nuits sans sommeil, des promesses intenables. Le travail de deuil commencera. Et puis, un jour, des volets claqueront, un vent frais entrera dans la chambre, et le printemps sera bleu ; l'espoir renaîtra.

Longtemps je reste ainsi, cloué entre terre et nuées. Le père Duval bafouille toujours. Que peut-il bien raconter à la foule ? Que connaît-il de la vie éternelle ?

Les endeuillés se dispersent. Les groupes se séparent. Des hommes vont seuls et des enfants se tiennent par la main.

Mes parents partent en dernier, accompagnés d'une cohorte de fidèles. Ma tante a pris le bras de ma mère. Mon père est au téléphone. Quand se regardera-t-il dans un miroir ? Quand trouvera-t-il le cran d'entrer seul dans ma chambre ?

Je voudrais parler à mes parents, me montrer à eux mais c'est là l'interdit suprême, le point de non-retour.

Et tu ne sais pas comment faire.

À quelques mètres de hauteur, je suis le taxi qu'ils ont pris avec ma tante et mon frère. Si une chose est interdite, me dis-je, c'est qu'elle est réalisable.

Je laisse la berline se perdre dans le dédale des rues parisiennes, direction les Invalides.

Soulager la peine de ces gens est une tâche impossible mais je peux au moins m'assurer qu'ils vont s'en sortir. J'ai besoin de m'en assurer.

34

La coupole des Invalides brille sous les rayons du soleil. L'été revient, et voici le monde perdu de ma jeunesse.

L'avenue de Breteuil est quasi déserte aujourd'hui. Sans attendre, j'entre dans notre appartement.

Mais tu n'habites plus ici.

Ils ont laissé ma chambre telle qu'elle était le jour où je l'ai quittée pour la dernière fois. Un jean est plié sur le dossier de ma chaise, ma guitare repose dans un coin, des livres de cours sont empilés sur mon bureau.

Le silence a quelque chose de définitif, ici. Si j'étais réel, je frissonnerais. Tous ces livres que je n'ai pas lus. Tous ces morceaux que je ne jouerai jamais. J'ai amené trois filles dans cette chambre. Je les ai vues nues, toutes les trois, incroyablement belles dans leurs imperfections, incroyablement vivantes. « Jamais plus » répète quelque part le corbeau fatigué d'Edgar Poe.

Mes parents arrivent vingt minutes plus tard. Mon frère manque à l'appel ; ils ont dû le déposer à son studio.

Je suis ma mère dans la salle de bains. Elle avale deux comprimés puis va se jeter sur le lit.

Mon père, lui, dénoue sa cravate. Il dit à ma mère qu'elle ne doit pas rester comme ça. Il lui répète qu'il faut vivre. Il marmonne ça sans y croire lui-même.

Je laisse le vide m'envahir. Je veux que les mois, que les

années défilent sans jamais revenir. Je veux que le temps délivre les miens de ce désespoir gluant. Qu'ils pensent à moi avec amour mais qu'ils oublient la signification du mot « mort ». Je fais un bond de plusieurs mois en avant.

Nuit.

Mes parents dans leur lit, ma mère yeux grands ouverts.

Une année de plus.

Le matin, cette fois. Mon père est à son bureau : il a un nouveau film en préparation.

Ma mère et son cours de stretching. Ma mère à la rédaction de son journal, lunettes noires, stylo entre les lèvres. Ma mère au téléphone, au magasin, chez le coiffeur. Je la suis partout : mi-limier, mi-ange gardien. Rien ne trahit le fait qu'elle ait perdu un fils. Rien, si ce n'est cette lumière morte au fond du regard et ces incessants sourires forcés, ce masque de cire.

Une année encore, et une autre.

Je suis mort depuis trois ans, c'est un soir de septembre. Dans la salle à manger, mon père vient de faire sauter un bouchon de champagne.

Parmi les convives : Gérard, l'associé de toujours, deux ou trois acteurs dont un à succès, et puis cet homme que j'ai vu au cimetière, déjà – un député, je crois.

Il est assis à la droite de ma mère. Il a posé une main sur sa cuisse et il la caresse avec une discrétion remarquable.

Elle regarde ailleurs. Elle se laisse faire.

Cette même nuit, en accéléré. Tout le monde est parti. Mon père vomit dans les toilettes, il a trop bu. Main fermée sur le chambranle, ma mère l'agonit d'injures. Elle est ivre, elle aussi, et pleine de fiel.

– Tu sais ce que tu as gagné, mais tu es incapable de voir ce que tu as perdu.

Mon père se redresse, un filet de bile aux lèvres.

– Depuis quand, Aceline, hein ? Depuis quand ?

Ma mère ricane.

– Six mois.

Le lendemain. Ma mère est partie au travail. Rien n'est réglé. Mon père boucle ses valises en écoutant la radio. Où va-t-il ? Jamais je ne lui ai vu un air si sombre. Son Smartphone ne cesse de vibrer mais il ne répond pas.

Plus tard, je comprends. Un festival du film à Moscou : le film qu'il a produit vient de réaliser le démarrage de l'année au box-office.

Je suis son taxi tandis qu'il s'engage sur l'autoroute menant à l'aéroport. Puis j'abandonne et reviens à l'appartement.

Une feuille arrachée au calendrier mural, une feuille froissée, jetée à la corbeille.

Un matin blafard, ma mère dans son lit, nue. Cela lui ressemble si peu !

Un soir, de nouveau. Ma mère, au restaurant, seule. Je me tiens à son côté – je serais debout si j'étais vrai, debout et raide comme la justice. L'homme arrive, le député aux cheveux gris.

Il porte sa main à ses lèvres et s'installe en face d'elle.

Je voudrais hurler. Les sourires de cet homme. Ses discours convenus, ses ambitions dérisoires. Il lui demande si elle a « parlé à l'autre ». Elle répond que oui, mais que ces manœuvres-là prennent du temps. Il lui dit qu'il en a assez d'attendre, qu'il ne tient plus.

Ma mère sourit.

– Il le faudra pourtant. Toi, as-tu parlé à ta femme ?

Le type hausse les épaules.

Je regagne l'appartement. Ce n'est plus l'endroit où je vivais. Ce n'est même plus un sanctuaire.

Ma chambre a été transformée en bureau. Les murs ? Peints en bleu. Un poster encadré de New York est accroché au mur entre deux gravures de mode.

Une clé dans la serrure. Des rires. Ma mère envoie ses chaussures à talons valser sur le parquet. Le type la serre contre lui, retrousse déjà sa jupe. Il hoche le menton vers la chambre de mes parents.

– Tu sais ce qui m'exciterait ?

Ma mère glousse, fait non de la tête.

Je suis là sans y être. Je suis là quand ma mère, agenouillée devant le député assis dans le fauteuil de mon père, commence à ôter sa ceinture. Est-ce là ce que le temps fait aux gens ?

Tu es si incurablement romantique.

Il faut que je parte d'ici. « Ne reviens jamais » : voilà ce que j'essaie de me promettre. Et sur le mur blanc, l'ombre mêlée évoque une créature de cauchemar.

C'est ta faute, imbécile. Tu as voulu savoir. Maintenant, tu sais. Tu te sens mieux ?

35

Un trait vif au-dessus de nos têtes, un coup de pinceau blanc : une flèche passe en solitaire.

Thaleane s'est posée au pied de la falaise dans la quiétude d'une clairière. Un ruisseau miroite. J'ai ôté mes bottes pour glisser mes pieds dans l'eau, à l'ombre d'un arbre trapu dont le feuillage tamise les rayons du soleil. Ma monture broute plus loin.

Je suis sorti de la Trame en un éclair, comme quelqu'un qui retire sa main d'une plaque chauffante. Je me suis brûlé, oui, je suis allé trop loin. Dans ma quête de quoi ? Je n'ai rien appris. La vie est un océan de solitude, voilà tout. Les gens s'en sortent comme ils le peuvent, c'est-à-dire mal.

Le serment que je me suis fait – ne plus y retourner – va être difficile à tenir, je le pressens, parce que, au fond de moi, quelqu'un veut connaître la fin de l'histoire. Mais ma tranquillité d'esprit en dépend. Ce n'est pas pour racler la terre que ces pouvoirs nous ont été donnés, pas pour remuer les braises. *Pense aux dinosaures,* m'encouragé-je. *Ne pense plus à toi.*

Thaleane relève la tête. Agenouillé au bord du ruisseau, je m'asperge le visage. La fraîcheur me nettoie de mes souvenirs, de la grisaille du cimetière.

Et cet homme, le rictus de cet homme ; ma mère

n'a-t-elle couché avec lui que pour chasser sa douleur de m'avoir perdu ?

– Ça fait du bien, hein !

Je me retourne, pris de court. Scarlett s'avance, vêtue d'une chemise blanche à moitié déboutonnée. Radieuse.

– Tu as l'air drôlement content de me voir.

Elle s'installe dans l'herbe. Urian reste derrière, au pied d'un bosquet, suivant avec curiosité le vol d'un papillon.

Thaleane, qui l'a aperçu, le rejoint en quelques pas agiles. Scarlett ramène ses bras autour de ses jambes.

– Je t'ai cherché, Floryan.

– Moi aussi.

Elle se sourit à elle-même.

– Tu avais l'air si triste et si seul vu d'en haut.

Je garde le silence. Elle penche la tête, cherchant mon regard. Je grimace.

– Quoi ?

– Je t'ai vu plonger. Raconte-moi.

Je hausse les épaules. Elle prend mes mains dans les siennes.

– Nous sommes censés tout nous dire.

– Sans rire.

– J'ai réfléchi. J'ai été brusque, l'autre soir, je le reconnais. Mais toi, toi, tu viens d'arriver et je te trouve tellement…

– Impatient ?

Elle approuve, colle son front contre le mien :

– C'est aussi difficile pour nous que pour toi, tu sais. Te voilà, avec tes doutes et tes craintes, tes questions insistantes – nous sommes tous passés par là, c'est vrai. Peu de temps avant de mourir, j'ai été jeune fille au pair, dans une famille d'Oxford. Je n'avais plus entendu de bébé pleurer depuis la naissance de ma petite sœur. De vrais pleurs de nourrisson, tu vois ce que je veux dire ? Stridents, incessants.

– Je suis un bébé qui pleure ?

Elle pose un index sur ma bouche puis l'ôte pour m'embrasser. Je ferme les yeux. Sa douceur m'a manqué. Ma vie est ici.

Soudain, elle me renverse sur l'herbe.

– Hé !

Je me débats, pour la forme, mais elle se juche sur moi et plaque mes poignets dans l'herbe.

– Tu veux avoir mal ?

Ses cheveux me chatouillent le visage. Sans grand effort, je la fais basculer. Elle éclate de rire. Je l'ai retrouvée.

Plus tard, tandis que, tête posée sur mes genoux – sa position préférée –, elle observe le ciel, il me semble que je me suis trompé à son sujet, que j'ai manqué de confiance en nous. Une histoire est possible, ici, sans délai. Il suffit que nous le voulions.

– Ma mère a pris un amant.

Des flèches passent, glissant comme des songes sur la toile du ciel. Elles sont trois, forment un triangle parfait ; mes doigts jouent dans les boucles de Scarlett et je la sens se raidir.

– Ta mère a... quoi ?

– Après ma mort. J'ignore combien de temps elle a attendu. Peut-être que ce n'était pas directement lié.

Elle se redresse, arrange ses cheveux.

– Comment est-ce que tu sais ça ?

Son regard s'est durci.

– Je le sais.

– Tu es allé dans le futur ?

Je déglutis.

– D'accord, c'est contraire au Corpus mais...

– Plusieurs fois ?

Je fais un deux avec mes doigts.

– Tu t'es projeté ? Tu t'es déplacé dans le temps à partir de tes funérailles ?

Je ne réponds pas. Elle prend un air désappointé. Dois-je me justifier ?

– J'étais déprimé, dis-je. À l'idée que mes parents se retrouvent seuls sans moi. Bon, c'était stupide, et plutôt narcissique, d'autant que mon frère est toujours là, lui, et que mes parents sont bien entourés. Il n'empêche. Je voulais savoir s'ils allaient s'en sortir. S'ils allaient se détacher de mon souvenir.

Elle s'est levée, tournée vers le ruisseau. Elle ricane.

– Pour ça, ne t'inquiète pas, les vivants se débrouillent toujours sans les morts. Ils n'ont pas le choix, et le cerveau est une redoutable machine à oublier. Mais je croyais que nous avions déjà parlé de ça, Floryan. Non, attends… en fait, je suis sûre que nous l'avons fait. J'étais ta tutrice, merde. C'est comme ça que tu me remercies ?

Mains dans les poches, je me porte à sa hauteur.

– Ce n'est pas si grave.

– Si.

Elle me dévisage – une mère scrutant la figure barbouillée d'un enfant dont elle viendrait de découvrir le larcin.

– Je t'en ai parlé parce que j'ai pensé que tu comprendrais, dis-je. Je te faisais confiance et…

– Moi aussi, me coupe-t-elle. Moi aussi, je te faisais confiance. Tu te doutes de ce qui est supposé suivre.

Je m'accroupis, main tendue, laissant l'eau filer entre mes doigts.

– Quoi ? Tu veux aller le répéter à Télémaque ?

– Je *dois* le faire.

Je me redresse. La colère empourpre mes joues.

– Bon sang, c'est absurde ! Chacun devrait être libre d'user de ses pouvoirs comme il l'entend.

Elle secoue la tête, atterrée.

– Qui t'a appris ce que tu sais, qui t'a formé à ces pouvoirs ?

– Toi.

– Faux. C'est Télémaque. Sans lui, aucun d'entre nous ne saurait à quoi servent les brumes du Nihil. Personne n'aurait eu l'idée d'y plonger.

– Et comment l'a-t-il eue, lui ?

Elle serre les dents.

– Nous parlons d'un être supérieur, Floryan. D'un visionnaire. Si tu refuses de l'admettre, tu peux tout aussi bien quitter Landerost. Est-ce là ta décision ?

– Bien sûr que non.

À ma grande surprise, elle passe une main sur ma joue.

– Tant mieux. Parce que je serais très malheureuse de te perdre. Alors écoute. Je ne vais rien dire à Télémaque. Après tout, il ne ferait que te répéter ce que tu sais déjà.

– Je pense aussi.

– Et je vais te confier un secret, poursuit-elle, un secret qui t'aidera pour tes plongées. En échange, il faut que tu me promettes de ne jamais retourner dans le futur.

Je lève une main. Inutile de tergiverser à ce stade.

– Je suis vacciné. Tu peux me croire.

– Alors jure, s'il te plaît.

– Je jure.

Ma main est retombée. Scarlett me toise, bras croisés, satisfaite.

– J'ai besoin de pouvoir te faire confiance. Plus de secrets ?

– Plus de secrets.

– Viens.

Elle me tend la main. Thaleane se redresse. Elle se tourne vers Urian, qui agite déjà ses ailes.

Deux minutes plus tard, nous repartons vers le Nihil.

36

C'est un secteur du cratère que je ne connais pas, que je n'ai jamais approché. La plupart des arpenteurs s'élancent du même lieu, le plus proche du camp – ici et là, des pierres noircies témoignent du fait qu'on y allume souvent des feux –, mais rien n'est imposé, et il existe quantité d'autres endroits.

Couchée à plat ventre tout au bord, Scarlett me fait signe d'approcher. Je m'allonge à sa droite. Elle pointe une cascade.

– Tu vois ?

L'eau est blanche comme du lait. À quelques mètres à peine du sommet, elle semble sourdre de la roche. Cette eau est la même que celle qui emplit le bassin de Télémaque. Elle disparaît à travers les nuages.

– On appelle ça l'« Ichor ». Le sang des dieux.

– Quels dieux ?

Elle sourit.

– C'est une expression.

Mes yeux sont fixés sur les montagnes, de l'autre côté. La première fois que j'ai contemplé le Nihil, je me suis senti envahi d'un mélange de peur et de joie. Au fil des vols, la peur s'est dissipée.

– Et celle-ci, là-bas !

À deux ou trois cents mètres de notre poste d'observation, une autre cascade, massive, se jette vers les brumes. Il y en a partout sur le pourtour.

– Descendons par ici.

Scarlett me montre une liane à flanc de roche. Une corniche saille, juste en dessous. Mon aventurière n'hésite pas, elle se laisse glisser. Effaré, je la suis des yeux : un faux mouvement et c'est la chute. Mais elle n'y pense pas, je sais qu'elle n'y pense pas. Pied sur la corniche, dix mètres plus bas, elle m'adresse des signes enthousiastes.

– Viens ! Qu'est-ce que tu attends ?

Le bruit de la cascade l'oblige à mettre ses mains en porte-voix. Ayant saisi la liane à mon tour, je tire dessus pour vérifier qu'elle est bien arrimée.

Couchées côte à côte, nos montures ne semblent pas nous prêter attention. Sans réfléchir, je plonge dans le vide. Mes pieds rebondissent sur la roche. Les démons du vertige piaillent à mes oreilles.

Scarlett me réceptionne, et je lâche la liane. Il y a tout juste assez de place, sur la corniche, pour se tenir à deux. Sous nos pieds : les brumes, le vide. Se retenant à une pierre, Scarlett tend le bras vers la cascade, laisse l'eau blanche ruisseler entre ses doigts. Elle m'en poisse le visage.

– Qu'est-ce que tu fabriques ?

– Prends ma place.

Elle risque un pas de côté et se plaque contre la roche pour me laisser passer. Je la contourne, tant bien que mal. Nos visages se frôlent. Elle cherche mes lèvres.

– Arrête !

Je suis nerveux, craintif, fâché de m'être laissé entraîner là-dedans. La cascade, désormais, est à portée de main.

– Essaie d'en boire.

Peu convaincu, je tends le bras à mon tour, ouvre grande la main, porte mes doigts à ma bouche. Aucun goût, mais une tiédeur surprenante.

– L'Ichor et les brumes possèdent des propriétés identiques, m'explique Scarlett. Songe à l'eau et à la vapeur. Mais l'Ichor est beaucoup plus concentré.

Nos visages sont si proches.

– Tes yeux sont devenus bleus, dis-je.

– Les tiens aussi.

Elle attrape la liane, me la tend.

– Allez, on remonte.

Tractions rapides ; je me hisse sans peine. Trente secondes plus tard, nous sommes assis côte à côte, les pieds pendant dans le vide.

– Ce liquide dans lequel Télémaque est sans cesse immergé…

Elle acquiesce.

– Son organisme synthétise l'Ichor. Il n'a plus besoin de plonger, il peut voyager dans le temps uniquement par la pensée.

Je hausse les sourcils.

– En ce qui nous concerne, l'Ichor rend les plongées beaucoup plus faciles.

– Comment…

– Il existe plusieurs façons de s'y prendre. On peut y laisser macérer des herbes, les faire sécher ensuite, puis les fumer.

– Comme Favor ?

Elle opine. On peut aussi, dit-elle, en absorber quelques gouttes avant de plonger.

J'essaie de cacher ma surprise. Tant de secrets, de mystères. Scarlett s'est blottie contre moi.

– Si on retournait au bord de notre joli ruisseau ?

Ses doigts jouent sur ma cuisse comme des promeneurs éméchés.

– Pourquoi ne m'as-tu pas parlé de l'Ichor avant ? Mes premières plongées auraient été moins pénibles…

– Mais tu as réussi sans. (Elle me passe une main sur le torse.) Le secret de l'Ichor, nous ne le dévoilons qu'à ceux qui le méritent.

– Nous ?

– Qui peut le plus peut le moins. Je te donnerai un flacon, si tu veux.

37

Le lendemain matin, Martjin m'attend au pied de mon arbre. Je me cache un œil, étonné. Il a l'air gêné.

– Télémaque t'attend.

– Quoi ?

– Dans la grotte.

Je me passe une main sur la nuque. Les arbres frémissent dans le vent, une chaude lumière inonde le camp.

Martjin s'éloigne, il a transmis le message. Je traverse le village. Où est Scarlett ? Nous avons passé une fin de journée extraordinaire, elle et moi, flottant dans les nuées d'un temps grandiose – le temps d'avant la vie, quand le feu, l'eau, l'air et la terre se livraient un combat perpétuel.

Le clou du spectacle ? L'éruption d'un volcan, quelque part au sud du monde. Le retour nous a condamnés au silence.

Tandis que les autres se rassemblaient pour la veillée, nous sommes montés dans sa cabane et j'ai embrassé, je crois, chaque parcelle de sa peau humide, avant qu'elle me congédie tel un songe trop intense.

Le vacarme de la cascade me tire de mes rêveries. Sur mon passage, Starck hoche la tête, comme s'il savait ce qui m'attendait.

Le tunnel. Les torches et les ombres fantasques. Assis sur le rebord de son cratère, Télémaque me tourne le dos.

– Tu t'es rendu dans le futur.

Je ne réponds pas – pas tout de suite.

Scarlett lui a parlé. Malgré la promesse qu'elle m'a faite. J'ai juré de ne jamais retenter l'expérience et elle m'a trahi.

– Alors ?

– C'est vrai.

Il se retourne, et fait rouler les muscles de ses épaules comme s'il se préparait à combattre. Je donnerais cher pour percer l'énigme de son regard.

– Tu ne dois plus jamais recommencer.

Je voudrais lui demander quelle est la vraie raison de cette interdiction ; mon intuition me dicte de m'abstenir. Je suis l'élève pris en faute, l'ignorant maladroit auquel on consent, bon gré mal gré, à réexposer l'évidence.

– Jamais, tu m'entends ?

C'est une situation humiliante, mais je ne peux que me soumettre. Ce n'est pas ce qui me blesse le plus. Scarlett m'a trahi.

Tu parles d'une surprise.

– Tu avais une existence sur Terre ; elle a pris fin au moment où cette rame de métro a explosé. Le reste ne te concerne plus. Ta nouvelle vie, c'est ici que tu dois la vivre. Si tu ne parviens pas à te débarrasser de cette curiosité, ton équilibre en souffrira, et tu deviendras un danger pour toi-même et pour la communauté. Nous serons, alors, obligés de nous séparer de toi.

– L'exil ?

Un rictus apparaît.

– Dans un premier temps, nous te confisquerons ton Altar. Ensuite, si cela ne suffit pas, oui, nous te ferons partir. Comme Heng. Ce ne serait pas de gaieté de cœur mais nous n'hésiterons pas. Nous n'avons jamais hésité.

Lentement, il se laisse glisser dans son bain d'Ichor.

– Autre chose ?

Le ton est devenu plus conciliant.

– Je voulais juste savoir, dis-je, comment ma famille allait s'en tirer sans moi.

– Le sais-tu, à présent ?

– En partie.

– Et cela te rend-il heureux ?

– Non.

Le liquide lui arrive aux épaules.

– Les vivants ont leur existence à mener, Floryan. Toi, tu as la tienne. En fouillant l'avenir, c'est au passé que tu t'attaches. Le Corpus stipule que tu ne dois jamais essayer de te rencontrer toi-même. Mais, de façon générale, et même dans le passé, il est préférable de se tenir loin de sa famille et de ses proches. Je sais combien cela peut être difficile, les premiers temps. Question d'habitude.

Il parle, il parle, et je ne l'écoute plus. Mes yeux s'embuent de larmes. Un jour, pas si lointain, mes souvenirs deviendront moins précis, moins intenses. Pour la première fois, peut-être, je comprends ce qui m'est arrivé, ce que ma mort implique.

– J'espère que c'est la dernière fois que nous abordons ce sujet, toi et moi. Car s'il y en a une autre, ce sera en présence du Conseil. Et il n'en sortira rien de bon, tu peux me croire.

Il prend une inspiration et ses lèvres se scellent. Je tourne les talons.

Quelques minutes plus tard, je passe les portes du camp. Thaleane me rejoint sans bruit. Ses grands yeux pailletés d'or me sondent avec une attention inquiète. Soupirant, je saisis sa longe et nous nous mettons en route. Elle a, je crois, deviné ma détresse.

Une fois de plus, Scarlett est introuvable. Au bout de l'allée, je monte en selle, et c'est l'envol.

Longtemps, nous louvoyons au-dessus du plateau de

Raktar. Plusieurs Altars plongent dans les brumes. Je n'ai pas l'intention de les rejoindre aujourd'hui. Voler me suffit. M'étourdir de soleil et de vent. Arrêter de penser à ma mère.

L'astre du jour décline lorsque nous remettons le cap sur Landerost. Nous approchons une cascade d'Ichor, et je plisse les yeux. Une monture et son cavalier ont pris position sur une saillie rocheuse.

C'est Etzu. Torse nu, mains levées en coupe vers le ciel, il savoure, extatique, le liquide crayeux.

« Le secret de l'Ichor, nous ne le dévoilons qu'à ceux qui le méritent », m'a certifié Scarlett. Etzu fait-il partie des heureux élus ? Il me salue. Je me pose près du bord pour l'attendre.

Mon Japonais remonte à mains nues, avec une agilité surprenante pour un homme de sa corpulence. Sa monture, elle, nous a déjà rejoints.

– Je ne voulais pas te déranger, dis-je. (Il enfile sa tunique de lin sans me quitter des yeux.) Comment était-ce ?

Je montre la cascade. Il me regarde par en dessous. Il se méfie.

– Est-ce que tu sais ce que je crois que tu sais ?

– L'Ichor, hein.

Il opine du chef, rassuré.

– Ainsi, Scarlett t'a expliqué. Je me demandais si elle l'avait fait. As-tu déjà essayé ?

Je hoche la tête.

Tu as raison. Mieux vaut mentir.

– Il faut bien avouer, reconnaît Etzu en rajustant la selle de son Altar, que cela change le principe même des plongées. Nous sommes plus concentrés, nous commettons moins d'erreurs, et notre instinct est plus sûr. Pourquoi se passer de cette aide ?

Je souris. Je ne peux qu'être d'accord.

– Existe-t-il des arpenteurs qui…

– Qui ?

Il a arqué un sourcil.

– Qui n'ont pas recours à l'Ichor pour plonger ?

Il hausse les épaules.

– Il y a toujours des gens pour se penser supérieurs aux autres. Je ne saurais te répondre, mon ange. Tout le monde connaît l'Ichor mais chacun fait son choix.

Mon ange. Ha, ha.

Il tapote sa selle. Thaleane s'est approchée de sa monture et les deux animaux se reniflent avec intérêt.

– Le soir ne va pas tarder à tomber, conclut Etzu en observant les nuages qui strient le ciel comme des griffures. Nous ferions mieux de rentrer.

38

Je n'assiste pas à la veillée, ce soir-là. Adossé à mon tronc, je médite les enseignements de la journée.

Scarlett m'a menti deux fois : en me disant qu'elle ne parlerait pas à Télémaque, et en me faisant croire qu'une poignée d'arpenteurs seulement connaissaient le secret de l'Ichor. *Tout le monde connaît ce secret.* Je me sens ridicule.

– Mélancolique ?

Martjin a toujours cet air hagard – un professeur de mathématiques perdu dans un monde de chair.

– J'ai besoin de réfléchir.

Il m'adresse un sourire contrit.

– Désolé.

Il est prêt à repartir. Un sentiment de pitié m'envahit. Cet homme est encore plus seul que moi.

– Mais je crois que j'ai eu mon compte de solitude pour la journée, dis-je encore, alors, euh, si par hasard tu as envie de discuter…

Je montre ma plate-forme. À ma grande surprise, il accepte l'invitation.

J'attrape l'échelle de corde, et il me suit. Je m'effondre sur le divan. Lui préfère s'asseoir par terre, en tailleur.

– Une journée particulière ?

Je ne détecte aucune duplicité chez lui. Il passe son temps à rêvasser, à se promener parmi les grands arbres.

Je lui explique ce qui m'est arrivé : mon voyage dans le futur, les réprimandes de Télémaque.

Il m'écoute en reniflant. Lorsque j'ai terminé, il fait craquer ses phalanges.

– Je ne suis pas toujours d'accord avec ce qui se dit et se décrète parmi nos semblables, confesse-t-il, mais je crois que Télémaque a raison.

Je gonfle mes poumons d'air.

On dirait bien que tout le monde est contre toi.

– Vraiment ?

– J'ai commis le même genre d'erreur lorsque je suis arrivé ici. Pendant une vingtaine de jours, je me suis rendu dans le futur, *mon* futur, pour regarder ce qu'il advenait de ma sœur et de ses enfants.

Tout le monde, ici, connaît l'histoire tragique de Martjin. Un avion s'est écrasé aux Pays-Bas, en plein sur son immeuble. L'édifice a été pulvérisé.

– Ma sœur a fait une dépression, poursuit Martjin. Elle venait d'entamer une procédure de divorce et ce qu'elle a dû subir après ma mort – les questions juridiques, les tracas administratifs, toutes mes fichues affaires à régler – a eu raison de sa résistance nerveuse. Elle a tenté de mettre fin à ses jours. On lui a ôté la garde de ses enfants, mon neveu et ma petite nièce.

Il lève les yeux, inspectant les lattes de bois du plafond comme si sa propre histoire ne l'intéressait pas tant que ça. Je pose une main sur son bras.

– Tu n'es pas obligé de me raconter.

Il se retire, vivement.

– Mourir n'est rien. L'esprit se dissout, le corps suit, rien de plus. Nous avons de la chance d'être ici, une chance immense, mais le pouvoir qui nous a été octroyé, si nous n'y prenons garde, peut se transformer en malédiction. Je te parle d'expérience.

C'est Télémaque qui l'envoie.

– Est-ce que...

– Quoi ?

Personne ne l'envoie. Il essaie de m'aider, rien de plus. Je pose mes mains à plat sur mes genoux.

– Comment as-tu réussi à arrêter, Martjin ?

– Arrêter ?

– De te rendre dans le futur.

Son regard se voile. Alors, je comprends.

– Tu n'as pas arrêté, dis-je.

Il se détourne.

– C'est une addiction. Comme boire un verre, et puis un autre, et un autre encore, sans jamais pouvoir se décider. La culpabilité nourrit la soif, laquelle accroît la culpabilité. Ils te menacent, Floryan, mais la vérité, c'est qu'ils ne sont pas maîtres de tes pensées. Si tu veux continuer à souffrir, personne ne peut t'en empêcher.

Je me lève, fais des moulinets avec mon bras droit. Il faut que je prenne l'air, que je me dégourdisse. Martjin me suit des yeux.

– Où vas-tu ?

Déjà, j'ai empoigné l'échelle.

– Merci pour tes conseils.

Il m'offre un sourire résigné.

– À plus tard.

L'abandonnant à son désarroi, je me laisse glisser au bas de mon arbre. Une addiction : voilà ce dont je suis prisonnier. Une curiosité destructrice. Mon passage sur Terre a été bref, mais le passé est le passé, et j'ai un futur à bâtir.

Sans réfléchir, je pars vers la cabane de Scarlett. Elle m'a évité aujourd'hui. En un sens, je la comprends. J'ai manqué de maturité.

Au pied de son arbre, je fais le vide en moi. Il y a de la lumière, là-haut.

Je me rappelle nos étreintes, près de la rivière. Y pense-t-elle, elle aussi ? J'ai envie de la surprendre.

Sans un bruit, je me hisse le long de l'échelle. Je m'arrête à mi-chemin. Des gloussements ? Une voix d'homme, en tout cas. Incapable de réfléchir, je reste suspendu comme un idiot. Scarlett est là, mais elle n'est pas seule.

Plissant le front, je commence à redescendre mais mon pied manque son appui et je glisse. Ma main jaillit, attrape la corde – trop tard. Je heurte le tronc en pestant.

Souffle court, j'attends la suite. Je devrais sauter et ficher le camp, mais rien ne dit que…

– Floryan ?

Scarlett apparaît au sommet de l'échelle. Hilare.

– Pardon, dis-je, j'ai…

– Qu'est-ce que tu fabriques ici ?

Je grimace. Une seconde silhouette a fait son apparition. C'est Starck, torse nu. Il l'enlace par-derrière. Elle feint de le chasser, pour la forme. Il s'esclaffe.

– Floryan, ça alors ! Tu veux monter ?

Scarlett se retourne pour lui donner une tape, et il reflue à l'intérieur en gloussant.

– Tu n'aurais pas dû venir, me dit-elle.

– C'est ce que je vois.

Elle s'est moquée de toi. Depuis le début.

Elle est furieuse : comme si j'étais responsable de cette situation.

– Il y a des choses dont il faut que nous parlions, Floryan.

– Inutile.

Je redescends, barreau après barreau.

– Où vas-tu ?

Je saute à terre. Une colère neuve coule dans mes veines.

– Je viendrai te voir demain. Floryan ?

Je hâte le pas. La nuit est douce, effroyablement belle et

douce. Les ténèbres m'avalent, et je voudrais qu'elles me digèrent pour de bon.

– Hé.

Cachée derrière un tronc, Favor m'a surpris. Ses cheveux, comme souvent, sont retenus par un bandeau. Je m'apprête à repartir. Elle m'intercepte.

– D'où viens-tu ? De chez Scarlett ?

– Peu importe.

Ses lèvres se retroussent.

– Elle et Starck ?

Je ne réponds pas, mais je bous de colère.

– Tu aurais besoin de prendre du recul, Floryan.

– Du recul ?

– Scarlett est une gentille fille et elle t'aime sûrement beaucoup, mais il y a une chose que tu dois comprendre. Il n'existe rien de tel que l'amour, ici. L'amour mène à la jalousie, qui mène à l'aigreur, et ainsi de suite. Ah, mais tu sais tout ça.

– Non.

Elle sourit dans la pénombre.

– Tu t'es rendu dans le futur, et tu as vu ce que tu ne devais pas voir. La pourriture. La déréliction. Nous sommes appelés à autre chose, Floryan.

J'évite son regard.

– Bientôt, la réalité te rattrapera, et tu y verras plus clair. L'amour n'est que le combat de l'ego pour subsister dans le noir. (Elle crache.) Tu as mieux à faire que t'adonner à un sentiment si vulgaire.

Elle quête mon approbation. Je ne lui offre qu'une mimique fatiguée. Sa voix me poursuit jusque dans ma cabane.

– Nous en reparlerons !

Je ne veux pas en reparler, ni avec elle, ni avec personne. L'image de Scarlett – rieuse, indifférente – me poursuit.

La mort dans l'âme, je m'affale sur mon divan. Ma décision est prise.

Le lendemain matin, dès l'aube, j'enfile mes bottes, passe une tunique neuve et quitte mon perchoir avec, pour tout bagage, une sacoche.

Etzu a pris la garde de nuit. Lorsque je me présente devant la porte nord, il m'invite à monter. Autant ne pas éveiller les soupçons.

Sa chemise blanche est déboutonnée jusqu'au nombril.

– Le bonjour, mon ange !

– J'aimerais que tu arrêtes de m'appeler comme ça.

Théâtral, il lève les bras au ciel.

– Nous sommes tous des anges, ici. Comment veux-tu que je t'appelle ?

Mes mâchoires serrées, mon air impatient indiquent que je m'en moque. Il abat ses battoirs sur mes épaules.

– Tu as de gros soucis, mon Floryan.

Gêné, je souris.

– Que dirais-tu d'ouvrir ton cœur à tonton Etzu ? Tonton Etzu peut comprendre même l'incompréhensible.

– Il n'y a rien… Rien de bien important.

– J'ai parlé à Favor, cette nuit. C'est cette méchante Scarlett, n'est-ce pas ? Elle joue avec ton pauvre petit cœur…

– Ça va.

Je recule, et ses grosses mains retombent dans le vide. Une ombre de tristesse voile son regard. Je l'ai blessé.

– Je suis différent des autres, trésor. (Il se frappe le cœur du poing.) Moi, je crois que nous pouvons aimer, encore et toujours. Notre petite Scarlett t'a traité avec trop de légèreté, si tu veux mon avis. Je peux aller lui parler…

– Surtout pas.

Il tente de prendre un air sévère.

– Mais la jalousie que je sens en toi, ce sentiment tout noir et tout moche, c'est une bien mauvaise chose, mon ange. Scarlett ne t'appartient pas, personne n'appartient à personne. Vas-tu plonger ce matin ?

– Possible.

Il avise ma sacoche. Avant que j'aie pu l'en empêcher, il l'a prise et ouverte. Il en tire un bout de couverture.

– Qu'est-ce que c'est que ça ?

Sans m'énerver, je lui reprends la besace des mains.

– Navré.

Il est stupéfait.

– Tu quittes le camp ?

Je n'ai aucune envie de lui faire de la peine. Rangeant la couverture, je lui explique que j'ai besoin de faire le point. Ce qui n'est pas entièrement faux.

– Et où vas-tu ?

Je n'en sais rien ; il le devine.

– Attends-moi ici.

Il trottine vers la tour voisine et revient avec un rouleau sous le bras, qu'il étale à même le sol. C'est une carte de la région.

Tout y apparaît. Les Vastes. La Chaîne mystéréenne, que j'ai traversée. Les Hauts-Blancs qui nous font face de l'autre côté du Nihil…

– Voici Landerost, annonce Etzu, indiquant un point en lisière de forêt. Ici, c'est le Nihil, plus loin, la forêt d'Ambramor. Et tu vois ces canyons au pied des contreforts ?

– Le Daedelium, hein.

– Gagné ! Un endroit sauvage, mais très beau, truffé de cavernes naturelles. Il faut vingt bonnes minutes pour le survoler de bout en bout. Tu t'y plairais.

Je le remercie, et il me serre contre son sein. Inutile de lui expliquer que je ne compte pas revenir.

– Que dois-je dire aux autres ? me demande-t-il.

Fais attention à ce que tu vas répondre.

– Que je suis assez grand pour savoir ce que j'ai à faire.

Dubitatif, il me regarde redescendre, et je franchis les portes sans me retourner. Thaleane me rejoint à tire-d'aile. Si elle sent quelque chose, elle n'en laisse rien paraître.

Attendre d'être arrivé au bout de l'allée ? Ce matin, je trouve ça ennuyeux. À mi-chemin, je grimpe donc, et ma monture s'élance.

L'envol. La liberté !

Une nouvelle vie m'attend, et je n'ai besoin de personne pour me dire comment la mener.

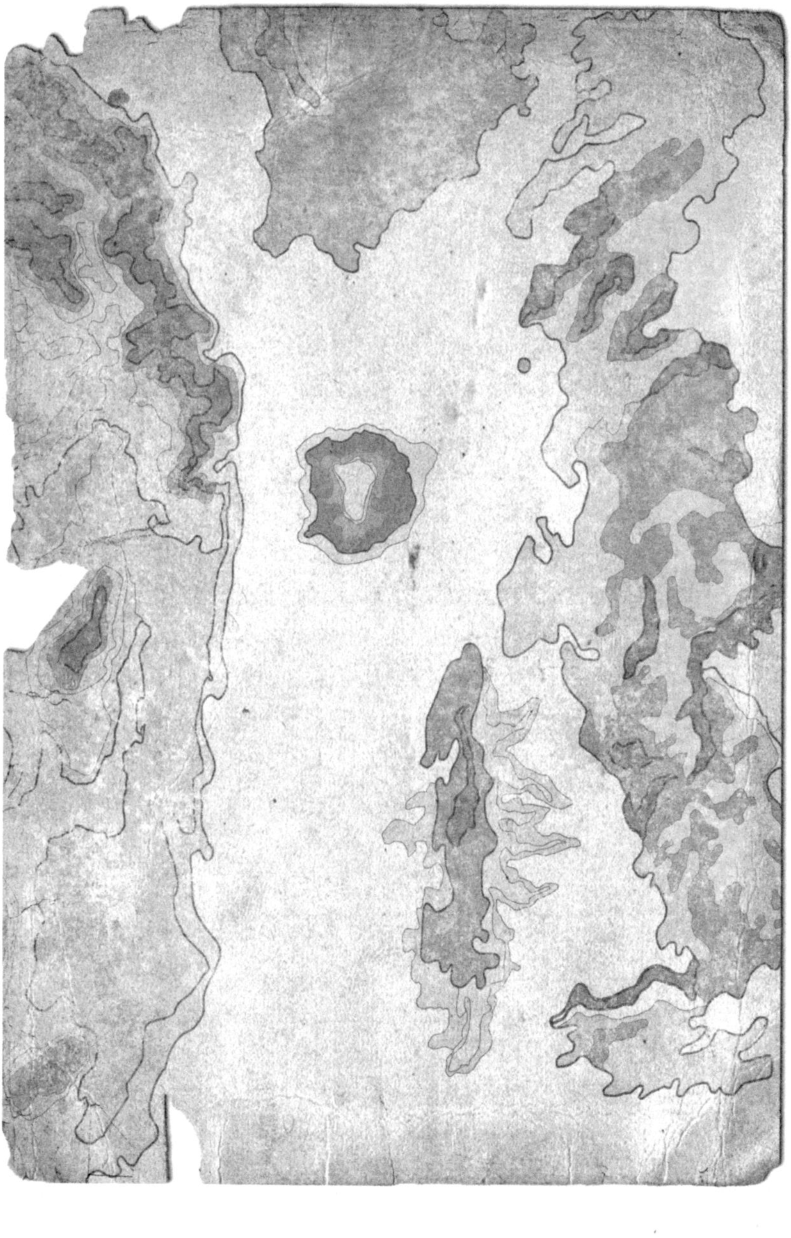

39

Nous volons toute la matinée, et une partie de l'après-midi. Le champ d'exploration est quasi illimité ; j'ai besoin de prendre mes repères.

Notre ombre se détache sur les pentes rocailleuses, par-delà la Frontière. Nous glissons entre des pitons évasés, décrivons de longues courbes au-dessus des ravins, puis cap sur l'est, loin des canyons indiqués par Etzu.

Penché, je flatte l'encolure de ma monture. Nous n'avons pas besoin de nous éloigner autant, me dis-je. Mais soudain, nous montons à travers le ciel ; le firmament en piqué, une fusée vers le soleil.

L'instant d'après, nous planons, royaux, dans la perfection du matin, et le monde est à nos pieds. Ici, à une dizaine de kilomètres du Nihil, la Chaîne mystéréenne s'aplanit, tapissée de forêt sombre. Des lacs noirs s'offrent comme des miroirs et les ailes de Thaleane claquent en majesté. Fugace, notre reflet nous suit un instant, puis nous partons à l'assaut d'autres sommets.

La brise ride une prairie où des arbres, isolés, sont venus se perdre. Ne manquent à ces montagnes fatiguées qu'un clocher, une chaumière.

Nous nous posons sur une butte aplatie, entre des sapins charbonneux et des amas de rochers gris, placides créatures forgées par l'érosion. Des bois dévalent les pentes. C'est la forêt d'Ambramor.

– Ne bouge pas, dis-je à Thaleane qui s'est déjà couchée.

Je pars en reconnaissance, cheminant parmi les monolithes à la recherche d'une anfractuosité. Je finis par en dénicher une, étroite mais confortable. Un tronc calciné en barre en partie l'accès. La foudre a dû tomber ici autrefois. Portant deux doigts à ma bouche, je siffle ma monture. Il y a à peine la place pour tenir avec elle, mais le sable est doux.

Thaleane s'assoit sur ses pattes postérieures.

– Nous ne pouvons pas rester dehors, nous serions trop repérables, et j'ai besoin de me faire discret quelque temps. Pour la suite, nous aviserons.

Elle me regarde. Me comprend. C'est la première nuit qu'elle va passer hors de chez elle. Ses congénères vont-ils lui manquer ?

Allongé sur le ventre, je réfléchis à notre situation. Je ne suis ici que depuis quelques semaines et c'est bien trop tôt pour vivre seul. D'un autre côté, retourner à Landerost maintenant est exclu. Et puis j'ai des projets, des projets de voyage.

– Ça va aller, dis-je, autant pour ma monture que pour moi-même.

Je lui caresse la tête. Ses grandes prunelles expressives me dévisagent. J'y lis de la tristesse. Elle est inquiète.

« Ça va aller » : voilà tout ce que je suis capable de lui répéter.

Clignant des yeux, elle pose son museau entre ses pattes.

Le soir tombe et des nuages noirs s'amoncellent au loin, de l'autre côté du Nihil. C'est la première fois que le temps se couvre. L'une après l'autre, non sans hésitation, des étoiles s'allument.

Assis sur un rocher, je contemple la vallée. Je vais retourner dans le futur. Dès ce soir. Je vais retourner dans le futur pour voir mes parents mourir.

Il faut que j'en finisse avec ce qui me rattache à moi. Il faut que je sache, que je comprenne.

Debout. Il pleut là-bas, sur l'autre versant du Nihil, et des nuages gargantuesques s'approchent – une armée décidée, lourde et sans couleur.

Thaleane a compris que l'heure était proche. Elle vient me rejoindre. L'endroit est parfait pour un décollage.

Une petite tape, et elle s'abaisse. J'empoigne la selle.

40

Les premières gouttes se mettent à tomber à l'instant où nous passons au-dessus du Nihil. Elles sont lourdes, fatiguées, c'est une pluie tropicale. Je lève la tête. Déjà, l'eau ruisselle sur mes joues.

Pas de lunes, et plus d'étoiles. La nuit est noire. Plonger – maintenant.

J'ai résolu, pour commencer, de gagner le mont Blanc, notre maison de famille sur les contreforts de Chamonix.

Le chalet a appartenu à mes grands-parents paternels avant de revenir à mon père. Il a toujours déclaré qu'il y finirait ses jours.

Combien d'années dois-je laisser passer ? Mon père ne fume pas et ne boit que le week-end. Rien n'indique qu'il va mourir jeune, même si on ne peut jamais savoir. Trente ans me paraissent un délai raisonnable.

Je me concentre sur 2042. Le jour de Noël, exactement. Nous partions toujours à Chamonix à Noël.

Quand le tunnel se présente, je descends sans hésiter. J'ai accumulé assez de pratique pour savoir que j'atteindrai mon objectif à cinq ou dix ans près. Il me suffira, par la suite, de me projeter.

Je me prépare à plonger lorsqu'un choc inattendu nous secoue. Une turbulence. Nous ralentissons. Trop. Je suis prisonnier de l'un de ces rêves paralysants, incompréhensifs. L'image du tunnel se brouille.

J'ouvre les yeux. Cette fois, nous sommes presque à l'arrêt.

Impossible de faire demi-tour. Soit je sors, soit je plonge. Autant aller voir de quoi il retourne.

Le mont Blanc est toujours là, et je suis presque rassuré. C'est un jour d'hiver pulsant d'une lumière vive. La mer de Glace a encore fondu, voilà la première chose qui me vient à l'esprit. Puis je me retourne et un sentiment de perte accablant s'abat sur moi.

Oui, nous sommes bien dans le futur. Mais que s'est-il passé ? De la vieille maison familiale, il ne reste que la charpente et quelques pans de murs.

Tout a brûlé, depuis longtemps. Les mots « Mort aux nantis ! », tracés à la peinture rouge, souillent les vestiges d'une façade.

Je prends de la hauteur. Maisons saccagées, carcasses de voitures, vitrines en miettes. Chamonix est désert. Abandonné. Partout, le chaos, la destruction.

Je descends vers le centre-ville. C'est comme si une vague avait reflué, ne laissant derrière elle que des débris épars. Une armée ?

Des immeubles entiers ont été incendiés, des magasins, dévalisés, il ne reste pas une vitrine intacte, et des slogans géants s'étalent sur les murs : « Que disparaisse le Vieux Monde ! » ou « Nous ne pouvons plus attendre ! » ou encore « La joie par le vide ».

Une explosion a détruit un restaurant que je ne connaissais pas. D'énormes corbeaux noirs errent sur les trottoirs défoncés. L'attaque, si elle a eu lieu, s'est certainement produite il y a plusieurs semaines. Mais aucune armée ne laisserait des slogans anarchistes sur les murs. Aucune armée ne viderait un magasin de sport.

Devant le comptoir d'un hôtel, étendus sur la moquette, je découvre mes premiers cadavres. Ils ont été abattus, apparemment et, malgré le froid, se trouvent dans un état de décomposition avancé. Ils ne portent ni vestes ni manteaux. On les leur a peut-être dérobés. Ou bien cela s'est passé plus tôt que je ne le pense.

Anéanti, je remonte la rue principale. Il n'y a plus de Maison de la presse, juste une banque, ravagée de fond en comble, et les vestiges d'un magasin bio. En quelle année suis-je arrivé ? Des panneaux publicitaires numériques fracassés indiquent que je me trouve au moins quinze ou vingt ans dans le futur. Aucun indice plus flagrant.

J'essaie d'avancer dans le temps, de me projeter, mais rien à faire : tout juste puis-je avancer de quelques heures.

Des voitures à ailerons gisent sur le flanc, les rues sont jonchées de verre brisé, des impacts grêlent les murs, des maisons se sont effondrées sur elles-mêmes.

Déconcerté, je décide de changer d'endroit. Je m'élève, doucement d'abord, contourne le massif. La vallée de Saint-Gervais est déserte, elle aussi, mais quelques vaches paissent encore, et la chapelle de mon enfance est intacte.

Je monte en torpille puis, tournant le dos au mont Blanc, décide de rentrer à Paris.

J'ai fait le trajet tant de fois par la route !

Tel un missile sans ennemi, je laisse les montagnes dans mon dos, prenant la direction du Jura, puis de la Bourgogne.

Je suis trop haut pour distinguer les détails, mais pas assez pour ignorer que les autoroutes sont vides et les villages, inhabités.

Aucun avion ne parcourt le ciel.

Où sont passés les gens, qu'est-il arrivé à cette époque ? La mort de mes parents est devenue quasi accessoire. C'est le futur en tant que tel qui m'angoisse, désormais. Une guerre mondiale a-t-elle éclaté ?

À une trentaine de kilomètres de Paris, je ralentis. Une pyramide de verre, achevée aux trois quarts, scintille sous le soleil. Apparemment, la capitale est intacte, mais il manque quelque chose. Bientôt, je comprends. La tour Montparnasse n'est plus là.

Un autre changement me frappe, tandis que je me rapproche. C'est un mur – une muraille, plutôt, une enceinte colossale haute d'au moins quinze mètres, et large comme un immeuble. À ses pieds, le boulevard périphérique, semé de carcasses. Seules quelques motos passent parfois, vrombissant entre les épaves.

J'avance toujours, horrifié.

Côté Paris ? Cette pyramide de verre, gigantesque. Côté banlieue : des barres entières d'immeubles, trouées et disloquées.

Je repense à ces images de guerre, à ces documentaires anciens, Beyrouth, Bagdad, la Croatie. Paris ressemble à ces endroits aujourd'hui.

Des gens, pourtant, cheminent encore parmi les décombres. Des ombres se terrent. Parfois, une silhouette émerge, comme électrisée. Des snipers guettent, embusqués sur les toits. Je ne distingue ni femmes ni enfants. Uniquement des tueurs, vêtus de gilets pare-balles.

De la tour Montparnasse, il ne reste qu'un moignon, au cœur d'un chantier immense, ouvert sur le ciel. La ville dort, en attente.

Des voitures volantes passent en trombe sur les grands boulevards. Un tramway à coussin d'air s'aventure dans une avenue bardée de panneaux vidéo. Des écrans publicitaires géants trônent au-dessus des carrefours, ou sur les façades haussmanniennes. Curieusement, la plupart fonctionnent encore. Des femmes au crâne rasé y vantent des crèmes de jour régénératrices, des tablettes numériques réagissant à la pensée, des organismes de crédit équitable.

Tout sent le calme, la pureté et la défaite.

Je m'éloigne vers la Seine. Des bâtiments de verre se dressent sur les bords de l'île de la Cité – des murs végétaux, des ponts suspendus où passent des gens à bicyclette. Nul touriste sur le parvis de Notre-Dame, nul vendeur, juste une femme pressée tenant deux adolescents par la main. La place du Châtelet est occupée par un vaste campement sillonné de policiers en armes. Des réfugiés ?

Je me propulse vers le Champ-de-Mars. La tour Eiffel est intacte, si l'on peut dire, mais elle n'est plus ouverte au public : des centaines de familles ont élu domicile dans ses treillages, sous des abris de fortune, des cabanes suspendues. Une immense banderole *Revolución*, lettres rouges sur fond blanc, est accrochée au premier étage. Des drapeaux frappés d'un smiley pirate claquent au vent entre des guirlandes de végétation.

Plus loin, au-dessus du bois de Boulogne, s'étend une verrière de dimensions pharaoniques : elle couvre la moitié du parc. Une partie de la toiture a été détruite et les pelouses sont devenues des prairies où s'ébattent des daims et des chevreuils. De l'autre côté, des gens en haillons se réchauffent à des braseros de fortune. Au sommet des miradors, des mitraillettes captent l'éclat du soleil.

L'hiver, songé-je. L'hiver, et un autre Paris.

Un Paris d'apocalypse.

Je retourne vers mon quartier. L'École militaire a été attaquée. Des chars stationnent sur le parvis. Des hélicoptères, aussi. Une ville en état de siège.

L'hôtel des Invalides ? Intact, miraculeusement, mais les jardins sont à l'abandon et des hommes casqués de noir patrouillent.

L'avenue de Breteuil, elle, n'a guère changé. Sur le terre-plein central, une plaque de marbre noir toise le silence. Des dizaines de noms y ont été gravés. Des gens nés au XXe siècle, ou plus tard, mais tous morts le même jour : 24 octobre 2026. « Début de la guerre d'Europe », précise le panonceau.

Je me tourne vers mon immeuble. Ma famille est partie, une autre a pris sa place. Dans ce qui était autrefois notre salon et s'apparente dorénavant à une salle de consultation meublée d'antiquités branlantes, un médecin aux cheveux gris ausculte un patient.

Sur le bureau, un calendrier numérique indique une date, la même que sur son écran holographique : 25 décembre 2029.

Un radiateur électrique est branché dans un coin. Vêtu d'un chandail à col roulé, le médecin se frotte les mains et rajuste ses lunettes cerclées d'or.

De ce qui a été ma chambre sort une jeune fille. L'homme – son père, sans doute – lui ouvre grands les bras. Elle s'y blottit. Qu'est-ce qui la rend si malheureuse ? Elle pleure, elle pleure à chaudes larmes, et le médecin lui caresse les cheveux avant d'ôter ses lunettes.

Je ressors.

Quelques cafés ouverts, encore, deux ou trois restaurants, mais plus de cinémas, plus de boutiques de mode.

Des magasins d'alimentation fleurissent, en revanche,

des bazars chichement fournis, proposant aussi bien des patates que des appareils électroniques.

Des voitures volantes passent toutes sirènes hurlantes. Il y a des banques en friche, des prédicateurs vêtus de haillons, et des chiens boiteux fouinent dans les décombres.

Une guerre a eu lieu ici, une bataille, une révolution et mes parents sont, au mieux, partis.

L'appartement de mon frère est occupé par un jeune couple, un garçon aux mains gantées de mitaines qui pianote sur un clavier d'ordinateur *old school*, et une fille qui fume des cigarettes en regardant les mouettes perdues.

Longtemps, telle une brise qui ne saurait plus sur quoi souffler, j'erre dans la ville et plane au-dessus des parcs. Les rares journaux numériques que je parviens à consulter, les rares informations diffusées en 3D ne parlent pas de Noël, ne mentionnent aucune festivité. Ils évoquent la guerre d'Europe, des combats lointains avec les armées russe et chinoise, rappellent la destruction par attaque nucléaire d'une partie du Japon.

Une vidéo dévoile Bruxelles, réduit à un no man's land pouilleux, avec une symphonie de Beethoven en musique de fond. Une autre survole des camps de réfugiés interminables, disséminés dans toute l'Italie.

Marseille est occupé par des bandes armées. Lyon a brûlé. Une épidémie mystérieuse ravage toute la région Nord. Dans la campagne alsacienne, des gens produisent leur propre électricité.

Une date revient sans cesse : 2024. Les journalistes parlent d'une « Grande Absence » sans donner plus de précisions.

Soudain, en revenant une énième fois vers Notre-Dame, je comprends à quoi ils font allusion. L'absence, c'est celle de la jeunesse – des bébés, des jeunes enfants.

Depuis que je suis arrivé, je n'en ai pas vu un seul.

41

C'est la même chose à New York. C'est la même chose partout.

Je traverse l'Atlantique.

Je repère les tours de Manhattan, ce qu'il en reste, et je découvre une métropole envahie par les eaux.

La plupart des buildings du World Financial Center ont disparu – détruits ou en passe de l'être. L'océan a envahi la baie. La statue de la Liberté penche dangereusement.

Plus haut, aux abords de l'Empire State Building, une autre ville se dessine, survolée par des hélicoptères noirs, une ville où la nature a repris ses droits, peuplée de bandes et de tueurs.

Les riches se sont retranchés dans des gratte-ciel fortifiés autour d'un Central Park à l'abandon. Là encore, un mur a été érigé, hérissé de miradors, garni de fils de fer barbelés. Mais des brèches ont été ouvertes.

Les pauvres habitent au nord, dans Harlem, sur les îles environnantes. Leurs campements rappellent les bidonvilles d'Afrique.

Sur une colline du nord, parmi les ruines d'un cloître, une sculpture saisissante se dresse : des hommes et des femmes, bras levés, tentant (en vain) de se protéger d'une force supérieure. Des fauves – lions, panthères, probablement échappés d'un zoo – s'y prélassent tels les hérauts d'une apocalypse inévitable. Une plaque a été posée, rongée par les mauvaises herbes.

Un instant, l'idée me vient d'aller voir ce qui s'est passé à Los Angeles. Mais n'est-ce pas limpide ?

J'ai lu des pages de une. J'ai regardé des vidéos. J'ai survolé des mémoriaux. J'ai écouté des gens parler. Les pièces du puzzle, petit à petit, se mettent en place. Une guerre a éclaté : une guerre mondiale, pour ce que j'en sais, et qui n'est pas terminée. Quelle a été l'étincelle initiale ? Je l'ignore. Mais les résultats concernent la Terre entière.

Tokyo : vaporisé. Los Angeles : pulvérisé. Exode massif des populations chinoises vers l'Inde. Guerres civiles partout dans le monde, notamment en Europe. Pillages, famines, massacres de masse.

Et mes parents, et mon frère, et mes amis ont vu s'avancer le cataclysme. Ont-ils survécu ?

Je repars vers le sud de Manhattan. Des barges métalliques et des navires à moteur sinuent, minuscules, entre les cadavres effondrés des immeubles. Ils sont des centaines, des milliers, hommes et femmes harnachés, équipés de filins, de treuils, de grappins, montant à l'assaut des structures de verre et d'acier, disparaissant par les ouvertures pour prendre ce qui peut l'être encore, plongeurs à ciel ouvert explorant les décombres d'une époque révolue.

Je suis l'œil, le témoin impuissant et lointain. Je suis le dégoût et la compassion, je suis le spectateur entré dans un film qu'il n'a pas choisi, le lecteur perdu entre les pages d'un livre trop déchirant pour lui.

Je m'éloigne au-dessus des eaux grises de l'Hudson, je survole l'océan, laissant les tours s'évanouir dans le brouillard du soir.

Ici non plus, je n'ai pas vu de jeunes enfants. Pas le moindre bébé, pas la moindre poussette. Comme s'ils avaient tous été enlevés.

J'abandonne les hommes à un futur sans issue, indépassable et sans jeunesse.

Je ne comprends pas. Je suis épuisé.

Montant vers les cieux tel un ange dévasté, je ferme les yeux au monde et m'éjecte de la Trame.

42

Secousse brutale, pluie cinglante, je n'y vois plus rien. Cramponné à ma selle, je tire sur les rênes pour faire remonter Thaleane.

Dehors, au-dessus, le fracas de l'orage résonne et, lorsque je perce la couche supérieure des brumes, c'est pour découvrir un monde plongé dans la nuit. Seuls les éclairs illuminant le ciel me permettent de me repérer.

Les grondements du tonnerre se répondent en échos sourds entre les parois du Nihil. Affolée, Thaleane ne répond plus à mes commandes. Hors d'haleine, ruisselant, je lui crie de se calmer.

Des coups de poignard bleutés cisaillent la nuit mais, tant que nous restons au-dessus du gouffre, nous sommes à l'abri. Thaleane s'apaise, peu à peu, vole moins vite – elle a compris ce que j'attendais d'elle.

Arc-bouté sur ma selle, je la guide tant bien que mal. Je repère un promontoire rocheux. La manœuvre s'annonce périlleuse mais nous ne pouvons pas continuer à voler ainsi en attendant que l'averse s'atténue car rien n'indique une amélioration prochaine.

Des rafales nous ballotent. Thaleane frémit sous mes coups d'éperons. J'essaie de lui faire comprendre ce que j'aimerais qu'elle accomplisse. Elle répond par un jappement effrayé.

Nous sommes proches du bord, quelque part sur le versant nord à l'opposé de Landerost.

Le vent mugit comme un fauve. Au prix de contorsions périlleuses, nous nous posons près des rochers. Thaleane répugne à avancer, je la tire par sa longe.

Le crépitement de la pluie est assourdissant. Les éclairs illuminent la plaine par flashs brutaux. Les yeux de Thaleane se sont réduits à deux fentes craintives. Elle ne doit pas être habituée à pareil spectacle.

Adossé au rocher, je pense à ce que j'ai vu. Un monde en guerre, un monde perdu. L'idée de retrouver mes parents est devenue moins impérieuse. À dire vrai, j'ai peur de ce que je pourrais découvrir. Peur de les voir souffrir une fois de trop. Scarlett et les autres ont raison : le futur n'est pas fait pour être exploré, l'illusion de pouvoir changer les choses nous détruit.

Je grandirai dans ce monde, et un autre roman s'écrira sur Terre, sans moi. Je dois l'accepter. Ma santé mentale en dépend.

– Qu'est-ce que tu en penses, toi ?

Je me tourne vers Thaleane. Apparemment, elle s'est endormie. La pluie gifle la terre, soulevant des rideaux de vapeur.

Au petit matin, enfin, la fureur des éléments retombe. Une aube torturée se lève sur les montagnes. Les rayons du soleil se fraient un chemin parmi le mauve des nuages.

Prenant garde à ne pas réveiller Thaleane, je me lève. Je suis trempé de la tête aux pieds. Je dénoue ma ceinture, ouvre ma tunique. Que faire ? Retourner sur la montagne ? Ma méditation nocturne ne m'aura mené nulle part.

Thaleane trotte dans ma direction. Je l'accueille, accroupi, pose mon front sur son museau.

Une image me hante, revenue plusieurs fois cette nuit : celle de cette jeune fille sortie de ma chambre – cette jeune fille si belle et si triste. Elle ne m'est rien, je ne la connais pas et je ne la connaîtrai jamais. Mais elle dit quelque chose de ce monde en perdition. Elle est l'affliction et l'achèvement, le désespoir et l'avenir, et elle habite l'endroit qui m'est le plus cher au monde.

Je veux la revoir une dernière fois, et partir.

Comme pour m'accueillir, Thaleane se baisse. Elle a compris.

43

La nuit tombe, lourde de parfums fleuris, c'est un soir de septembre 2027, et des véhicules militaires remontent l'avenue de Breteuil.

Bon Dieu, tu es tellement mélodramatique.

Intérieurement, je soupire. La voix du sarcasme. La voix qui me répète que rien n'est possible, que tout finira mal, que je ne dois compter que sur moi-même parce que ainsi va le monde. La voix de mon adolescence.

À la fenêtre de ma chambre, la jeune fille triste regarde passer les voitures à chenilles et les chars.

Le couvre-feu est déclaré. Des gangs de banlieue, que l'on dit armés par les Russes, se sont introduits dans les quartiers sud de la capitale. Les forces parisiennes ont répliqué. Des centaines de morts, des milliers peut-être.

Le gouvernement, retranché dans sa base souterraine des Buttes-Chaumont, s'efforce de consolider la muraille protectrice. Les Parisiens vivent dans la peur et le dégoût d'eux-mêmes. Ils sont les nantis, les chanceux, protégés à l'ombre d'un mur aveugle.

La famille qui vit dans notre appartement n'est pas de celles-là. Le père soigne les gens gratuitement. Deux fois par semaine, il se rend à l'hôpital de l'Hôtel-Dieu pour opérer des réfugiés. Lui-même, pour ce que j'en ai compris, est plus ou moins ruiné. J'ignore comment il arrive encore à payer le loyer.

Sa fille s'appelle Rain : un nom d'automne. Ses cheveux sont bruns et, avec ses grands yeux bleu-gris, elle semble toujours sortir du rêve de quelqu'un d'autre.

Elle aide son père. Elle tient les comptes. Parfois, aussi, elle répare des appareils – des tablettes, des téléphones miniatures, des capteurs digitaux – et les revend devant le Pont-Neuf, disposés sur une couverture à carreaux.

Trois jours que je suis là. Je traîne dans la cuisine, flotte dans le salon, rumine aux abords des Invalides, oubliant le temps et oublié par lui.

De cette jeune fille qui se coiffe devant le miroir de sa salle de bains sans se douter de ma présence, je sais déjà beaucoup de choses.

Je sais qu'elle a quinze ans, qu'elle est gauchère, qu'elle a subi une opération pour sa myopie et qu'elle souffre souvent de maux de tête. Je sais qu'elle aime Miles Davis, qu'elle lit des romans du XIXe siècle imprimés sur du vrai papier, qu'elle mange des fruits au sirop à même la boîte et qu'elle écrit des poèmes bizarres et inspirés. Je sais qu'elle a abandonné ses études et qu'elle a essayé de mettre fin à ses jours un an plus tôt – des cicatrices à ses poignets en témoignent. Je sais que sa mère est morte, et je me doute que les deux événements sont liés.

Mais il y a encore tant de choses que j'ignore.

Ce soir-là, à onze heures, une sonnerie retentit. Rain dresse l'oreille. Assise en tailleur, tournevis en main, elle s'apprête à remonter une montre-disque dur, un appareil portatif connecté à tous les autres et permettant de stocker (c'est du moins ce que prétend l'emballage qu'elle a récupéré) plus de dix millions de photos haute définition. Dix millions de photos ?

Charentaises aux pieds, son père se traîne jusqu'à la

porte. À part les murs et le parquet, très abîmé par endroits, à part l'emplacement des pièces, je ne reconnais plus grand-chose de notre ancien appartement. Cela m'arrange, je crois ; ainsi atténuée, l'impression de familiarité me blesse moins.

Il n'empêche. Je suis prisonnier de ces lieux, captif de cette jeune fille, de son histoire, de son malheur.

Rien ne m'attend dans l'Intermonde, rien qui réclame ma présence immédiate. Scarlett et les autres me sont provisoirement sortis de l'esprit. Oh, je ne doute pas qu'ils ont entrepris des recherches. Mais leur monde – c'est singulier – est devenu moins réel. Fantôme ou pas, je me suis mis en tête d'explorer les territoires de ma naissance.

Le père de Rain noue sa robe de chambre. Étienne est son nom. Il a dû être bel homme, autrefois – à la vue de sa fille, il s'illumine parfois –, mais il ne prend pas soin de lui, mange vite, dort mal, et boit plus que de raison.

Il ouvre la porte. J'aurais pu passer de l'autre côté pour voir qui vient de sonner. Mais je veux vivre comme ces gens, le plus possible, je tiens à partager leur existence. De cette curiosité, je ne suis pas capable de préciser la nature. Sans doute, elle s'estompera avec le temps. Trois jours déjà.

– Étienne.

D'un seul coup, toute mon attention est ramenée au présent.

Cette voix ! Je connais cette voix.

Je ne connais qu'elle.

– Aceline, murmure Étienne, reculant d'un pas. Si je m'attendais…

Ma mère sourit, un sourire atrocement triste. Elle a soixante-six ans à présent, ses longs cheveux blancs sont retenus par un bandeau de soie, elle porte un manteau noir assorti et les talons de ses bottes claquent sur le parquet.

– Je ne resterai pas longtemps. Tu comptes m'offrir un verre ?

Sans attendre sa réponse, elle précède son hôte au salon. Étienne lisse ses sourcils devant une glace et entre à sa suite.

Ma mère s'est assise face à la fenêtre, juchée sur un tabouret. Il pose une main sur son épaule. Elle caresse ses doigts, lève les yeux sur lui.

– Je sais, dit-elle. J'aurais dû appeler. Mais j'ai été très occupée ce mois-ci, avec la succession, ces rapaces d'avocats…

La succession.

Ainsi, mon père est mort, noté-je presque sans émotion.

– Tu ne me dois rien, répond Étienne.

Il se penche pour l'embrasser : au coin des lèvres. Leurs mains se séparent.

– Comment va Rain ? demande ma mère.

– Elle surnage, je crois. Elle a suivi certains de mes conseils.

– Oh.

– Elle regarde moins les informations ; et elle pratique le yoga.

– Seule ?

Étienne opine, comme s'il était lui-même étonné.

– Et toi ? reprend ma mère. Tu as l'air si fatigué.

– Je le suis. De plus en plus de malades, de moins en moins d'argent. Nous devons faire face à une nouvelle épidémie de tuberculose. Je ne vois pas comment la situation pourrait s'arranger.

Raclement de gorge. Ils se retournent. Rain se tient sur le seuil, tournevis à la main. Ma mère se lève.

– Bonjour !

– Salut, répond simplement Rain.

Son front est plissé. La présence de ma mère la contrarie. Ces deux-là se tolèrent mais ne s'apprécient pas.

– Ce tournevis, c'est pour m'assassiner ?

Rain hausse les épaules.

– Tu es encore venue chercher de l'argent ? Parce que nous n'en avons plus.

Étienne veut intervenir. Ma mère le précède.

– Ne sois pas injuste, Rain. Vous ai-je jamais demandé quoi que ce soit depuis la mort de ta mère ?

La jeune fille renifle, se détourne.

– J'ai toujours admiré ta grandeur d'âme.

– Rain !

Son père feint la colère. Ma mère lui adresse un signe conciliant avant de revenir à la jeune fille.

– Je peux comprendre ce que tu ressens, tu sais, mieux que tu ne le crois. Je suis navrée pour ce qui vous est arrivé, je l'ai dit cent fois à ton père et je te l'ai dit cent fois aussi. Mais, pardon, ma belle : je ne parviens pas à me sentir responsable.

– Je ne suis pas « ta belle ».

– OK. (Ma mère incline la tête. Je connais ce regard par cœur.) OK, répète-t-elle, oublie ça. Je suis désolée de t'infliger ma présence. Il y a certaines choses dont je dois parler avec ton père et je préférais ne pas le faire par téléphone.

– Certaines choses, hein ?

Étienne inspecte les manches de son peignoir, enlève des fils.

– Rain, va dans ta chambre, s'il te plaît.

Elle s'exécute. Ma mère se passe une main sur le visage et revient à la fenêtre. Elle est sur le point de pleurer. Je suis là, juste derrière.

– Je me sens…

Elle ne parle à personne en particulier. Étienne est parti dans la cuisine. Il revient avec deux verres de vin. Elle prend le sien avec une mimique fatiguée et le vide d'un trait. Ils regardent dehors. La nuit est impénétrable, les nuages, trop lourds. Il va pleuvoir.

– Deux pauvres fous, marmonne Étienne. Deux pauvres animaux solitaires en quête de chaleur.

– Étienne, je vais devoir vendre l'appartement.

Le père de Rain ne répond pas. Ma mère se tourne vers lui.

– Les procès. Les avocats. Notre maison de Chamonix ; je me bats contre les assurances, et je sais que je ne gagnerai pas.

– Je vois.

Les yeux de ma mère brillent mystérieusement. Elle lève son verre vide à la nuit, à son reflet.

– Oui, dit-elle. C'est pour cela que je t'ai aimé. Parce que tu comprends. C'est fatigant, d'être toujours comprise.

Étienne ricane.

– Désolé.

– N'aggrave pas ton cas.

Ils rient, comme à une plaisanterie codée. Étienne demande à ma mère combien de temps elle peut leur laisser. Ils n'ont nulle part où aller, lui explique-t-il, il faut qu'il demande une avance à l'hôpital. Ma mère tripote son verre. Elle lui laissera tout le temps nécessaire, assure-t-elle. Elle va même essayer de l'aider, elle a gardé des contacts, il n'a pas à s'inquiéter.

Étienne la remercie. Il l'embrasse, cherche ses lèvres – ne trouve que sa joue.

Silence de sépulcre. Rain est dans sa chambre. Assise sur son lit, elle regarde fixement le mur d'en face. Sur ses étagères, quelques romans (Jane Austen, les sœurs Brontë) et des bibelots : un vieux robot vintage, une figurine de Barak Obama portant sa tête sous le bras, un maneki-neko patte levée, un cadre numérique avec une photo du Fuji-

Yama, une plume de mouette, une mèche de cheveux enchâssée dans un médaillon.

Elle se balance d'avant en arrière. Elle n'a pas l'air d'une folle, seulement de quelqu'un qui cherche à se débarrasser d'un fardeau trop lourd. Je suis encore là lorsqu'elle se couche et qu'elle s'endort. Son souffle est un cadeau sucré, une brise de jeunesse avec juste ce qu'il faut d'espoir.

Le lendemain, devant une tasse de thé (elle ne déjeune jamais le matin, je soupçonne que c'est une question d'argent), elle a une discussion avec son père. Il lui répète ce que ma mère leur a dit : qu'ils vont devoir partir. Rain se renfrogne.

– Fantastique, grince-t-elle.

Elle en veut à son père d'avoir été si faible.

De fil en aiguille, j'apprends que sa mère – la femme de son père – était journaliste et qu'elle est décédée quelques mois plus tôt, en janvier, au cours d'un reportage en banlieue nord. Les émeutes qu'elle couvrait ont fait trois cents morts, parmi lesquels de nombreux civils.

Rain regagne sa chambre en chantonnant.

44

Fermant les yeux, je me projette. Une fois, deux fois, plusieurs mois en avant. Rain et son père sont toujours là.

J'écoute leurs conversations, décontenancé. Ma mère n'a pas vendu l'appartement, elle s'est débrouillée autrement. Une faveur ? Difficile à dire. Je passe comme un coup de vent, je *suis* un coup de vent, pas le temps d'approfondir.

Je file plus loin.

Je veux voir ce qui va se passer.

Étienne continue de soigner, d'opérer, de prescrire des médicaments. Il œuvre dans des conditions de plus en plus délicates, avec de moins en moins d'argent, mais l'énergie qui l'anime semble inépuisable.

Rain, elle, a trouvé un travail dans une agence de veille informatique. Je n'y comprends pas grand-chose. L'agence est indépendante mais effectue des missions pour le compte de l'État français, lequel a – provisoirement ? – réintégré ses quartiers, dans un palais de l'Élysée désormais fortifié.

Les tensions locales s'apaisent. La muraille (les autorités l'appellent l'« Enceinte Nouvelle », elles sont les seules) a bel et bien été renforcée. Des gardes lourdement armés y patrouillent, ainsi que de robots de surveillance. Mais les tensions internationales ne cessent de croître. Il y a la guerre, ailleurs, partout, en Europe, en Asie, des villes sont détruites, des populations s'exilent.

Longtemps, je me suis demandé comment le monde avait pu en arriver à une situation aussi catastrophique. Et puis, à force de regarder par-dessus l'épaule des gens, j'ai fini par comprendre.

Il y a eu un instant T. Un problème colossal duquel tout le reste a découlé : l'Incident Saturne.

« Saturne » est le nom de code d'une molécule synthétisée par un laboratoire énigmatique dans un but plus énigmatique encore. Il s'agit, pour résumer, d'une sorte de virus détruisant les hormones reproductrices des femmes. Personne ne paraît savoir comment cette molécule a pu être créée, mais le résultat est là. Depuis 2024, plus une seule femme au monde ne peut avoir d'enfants.

Plusieurs semaines, plusieurs mois, même, se sont écoulés avant que les instances de santé internationale prennent la mesure du problème. Les agences sanitaires de différents pays se sont d'abord imputé mutuellement la faute. Les États-Unis ont accusé la Chine, laquelle s'est tournée vers l'Europe, puis vers Israël. Ces suspicions, couplées à une crise économique d'une ampleur inédite, ont généré d'insupportables tensions. Une guerre civile a éclaté en Mandchourie, réprimée dans un bain de sang. Les États-Unis ont réagi via l'ONU. Des supposés espions américains ont été exécutés en représailles. Après qu'une série de sabotages et d'attentats au gaz ont secoué le Japon, l'Amérique et ses alliés ont déclaré la guerre à l'ogre chinois. Tokyo a été détruit par une bombe nucléaire, Los Angeles, submergé par un raz-de-marée d'origine potentiellement militaire. Alliée à la Chine, la Russie a attaqué l'Europe.

Partout dans le monde, on a assisté à des vagues de suicides sans précédent. Une étude récente montre que le nombre d'individus psychotiques a augmenté de six mille pour cent en l'espace de deux ans dans les pays occidentaux.

Un président ultraconservateur – et ultrareligieux – a été

élu aux États-Unis. Puis, comme en réponse, un nouveau raz-de-marée a frappé la côte Est, causé par l'effondrement d'une plaque tectonique aux larges des Canaries. Trente millions de morts, des villes entières ravagées – New York, Washington, Boston, Miami –, certaines rayées de la carte.

Aux conflits entre États se sont ajoutées des révolutions et des guerres civiles. La France n'a pas été épargnée. Armées par des Russes, les banlieues se sont tournées contre Paris. Des centaines de milliers de réfugiés ont fui, se regroupant dans des camps dressés à la va-vite. Les Furieux, des révolutionnaires libertaires néo-écologistes, ont investi la tour Eiffel. Notre pays, comme le reste du monde, est en passe de sombrer dans le chaos.

J'avance, j'avance toujours vers la limite ultime, quelque part vers fin 2029, début 2030. Le temps n'est pas bloqué à cette date. Mais il devient si indéchiffrable que je ne peux plus me projeter en avant de lui.

Je recule de quelques mois. Je découvre que mon frère est mort – un accident de moto. Mes réserves de chagrin et de consternation s'épuisent. Tout cela est si irréel, et si dramatiquement prévisible.

Un jour de mars 2029, je trouve Étienne pleurant sur la table de la cuisine, le visage enfoui entre ses bras croisés. Une bouteille de whisky bon marché est posée à côté de lui, à moitié vide. Rain n'est pas là. J'attends qu'elle revienne, ne sachant pas où la chercher. Elle ne rentre que vers minuit : je la vois descendre l'avenue de Breteuil, tenant un garçon par la main. Ils s'embrassent devant l'immeuble, avec fougue. Elle lui dit qu'elle doit y aller, que son père ne va pas bien, il essaie de la retenir, en vain. Qui est ce type ? Je la regarde monter les marches.

Sans bruit, elle ouvre la porte et gagne la cuisine. Son père ronfle dans la position où je l'ai laissé. Elle le secoue et il finit par relever la tête, ahuri. Rain tire une chaise.

– Papa. S'il te plaît. Tu crois que ça la fera revenir ?

De qui parle-t-elle ?

– Je n'étais pas là, bredouille Étienne d'une voix pâteuse. Elle était seule et je n'étais pas là. Je ne suis bon qu'à sauver des anonymes.

– Hé. (Elle lui tapote la joue, quêtant son regard.) Aceline n'est pas morte à cause de toi, d'accord ? Pas plus que maman. Tu n'aurais rien pu faire, elle avait pris sa décision.

Le temps s'arrête. Je n'ai pas pu *mal* entendre. Ils continent de parler mais je ne les écoute plus. Ma mère.

Ma mère.

Retour en arrière. Un jour. Une semaine. Un mois.

Un matin de janvier, je vois Rain et son père se préparer pour des funérailles. Celles d'Aceline.

Comment a-t-elle fini ?

Je sais où elle est partie habiter depuis la mort de mon père : un petit appartement près de Passy, à quelques encablures de l'endroit où mon métro a explosé.

Ce n'était pas un hasard, déclarait-elle. Elle voulait « épuiser le réel », atteindre l'instant béni où regarder ce pont, frappé d'une énième plaque commémorative, ne mettrait plus son âme en lambeaux.

Et c'est là, dans son petit salon coquet inondé de soleil, face à la Seine, que je la retrouve, quatre jours auparavant, installée dans un vieux fauteuil, mains sur les accoudoirs, un sac en plastique sur la tête.

– *Maman* ?

Ma voix ne résonne qu'en moi-même. Elle est là, parfaite dans la mort. Son cœur a cessé de battre et le mien n'est plus qu'une pauvre machine. Tout ce temps où j'aurais pu être là. Tout ce temps passé dans notre vieil appartement pour les beaux yeux d'une fille qui ne sait pas qui je suis, ne l'a jamais su, ne le saura jamais.

J'ai été si égoïste.

Je ne veux pas, je ne veux surtout pas revenir une heure ou deux en arrière, je ne veux pas être là quand elle a fait ça.

Sur la commode, trois portraits encadrés, de vrais clichés à l'ancienne sertis de cadres argentés : mon père, mon frère et moi – les trois hommes de sa vie, comme elle nous appelait, tous morts, tous loin d'elle. Elle a voulu nous rejoindre.

Je suis là, dans son salon, et elle est ailleurs. Nous ne nous sommes pas retrouvés. À supposer – espoir insensé ! – qu'elle rejoigne un jour l'Intermonde, à supposer que quiconque venant du futur trouve le chemin de traverse, il me faudrait attendre, avant de la revoir, le temps séparant sa mort de la mienne.

Maman.

De ma famille, il ne reste plus personne. Une page a été tournée, la page d'un recueil blanc.

Anesthésié, je m'en vais vers le cimetière du Montparnasse. Un caveau de famille a été édifié à l'emplacement de ma tombe au moment où mon frère est mort.

Mon père nous y a rejoints. Et à présent, ma mère.

Disparaître à l'intérieur de moi-même : je ne souhaite rien d'autre en cet instant. Mais c'est impossible, je le sais. Je suis condamné au temps.

Le temps s'écoule, donc. Les jours tombent l'un sur l'autre comme des dominos. Des gens passent, s'attardent, pleurent, des oiseaux quittent une branche, le soleil décrit un bref arc de cercle dans le froid de janvier.

Arrive le jour des funérailles, un jour atrocement radieux. Non loin, dans une allée, un merle picore le gravier. Il relève la tête dans ma direction. Peut-être les animaux nous voient-ils ? Je reporte mon attention sur l'assistance. Peu de monde, en vérité. Des cousins éloignés, une poignée d'amis, des connaissances du journal pour lequel ma mère travaillait. Les gens ne se déplacent plus aisément, en 2029. Personne ne peut entrer dans Paris sans une autorisation spéciale.

Rain arrive au bras de son père. Ce n'est pas une cérémonie catholique. Ma mère a laissé une note indiquant qu'elle désirait une cérémonie très simple. « Je ne crois plus en Dieu depuis longtemps », concluait-elle.

Une amie lit un hommage, un cousin remercie tout le monde, on passe le *Quatuor à cordes* de Barber sur une enceinte Wi-Fi, et Rain récite son poème.

Je ne me souviens que d'elle.

Elle porte un manteau blanc serré à revers de fourrure et un bonnet blanc, lui aussi, enfoncé jusqu'aux oreilles et ne laissant dépasser que quelques mèches. Tout le monde est vêtu de noir, de sombre. Pas elle.

Elle se racle la gorge puis se met à lire mais, très vite, elle abandonne le papier qui tremblait entre ses mains gantées.

Les mots qu'elle prononce sortent malgré elle. Ce sont des mots d'amour et de regret.

Elle parle de ma mère dans le regard de son père. Elle parle de ma mère comme d'une fleur dans un champ de boue, d'une fleur qui s'obstine à être une fleur, et qui exhale des parfums de paradis au milieu des effluves d'une usine trop proche. Cette usine, explique-t-elle avec un sourire, nous la connaissons tous, elle fonctionne à plein régime : c'est la fabrique du malheur.

Le poème s'achève sur une note d'espoir tordue qui laisse l'assistance interloquée. Rain espère qu'il n'y a rien après la mort. « Quelque chose » plutôt que « rien », c'est, assène-t-elle, la promesse de nouvelles intrigues, de nouveaux conflits, d'affreuses tensions et de regrets éternels. Les bouddhistes ont raison. Il faut briser le cycle des morts et des renaissances. Plus que jamais, nous avons besoin de repos. Fût-il éternel.

Elle tape dans ses mains, émet un petit rire aigre, remercie ceux qui l'ont écoutée. Puis, constatant que personne ne réagit, elle se fend d'un signe d'adieu et s'en retourne, suivie par son père claudiquant.

Devant l'entrée de leur immeuble, il la prend par le bras, la secoue.

– Qu'est-ce qui t'a pris, hein ?

Le regard qu'elle pose sur lui est chargé d'une telle intensité qu'il baisse instantanément les yeux.

Elle est comme Galilée, persistant devant ses juges à affirmer que la Terre tourne autour du Soleil.

Son père la lâche, la serre contre lui, pleure à chaudes larmes. Je me tiens tout près d'eux.

Je voudrais qu'elle me voie. Je voudrais qu'au travers du brouillard de ses larmes, un futur apparaisse.

Au lieu de quoi je m'éclipse.

45

J'ai décidé de suivre Rain, de rester avec elle. Je ne suis rien et cela me convient.

Je me rends aussi loin que possible, à l'endroit où l'avenir ne se construit plus qu'un jour après l'autre.

Janvier 2030. Rain est assise au côté de son père devant son écran holo. Ils regardent un reportage : l'invasion de San Francisco par des bandes armées issues d'un mouvement ultraréactionnaire. Des Noirs sont abattus en pleine rue. Elle est en larmes, son père boit son whisky à la bouteille.

– Cette fois, répète-t-il, c'est la fin, la fin du monde.

Rain se lève, lui prend la bouteille des mains, ouvre la fenêtre et la jette dans la rue, où elle explose. Son père l'insulte, veut la ceinturer, trébuche. Elle le repousse et part s'enfermer à double tour dans sa chambre.

Elle frappe le mur de son poing comme si elle voulait l'abattre, et ses larmes sont sèches. À bout de forces, elle se laisse tomber sur son lit.

Je passe une main invisible sur son visage. Un mystère est en train de naître.

J'aime la façon qu'elle a de se rouler en boule au fond de son lit lorsque la lumière du matin filtrée par ses persiennes commence à lui chatouiller le nez.

J'aime sa moue boudeuse lorsqu'elle part vers Bastille en

métro pour rejoindre le studio où elle travaille dorénavant. Je l'aime sous la douche, lorsqu'elle ne pense plus à rien, bloquant sa respiration sous l'eau brûlante, et j'aime quand elle sort, qu'elle s'essuie les cheveux en sifflotant du Miles Davis. Miles Davis !

J'aime sa solitude, son incroyable courage, cette façon qu'elle a de regarder en face le monde mourir.

Car le monde meurt, c'est une certitude. Plus aucun enfant : la suite est aisée à deviner. Dans cent ans, cent dix peut-être (ou bien avant, au train où vont les choses), la Terre se réveillera débarrassée de l'humanité.

À jamais.

En ce qui me concerne, cela ne change rien, si ce n'est que l'Intermonde cessera de voir débarquer de nouveaux arrivants. Nous, les Égarés, serons condamnés à rester éternellement ensemble, à explorer le monde sans relâche, nous concentrant, peut-être, sur cette infime période séparant l'apparition de l'humanité de son annihilation. Nous n'y arriverons pas, songé-je.

Et Rain va connaître la fin de ce monde.

Une main posée sur son ventre infertile, elle assistera, impuissante, à l'effondrement des nations et puis, à son tour, elle mourra, hébétée de désespoir.

Je comprends, je crois, ce qu'elle a essayé de dire à l'enterrement de ma mère. Que tout s'arrête, que tout disparaisse, oui, c'est ce que nous pouvons souhaiter de mieux. Mais en attendant, il faut vivre.

Elle sort avec ce garçon, Clovis, un mathématicien prodige qu'elle a rencontré dans une soirée donnée par le ministère des Sciences et Techniques.

Clovis a vingt-cinq ans. Son crâne est rasé et un scorpion noir est tatoué sur sa nuque. Il passe trois heures par jour en salle de sport. C'est un génie cérébral et cynique, qui s'interdit de jouir pour ne pas connaître la souffrance. Il aime être admiré, mais je ne pense pas qu'il l'aime *elle*.

Pauvre Rain…

Rain fascinée. Rain si seule. Rain qui a tant besoin de se sentir en vie.

Je voudrais pouvoir l'aider. Écarter ce type de sa route et me substituer à lui. Elle a besoin de tendresse, envers et contre tout.

Je hais Clovis.

Bon sang, que m'arrive-t-il ? Un soir, la regardant s'endormir, je repense aux paroles de mon grand-père maternel lors de l'enterrement de sa femme.

C'était au cimetière de Meudon, un mois de mai gris. Il m'avait attrapé le bras, et il avait regardé le ciel. « Ta grand-mère a mis deux ans à mourir, Floryan. Je savais qu'elle ne s'en tirerait pas et elle le savait aussi, elle le savait parfaitement. Mais nous nous aimions, tu comprends ? Plus que jamais, nous nous aimions. » Il avait souri, suivant des yeux le vol d'un corbeau. Ses yeux étaient humides mais il ne pleurait pas. Sa prise, sur mon bras, s'était raffermie. « Quand tout espoir est perdu et que ton cœur persiste à battre plus fort. Quand ton amour ne dépend plus de l'autre, qu'il ne dépend plus de quoi que ce soit. Là se niche la vraie grâce. »

Il avait secoué la tête, comme s'il prenait la mesure de ses paroles. « Je te souhaite de connaître cela un jour, Floryan. Ça fait mal, très mal, mais on est vivant et rien d'autre ne compte. » Il m'avait lâché, soudain, et s'était éloigné en jouant avec sa canne.

J'ai eu une enfance heureuse, je n'ai manqué de rien, mais j'ai toujours pensé que le bonheur m'était dû et j'ai eu la naïveté de croire qu'il durerait. Je me suis trompé. Il faut profiter de chaque instant, et je ne l'ai pas fait. Rain, si. Je commence à comprendre ce que j'éprouve pour elle.

Je pourrais reprendre la tirade grand-paternelle et la compléter.

Lorsque tu aimes une personne sans pouvoir être vu d'elle. Lorsque cette personne ne t'entend pas, ne te sent pas mais que cela n'atténue en rien ce que tu éprouves à son égard. Existe-t-il un mot pour ça ?

46

Jamais je n'ai connu quelqu'un de façon aussi intime et complète.

Jamais je n'ai aimé avant Rain.

Ce que j'ai éprouvé pour Patience était dérisoire : leggings et talons compensés – un simple désir déguisé. Scarlett ? Trop fuyante. Trop superficielle et dangereuse. Trop éprise d'elle-même, aussi.

J'ai renoncé à tenir le compte des jours. Je n'ai aucune envie de partir. Ce que je ne sais pas, hélas, parce que ma tutrice ne me l'a jamais révélé, c'est qu'il est impossible de rester éternellement au sein de la Trame. Arrive un moment où il faut se réveiller.

Progressivement, la situation se complique. Des disruptions se créent, des coupures. D'un coup, ma vision se brouille, se hachure. Quand la lumière revient, je me rends compte que le temps est resté bloqué.

Un appareil branché sur la mauvaise fréquence, voilà ce que je suis devenu. Et suivre Rain s'avère de plus en plus difficile.

Elle flirte toujours avec Clovis. Leurs relations sont tumultueuses. Souvent, il la violente. Pourquoi reste-t-elle avec lui ? Ils ne couchent pas ensemble, c'est tout ce qui me console.

Les jours trébuchent, se bousculent, une main pressée triture le calendrier, en arrache les pages.

Les nouvelles du monde ?

La Chine menace les États-Unis d'une attaque nucléaire et/ou bactériologique. Les Russes essaient de contraindre l'Europe à un traité de paix inique. Les présidents européens se déchirent.

Rain travaille toujours pour son studio mais il lui arrive encore, à ses heures perdues, de vendre des appareils électroniques en contrebande. Un soir, je la suis sur le Pont-Neuf où elle a coutume de donner ses rendez-vous. Deux types l'attendent, des hommes de l'Est. L'un d'eux porte un manteau à revers de fourrure, l'autre, accoudé au garde-fou, fume benoîtement la pipe.

Rain toussote. L'homme au manteau de fourrure semble sourire. Ils échangent quelques mots en anglais. Rain glisse une main dans sa sacoche. Elle en sort une boîte, un appareil : quatre embouts en caoutchouc et un récepteur se fixant à la ceinture. C'est un appareil photo dématérialisé. On enfile les embouts aux index et aux pouces et on forme le cadre avec ses doigts. Le reste est affaire d'impulsion mentale.

Le Russe au grand manteau paraît ravi. L'autre, indifférent, continue de tirer sur sa pipe. Rain, qui vient d'effectuer une démonstration, entreprend d'ôter les embouts de ses doigts.

À cette seconde précise, elle se fige, et tout le décor avec elle.

La scène reprend au moment où elle met ses doigts en place et se déroule exactement comme la première fois. Puis, de nouveau, elle s'immobilise.

Retour en arrière. Retour ! La même scène, encore et encore. Impossible de s'extirper de cette boucle.

Je suis prisonnier d'une erreur système.

Quelqu'un, quelque part, sent la panique l'envahir mais ce n'est pas moi, parce que je ne suis plus capable d'avoir peur, même plus capable de penser. Les scènes s'enchaînent, et leur insistance hystérique me vide peu à peu de ma substance.

Je commence à me dissoudre. C'est une fatalité qu'il m'est inutile de combattre. Quelqu'un, quelque part, se rebelle en pure perte.

Et puis soudain : le trou noir.

Le vide.

Mon nom, répété sans relâche, et l'impression brutale d'être aspiré, arraché. Une douleur abstraite.

Je hurle.

47

– Là. Du calme.

J'ouvre les yeux, lève un bras pour me protéger de la lumière. Le jour m'aveugle. Où suis-je ?

Je voudrais parler mais mes lèvres n'émettent qu'un pitoyable borborygme.

– Recouche-toi, chuchote une voix que je ne connais que trop bien.

Posées sur mes épaules, des mains me repoussent en arrière. Inutile de lutter.

– Tu vas rester désorienté pendant quelques minutes. C'est normal. Sais-tu où tu te trouves ?

Je bats des paupières. Des formes vagues se meuvent. Un visage se penche sur moi.

– Etzu ?

Je crois le voir sourire.

– Ne brûlons pas les étapes, chéri.

Je suis couché sur un divan, dans sa cabane, sans doute.

Assis à mon chevet, il passe un linge humide sur mon front. Je pourrais avoir dormi mille ans.

– Douleurs ? Sensations particulières ?

Je secoue la tête.

– Je suis… juste…

– Perdu ?

– Oui.

Il m'essuie les yeux. Je les rouvre. Cette fois, je distingue les détails. La porte d'entrée, le plaid arc-en-ciel punaisé.

Dans un coin de la pièce trône un grand pot en terre cuite garni de fleurs rouges et de plumes blanches.

– Bienvenue chez moi, annonce le Japonais. Ne t'agite pas ainsi, s'il te plaît, ou je me verrai forcé de t'assommer. Tu nous as flanqué une drôle de frousse.

Un soupir s'échappe de mes lèvres. Rain, pensé-je. J'ai été arraché à Rain.

– Je suppose, dis-je, que tu vas m'expliquer ce qui s'est passé.

Il se lève, lâche son linge sur un coffre.

– Il n'y a que *toi* qui pourrais nous dire ce qui s'est passé, mon ange. C'est Adil qui a donné l'alerte. Il t'a repéré dans les brumes du Nihil. Thaleane était au bord de l'épuisement et, toi, tu étais sur le point de chuter. Favor t'a sauvé. (Il se rassoit.) Elle a bondi sur ton Altar et elle t'a retrouvé dans la Trame.

Je me mords les lèvres.

– Elle m'a…

– Tu te trouvais sur un pont. À Paris, visiblement.

Je me mords les lèvres. Ils savent. Tout le monde sait, maintenant.

– Depuis quand… Depuis quand suis-je parti ?

– Deux jours.

Je réfléchis. Deux jours ! Cela signifie que je suis resté des heures entières à voler. Je suis perdu. Scarlett ne m'a-t-elle pas certifié qu'une plongée ne durait jamais plus de quelques minutes ?

– Tu as été pris dans un vortex, m'explique Etzu. Tu es resté bloqué à l'intérieur de la Trame tandis que le temps extérieur continuait de s'écouler – le contraire de ce qui se passe en temps normal. Ta monture aurait pu mourir d'épuisement. Tu serais tombé dans le Nihil et tu n'aurais jamais été retrouvé.

– Thaleane serait revenue vers le bord.

Il secoue la tête, sévère.

– Un Altar ne prend jamais l'initiative d'interrompre une plongée, Floryan. C'est quelque chose de sacré pour ces animaux. Ils préféreraient mourir.

– Je ne savais pas.

– Il y a beaucoup de choses que tu ignores.

– Attends…

Péniblement, je parviens à me redresser. Etzu me tapote la main. Il ne m'en veut pas, m'assure-t-il, mais il est déçu, comme tout le monde, et triste pour moi.

– Il te faudra du temps avant de regagner la confiance des Égarés. En admettant qu'on t'en offre encore l'opportunité.

– Que veux-tu dire ?

Etzu jette un coup d'œil à la porte.

– Télémaque est de fort méchante humeur, tu t'en doutes bien. Il va probablement y avoir un jugement.

– Quoi ?

Mal à l'aise, Etzu tousse derrière son poing.

– S'il te plaît, ne fais pas l'étonné. Tu t'es rendu dans le futur, n'est-ce pas ? Malgré un premier avertissement.

Ma tête bute en douceur contre la paroi boisée. Je souris. Quand comprendront-ils ? Je n'ai que faire de leurs mises en garde et de leurs jugements. Retourner à Paris est tout ce qui m'importe. Y retourner, retrouver Rain, la sauver.

– Comment va notre rescapé ?

Favor vient d'apparaître sur le seuil.

– À merveille, dit Etzu.

Tous deux me dévisagent avec commisération. Je suis l'enfant prodigue, de retour à la maison.

Favor est vêtue d'une tunique beige qui lui descend jusqu'aux chevilles. Elle pointe un doigt sur moi.

– Nous allons avoir du mal à plaider ta cause, sais-tu ? Mais nous y parviendrons. Tout le monde t'aime bien ici.

Etzu approuve. Favor s'assoit, pose une main sur ma cuisse. Pantalon de cuir, chemise immaculée : on m'a passé des vêtements propres.

– Je n'ai pas besoin d'être sauvé.

Favor hausse un sourcil, son profil de princesse africaine me masque le jour.

– Ne sois pas stupide.

Je ne réponds pas.

– Dehors, reprend-elle, tu ne tiendrais pas longtemps.

– J'ai bien tenu deux jours.

Elle rit.

– Tu appelles ça « longtemps » ? Les Élohim rôdent – tout le temps, et non loin d'ici. De ce côté de la Frontière, nous sommes en sécurité. Mais une fois la limite franchie…

Je passe une main dans mes cheveux.

– Je suis assez grand pour…

J'allais dire « me défendre tout seul ». Favor m'offre une moue désapprobatrice.

– Je ne te comprends pas. Pourquoi tiens-tu tant à explorer l'avenir ? S'agit-il de cette fille ?

– Ça ne regarde que moi.

– Mon Dieu, Floryan. Elle va mourir. Elle va mourir, et sa mort n'aura rien de paisible.

Une colère sourde monte en moi.

– Est-ce pour cela que vous nous interdisez d'aller dans le futur ? Parce que la fin du monde approche et que vous ne voulez pas la voir ?

Favor n'a pas ôté sa main. Son regard est empli de pitié.

– Certains d'entre nous, reprend-elle d'une voix très douce, ont contemplé le futur dont tu parles. Ce qui se passe est terrible, d'accord. Mais il n'est rien que nous puissions faire, et toi pas plus que les autres.

– Pourquoi… Pourquoi n'est-il pas possible d'aller plus loin ?

Elle se lève, mains dans le dos.

– Nul ne te doit ce genre de vérité, Floryan.

Etzu opine à chaque phrase.

– Mais ta curiosité est insatiable, et je ne veux pas que tu gâches ta vie ici en essayant de la satisfaire à tout prix. Le futur ne s'est pas arrêté, il est devenu impossible à prévoir. Les exactions de notre belle race humaine sont désormais trop brusques et irrationnelles pour pouvoir être lues et analysées, fût-ce par le temps lui-même. C'est pourquoi nous nous heurtons à une barrière invisible qui se déplace à un rythme extrêmement lent, le rythme de la vie : un jour après l'autre.

Rien, dans mon expression, ne prouve à Favor que j'ai compris. Mais j'ai compris. Je le savais depuis le début.

Il m'est impossible de savoir ce qui attend Rain et son père parce que le monde lui-même l'ignore. Si le destin est un vieil homme voûté lisant l'avenir dans un grimoire, alors les dernières pages sont vierges.

48

Dix minutes plus tard, nous sommes dehors, tous les trois, au pied de l'arbre d'Etzu. L'herbe est luisante, il a plu une partie de la journée précédente et toute la nuit dernière – ce qui, me laisse entendre Favor, a considérablement compliqué mon sauvetage. Mais je suis là, c'est l'essentiel, et le soleil est revenu lui aussi.

Je lorgne le ciel.

– Thaleane ?

– À l'abri, bien au chaud.

– Où va-t-on ?

– Chez toi.

Nous marchons de face, ils m'encadrent. Les autres Égarés nous regardent passer sans mot dire. Je sens la déception dans leur regard, et peut-être un brin d'admiration. Je vais tête haute, mains dans les poches.

– Tu seras jugé ce soir, m'apprend Favor. Je serai chargée de ta défense.

Je marque mon étonnement ; je me rappelle le procès de Heng : expéditif, sans appel.

– Pourquoi ai-je droit à une défense ?

– Demande à Télémaque.

Nous voici devant mon arbre. Starck nous attend, assis contre le tronc. À notre approche, soudain guilleret, il se lève. Je n'aime pas son sourire. Je n'aime pas grand-chose de lui.

– Hé ! Un revenant !

Je me contente de guigner mes chaussures.

– Je suis chargé de te surveiller jusqu'à ce soir, annonce-t-il, et devine quoi ? Ça ne m'amuse pas plus que toi. Alors essayons de nous comporter en êtres civilisés.

Il me tend la main. Je n'ai pas le choix. Un mépris amusé passe dans son regard. Lui et les deux autres s'éloignent pour palabrer. Puis Etzu et Favor s'en vont. Grimaçant, Starck lève les yeux vers la plate-forme.

– Fais comme chez toi.

Je monte le premier et choisis le divan. Starck paraît, après un temps étonnamment long. Il tient une pipe à la main – une pipe en ivoire. Assis dans un coin, il sort de sa poche un briquet argenté :

– Ceci, mon ami, est l'un des objets les plus difficiles à créer en ce bas monde.

– « Mon ami ? »

Il soupire. L'air sincèrement fatigué.

– Écoute, il y a un malentendu entre nous.

– Je n'ai pas envie d'en parler.

– À propos de Scarlett. À propos de Scarlett et toi…

– Je n'ai pas envie d'en parler, répété-je plus fort.

Il fait jaillir une flamme de son briquet et l'approche de sa pipe, serrée entre ses dents. Le mélange s'enflamme. Il ferme les yeux, sourit.

– Et pourtant, il va bien falloir que nous abordions la question un jour. Voilà comment je vois les choses. Nous sommes des gens responsables. Adultes ou en passe de l'être. (Un rictus passe au coin de ses lèvres.) Or, nous sommes condamnés à vivre ensemble. Télémaque prétend que les choses deviendront plus faciles à mesure que nous apprendrons à nous connaître. Un jour, dit-il, nous n'aurons même plus besoin de parler. Nous passerons nos journées à voguer dans les brumes.

– J'ai tellement hâte.

Il sourit toujours, sans me regarder.

– Il y a une petite voix cynique en toi, mon ami, une petite voix adolescente et coléreuse. Tu devrais apprendre à la faire taire de temps à autre.

Je me penche en avant.

– Viens-en au fait. Tu as couché avec Scarlett.

Il prend un air surpris.

– La belle affaire ! C'était le cas bien avant que tu arrives. Tout le monde s'amuse, ici. Au bout d'un moment, les Égarés essaient des choses, font plus ample connaissance. Qu'est-ce que tu crois ? Que cette fille t'appartient ?

Je secoue la tête.

– Elle était ma tutrice. Tu savais que je tenais à elle. Tu savais que nous étions en train de vivre une histoire particulière et tu as… Tu as…

Le reste meurt sur mes lèvres.

– Tu vois ? raille Starck. Tu n'y crois pas toi-même ! Comme cette fois où elle t'a soi-disant accordé une faveur en te racontant les circonstances de sa mort. Que tu aies avalé ça est bien plus intéressant que le fait qu'elle t'ait menti, Floryan. Allons, vous éprouvez de l'affection l'un pour l'autre, et je respecte ça. Pour autant, tu ne peux pas l'empêcher de s'amuser. Scarlett est une amie mais je me moque de votre histoire, tu m'entends ? Je prends ce qu'il y a à prendre. Tiens-tu à ce que nous nous fassions la guerre à cause de cette fille ? On trouve deux sortes de gens, ici : ceux qui sont avec nous, et ceux qui n'ont pas de chance.

– Tu parles du Conseil, hein.

– Ceux qui vivent une vie agréable, reprend-il, imperturbable, et ceux qui se créent des problèmes inutiles.

Je n'en crois pas mes oreilles.

– Est-ce une menace ?

– Je n'ai pas besoin de menacer les gens, Floryan. Non, c'est une proposition.

Je hoche la tête, triturant le pendentif que m'a offert Taweel.

– Nous ne te demanderons rien d'exceptionnel, reprend Starck, tu peux me croire.

– Qui est « nous » ?

– Télémaque, Edeeth, Favor, ton serviteur – et quelques sympathisants. Ne te fais pas plus bête que tu l'es. Range-toi de notre côté et la sentence qui te sera infligée ce soir sera vite oubliée.

Alors, c'est ainsi que fonctionne le système...

– J'imagine que c'est sans négociation.

Il tire sur sa pipe.

– Bingo.

Je reste songeur.

– Trois ou quatre jours de confinement, poursuit Starck, voilà ce qui t'attend. Ce ne sera pas cher payé, considérant la gravité de ta faute.

Je hoche la tête. Cela peut signifier un million de choses, mais il choisit de croire que je suis d'accord.

– Nous allons passer une dizaine d'heures rien que toi et moi. Réfléchis à ça, tu veux. Moi, je prépare quelque chose pour toi. Un cadeau de bienvenue.

Il souffle un nuage de fumée au plafond. Son regard, progressivement, se teinte d'un bleu océanique.

Allongé sur mon divan, je lui tourne le dos. Rien d'autre à faire, en effet, qu'attendre le soir. Et ensuite ? Je ne peux imaginer une seule seconde ne pas revoir Rain. S'il faut à tout prix mettre des mots sur ce qui se passe, alors d'accord : je suis le fantôme amoureux d'un rêve.

49

Quatre jours de confinement. Une éternité. Mais rien ne m'oblige à me soumettre à ce diktat. Scarlett ne m'est plus rien. Les autres ?

Je dois fuir. Partir très vite et très loin, pendant qu'il en est encore temps. C'est ma chance. C'est maintenant.

Je ferme les yeux. Rain. Rain. Une heure durant, je pars à sa recherche. Le pauvre pays de ma mémoire.

Quand je me redresse, Starck n'a pas changé de place. Ses yeux sont grands ouverts, et il est si immobile qu'on pourrait le croire mort.

Seuls les petits muscles de ses mains tressautent. Je retiens mon souffle. Là, au milieu de la pièce, est posé un objet que je vois pour la première fois : un bâton, un grand bâton de sorcier, coiffé d'un pommeau d'or. Je me lève sans bruit. L'objet n'est pas encore entièrement formé, il paraît irréel. Mais il est là, posé au sol, et je le vois gagner en consistance. Je regagne mon divan.

Starck ouvre les yeux une dizaine de minutes plus tard. Le bâton est « terminé ». Il se lève pour le ramasser et l'examine sous toutes les coutures. Ses yeux ont conservé leur nuance bleutée.

– C'est la première fois que j'en réussis un aussi bien ! ricane-t-il. Je m'étonne moi-même. Quand tu sortiras d'ici, il sera à toi.

Il me le tend. Je le saisis avec déférence, comme si je m'attendais à ce qu'il tombe en poussière. Il pèse un bon poids et semble parfaitement équilibré.

– Dis-moi ce que tu en penses.

Je le soupèse encore.

– Eh bien…

Il fronce les sourcils.

– Surprends-moi.

Je devrais lui rendre le bâton. Je ne le fais pas. À la place, je le frappe au visage. Sans réfléchir, un coup brutal. Il vacille, se tient la mâchoire. Je frappe à nouveau, violemment, et sur la nuque, cette fois.

J'ai entendu un craquement. Starck s'affale sans une plainte. Le tronc cérébral est le point faible des Égarés, Scarlett me l'a assez répété. Tuer quelqu'un est exclu. Mais étourdir…

De ma botte, je pousse le corps. Un gémissement me répond. J'hésite à frapper encore.

Je ne le fais pas. Le bâton toujours serré dans mon poing, je gagne l'échelle, me laisse glisser, et sprinte vers l'enceinte.

Combien de temps avant qu'il revienne à lui ? C'est tout ce que je suis capable de me demander.

Pas : « Pourquoi as-tu fait ça ? » Pas : « As-tu réfléchi aux conséquences ? »

Martjin arrive à ma rencontre. Il se retourne, étonné. Peut-être crie-t-il mon nom. Je n'en suis pas sûr.

Les portes ne sont plus loin ; de l'autre côté, une nouvelle vie m'attend. Cette fois, je n'ai *vraiment* plus le choix.

Je hâte l'allure encore. Du haut de la tour de guet, on m'appelle. Je n'entends rien. Je passe les portes. Une course d'herbes et de poussière.

Au même moment, une lamentation sonore se déploie au-dessus du camp. Une corne de brume. Déjà ?

Des ailes claquent au-dessus de ma tête. Thaleane se pose

quelques mètres en avant et tourne la tête, comme pour m'encourager. Béni soit cet animal. Au sein de la tourmente, il ne m'a jamais fait défaut.

Sautant en selle, je tire sur les rênes comme un possédé. Thaleane a entamé sa course d'élan avant même que je lui en intime l'ordre.

L'alerte a été donnée. Je revois le corps de Starck s'affaler sur le plancher. On va me traquer. On va me punir.

Mais que pouvais-tu faire d'autre ?

Très vite, nous débouchons sur le plateau de Raktar. Nouvelle plainte. Je me retourne. Trois Altars s'avancent, prêts à la traque.

Je vire vers l'est, et nous longeons la falaise. Notre ombre obscurcit les clairières où Scarlett et moi nous ébattions quelques jours auparavant.

Nous frôlons les cimes.

Mes poursuivants piquent vers le plateau. Comparé à eux, je suis encore piètre cavalier, et Thaleane est loin d'être l'Altar le plus rapide de Landerost. Ma seule chance réside dans le Daedelium – là où Etzu avait pensé que je pourrais me réfugier. Encore faut-il trouver un moyen d'y entrer.

Une première ouverture apparaît. Je suis passé trop vite. Je prends un peu de hauteur, repère d'autres entrées, redescends. Il y en a une, à peine cinq cents mètres plus loin.

Thaleane est paniquée. Mes poursuivants gagnent du terrain à une vitesse stupéfiante. J'ai cru identifier Favor parmi eux.

Brusquement, je vire de bord. Le choc manque me désarçonner mais je tiens bon, j'ignore par quel miracle.

Le défilé est étroit, dix mètres à peine, et je ne suis pas du tout rompu à ce genre d'exercice.

En refusant de répondre à certaines de mes commandes, Thaleane me fait comprendre qu'elle se débrouillera mieux sans moi.

Un coude, droit devant. Je m'apprête à tourner lorsqu'une première pierre fuse, me manquant d'un cheveu. Merde. Merde ! Je courbe l'échine. Mes poursuivants ont des frondes. Leurs intentions sont claires : me faire tomber.

Un virage dangereux s'annonce. Plissant les yeux à cause de la poussière, je lâche les rênes. Thaleane s'occupe du reste.

Couché sur la selle, je me déporte pour accompagner le mouvement. Le nouveau corridor est encore plus étroit et progresse en zigzag. Des formes stupéfiantes – pitons, corniches – hérissent le défilé mais je n'ai pas le temps d'admirer le paysage, j'essaie de rester en place.

Une seconde pierre explose juste devant moi.

C'est alors qu'il surgit : mon cavalier fantôme. Vêtu d'une tunique à capuchon, il s'élance juste devant moi, au point que nous nous frôlons.

Pendant un dixième de seconde, j'ai pensé que c'était l'un des Égarés. Mais il n'en est rien. D'un geste, mon sauveur indique sa gauche. Il vire de bord et Thaleane, à qui je n'ai rien demandé, s'engage à sa suite. Nous tournons encore, une fois, deux fois, rasant les roches, louvoyant entre les aiguilles, prenant tous les risques.

Notre prédécesseur s'engage dans une faille et monte à pic vers le ciel. Thaleane émet un cri d'avertissement. Je me plaque sur elle, me cramponne, me sens aspiré.

Deux secondes durant, nous filons à la verticale, comme s'il s'agissait d'embrocher le ciel. Puis nous débouchons sur un plateau.

La roche est trouée de lacs minuscules. Volant à plat pendant une demi-minute, nous redescendons en douceur vers un défilé rectiligne.

Au loin, notre guide signale une ouverture. Une grotte. Nous nous posons quelques mètres plus loin.

Ivre de fatigue et de vertige, je tombe de ma selle. Le cavalier me retient. J'agite les bras, balbutie.

– Merci. Merci, je ne sais pas comment vous…

Il pose un doigt sur ma bouche et m'entraîne en arrière. Prudentes, nos montures se sont déjà retranchées à l'intérieur.

Nous les rejoignons. L'endroit est baigné de pénombre. Dans notre dos, l'un de ces curieux puits à ciel ouvert, avec un point d'eau et de l'herbe autour.

Dix secondes plus tard, nos poursuivants passent en trombe. Mon hôte hoche la tête. Danger écarté, semble-t-il penser. Au moins momentanément.

Thaleane et l'autre Altar, un mâle grisâtre plus massif qu'elle, observent leur nouveau refuge avec curiosité. Je m'avance au bord du point d'eau. Ce n'est pas de l'eau. C'est de l'Ichor.

L'homme ôte sa capuche et sourit. Je suis confondu.

– Heng ?

Comment a-t-il déniché cet endroit ?

Trois petites grottes, auxquelles on peut accéder en grimpant, sont creusées dans les parois surplombant le trou d'Ichor. Nos montures s'allongent.

– Tu veux que je monte ?

Déjà installé dans l'une des cavernes, sa jambe de bois pendant dans le vide, Heng montre l'anfractuosité d'en face.

Une natte tressée m'attend, au pied d'un coffre. Toutes sortes d'objets y ont été disposés : un vase en cristal, un frisbee, un petit dragon en jade et une paire de jumelles.

À quatre pattes, car il est impossible, ici aussi, de se mettre debout, je ramène les jumelles. Ce sont des vraies. Je me tourne vers Heng.

– Tu les as… trouvées ?

Il fait non de la tête, et sort une paire strictement identique de sous sa tunique.

– Tu les as créées ?

Il approuve, satisfait, et reporte son attention sur son Altar.

– Je suis très impressionné, Heng. Comment as-tu pu confectionner des objets aussi perfectionnés ?

Il agite ses doigts, pointe ma paire, ferme un poing et le serre sur son cœur. Je grimace.

– Rien compris.

Avec un soupir, il trace quelques lettres dans l'air. Des mots se forment. Des mots invisibles, mais que je peux lire.

– Tu étais revendeur ?

Il fait oui de la tête.

– À Pékin ?

Assentiment encore. Je me frotte les paupières. Heng, le petit vendeur de jumelles chinois. Heng, le géant qui m'a sauvé des Égarés.

Mains jointes, je m'incline.

– Je ne te remercierai jamais assez.

Il secoue la tête, contrarié.

– Quoi ?

Il pointe un index sur ma poitrine, puis vers la sienne et courbe les doigts de ses deux mains pour les accrocher l'un à l'autre. C'est un message rudimentaire, mais je le comprends. Moi aussi, j'ai fait de mon mieux pour lui venir en aide. Nous sommes quittes, désormais. Nous sommes liés.

50

Une nouvelle vie commence. Un nouveau départ. Il y a des leçons à tirer de cette amitié, la plus improbable qu'on puisse imaginer. Un exilé et un fuyard, un Chinois et un Français, un vieil homme et un presque adulte.

Les jours passent, calmes et étouffants. Au maximum, nous nous abstenons de sortir. Il est vraisemblable que les Égarés soient encore à ma recherche.

Nos Altars se sont apprivoisés. Chaque matin, ils broutent côte à côte au bord du trou d'Ichor. Le restant de la journée, ils le passent à jouer. Heng ne s'extirpe guère de sa grotte. Allongé sur sa couche, il fume. Quels rêves étranges hantent son esprit ?

Nous communiquons peu. Nous n'en avons pas besoin.

Une demi-heure avant l'aube, parfois, je sors. Le Daedelium est un endroit à nul autre pareil, sculpté par les caprices des éléments. Dès le lever du soleil, de spectaculaires partitions d'ombre et de lumière s'y dévoilent – sable, ocre, ardoise –, comme si des seaux de peinture avaient été lancés sur la pierre.

La végétation se résume à une herbe brûlée et à quelques arbrisseaux étiques, perchés dans des recoins inaccessibles. Le sifflement du vent qui s'engouffre à travers les corridors a quelque chose d'obsédant.

Je ne m'aventure jamais très loin. Un sable fin craque

sous les semelles de mes bottes. Le temps commence à me paraître long. Souvent, je guette le ciel, presque déçu de ne rien voir planer. Les Égarés m'ont-ils déjà oublié ?

Un soir, je monte dans la caverne de Heng.

– Je ne resterai pas des années.

Il ôte sa pipe de sa bouche et me considère avec attention.

– Je veux rejoindre le Nihil, tu saisis ? J'ai quelqu'un à retrouver.

Un calme sourire éclaire sa face de vieux singe. La flamme d'une lampe à huile fait danser nos ombres. Comprend-il où je veux en venir ?

– Je pars demain.

Il secoue la tête, sûr de lui.

Le lendemain à l'aube, je m'accroupis près de Thaleane. Je tire sur sa longe mais elle renâcle, freine des quatre fers. Descendu nous rejoindre, Heng pose sa main sur mon épaule. De nouveau, il secoue la tête. Mon Altar me jette des regards courroucés et tire sur la corde pour que je le lâche. Ce que je fais.

Que se passe-t-il, ici ? Plusieurs fois, j'ai laissé le vieux Chinois s'approcher de ma bête et remuer les lèvres près de son oreille. Peut-être aurais-je dû me poser des questions.

Je soupire.

Heng s'assoit à mes côtés au bord du lac d'Ichor.

Je suis perdu. Combien de temps allons-nous rester terrés ici, et dans quel but ? Mécaniquement, je me penche en avant, passe ma paume sur la surface laiteuse. Je plonge ma main, la retire aussitôt. Je secoue les doigts, et seules quelques gouttes tombent. On dirait de la peinture. Heng m'observe.

– Pourquoi est-il si épais ?

« Parce que je l'ai chauffé. L'Ichor est plus concentré. »

– Et plus intense ?

Il acquiesce. Je cligne des yeux, étonné.

– Tu aurais pu le dire avant.

« Rien ne presse. »

J'examine ma main, le liquide ruisselant entre les phalanges, les rigoles sur la paume. Des connexions se créent dans mon esprit. Heng sourit.

– Je me demandais...

Il triture sa pipe.

– Heng ? Est-ce que ce liquide est aussi concentré que celui dans lequel Télémaque se baigne ?

Il opine.

– Cela veut dire qu'en me plongeant dedans...

Le visage de Heng est celui d'un bouddha : il n'exprime ni joie, ni tristesse, seulement une quiétude parfaite, un champ de fleurs offert au vent.

Je m'apprête à lui poser une nouvelle question lorsque, de l'autre côté du lac, son Altar se redresse. Thaleane, qui somnolait, se lève elle aussi. Tous deux observent le ciel et se retranchent dans l'ombre.

Ils ont senti quelque chose. Nous les suivons dans le tunnel. Heng se tord le cou pour inspecter le ciel. Je l'imite. Trois Altars passent au-dessus de notre trou.

Longtemps, nous attendons la suite. Nos montures sont harnachées, prêtes à décoller. Une heure, deux heures. Heng finit par ressortir.

Je l'imite.

– Il faut que nous changions d'endroit, dis-je.

Il hausse les épaules. Migrer maintenant, me fait-il comprendre, serait de la folie. Attendre la nuit est plus sage.

Je regagne mon abri, les jambes inertes. Mes yeux restent fixés sur le puits d'Ichor.

Comme toujours, je songe à Rain.

Je lève les yeux vers la caverne de Heng. Alangui sur sa

natte, il respire à peine. Sa pipe pend, éteinte au bord de ses lèvres.

Je saute à terre. Les Altars me regardent approcher. J'ai posé un index sur mes lèvres et ils se dévisagent, comme si j'étais devenu fou. Sans cesser de leur sourire, je délace ma ceinture. La tunique que m'a donnée Heng tombe à mes pieds. Je ne porte plus qu'un caleçon. Je plonge un orteil dans l'Ichor. Le contact est tiède, velouté. Je glisse l'autre pied, et me laisse sombrer.

Thaleane s'est approchée. Elle me renifle avec perplexité. Je flatte son museau, la regarde droit dans les yeux. Nous avons appris à nous connaître, elle et moi, et je sais qu'en cet instant, elle m'en veut.

Elle se détourne. Ma main ne sert plus à rien.

Je suis agenouillé au fond du puits, j'ai de l'Ichor jusqu'aux épaules. La température est idéale. Silence de tombeau.

Je ferme les yeux, attends.

Je n'ai pas l'expérience de Télémaque. Mais j'ai le désir. La foi.

Une ou deux minutes plus tard, les premiers effets de l'imprégnation se font sentir. Des lueurs blanches dansent devant mes yeux en halos. Elles finissent par s'agglomérer pour former un tunnel. Sans hésiter, je descends, l'esprit braqué sur Paris, mon immeuble, la limite ultime du temps.

51

Lorsque je reviens à moi, un soir doré tombe sur la capitale. Avenue de Breteuil, l'appartement est vide, et me voici au-dessus des toits.

Au loin, là-bas, enfle une clameur immense. Elle arrive du Champ-de-Mars.

Jamais je n'ai vu un rassemblement d'une telle ampleur. Des dizaines, des centaines de milliers de manifestants hurlant, vociférant. « Démission ! » réclament les banderoles. Et lorsque, au terme d'un déploiement qui n'a rien de discret, les forces de l'ordre commencent à prendre position, casquées, bouclier au poing, je sens que les choses vont mal tourner.

Des hélicoptères tournoient à basse altitude ; les faisceaux de leurs projecteurs balaient la foule scandalisée.

Rain doit se trouver quelque part parmi ces gens. Son père aussi, peut-être, mais je n'ai aucun moyen de les localiser.

Je me projette quelques heures en avant. La nuit est profonde, la rumeur du Champ-de-Mars s'est tue. Je sors de mon hébétude lorsque Rain apparaît, avec Clovis. Ils courent, main dans la main. Ils courent et ils rient, s'arrêtent devant la porte de l'immeuble. Rain porte un jean serré et un tee-shirt blanc orné du smiley pirate, symbole, apparemment, de la révolution en cours.

Je m'approche. Ils reprennent leur souffle.

– Le monde change, siffle Clovis, soudain sérieux, le monde est en train de changer sous nos yeux. Tu réalises ?

Dans le renfoncement de la porte, il s'est collé contre elle et lui embrasse le cou. Tête en arrière, main sur sa nuque, elle se laisse faire.

– Rain, bébé, je t'en prie, laisse-moi monter chez toi.

Elle le regarde droit dans les yeux.

– Je t'ai déjà dit non.

Il ricane.

– Tu attends le mariage ?

– Je ne me sens pas prête, c'est tout. Et j'aimerais que tu respectes ça.

Il l'embrasse toujours, tente de glisser une main entre ses cuisses. Elle lui saisit le poignet. Il crache :

– Merde. Et si c'était la fin du monde ?

Elle le repousse avec colère.

– Tu es trop con.

Il recule, manque trébucher, s'essuie la bouche d'un revers de main. Ses yeux étincellent. Il est ivre.

– Je pourrais finir par perdre patience.

Rain secoue la tête.

– Va-t'en.

Il est sur le point de répliquer lorsqu'un ululement de sirène électrise la nuit. Police. Un aérocar vient de faire halte à proximité.

Rain pose sa main sur la borne de reconnaissance ADN de l'entrée de l'immeuble. La porte s'ouvre avec un déclic. Rain s'engouffre et Clovis la suit. La lumière du hall s'est allumée toute seule.

À part les peintures, refaites, rien n'a changé ici. Le même escalier vieillot. Les mêmes plantes en pot.

Rain, qui s'est laissée tomber sur la première marche, enfouit son visage entre ses mains. Clovis, dépité, s'assoit à côté d'elle et passe un bras autour de son épaule. Elle se dégage. Il l'attrape par les cheveux, cette fois, se penche et l'embrasse méchamment. Elle crie. Il bat en retraite. Du sang barbouille leur bouche, à tous les deux. Elle le dévisage avec haine.

– Tu es devenu fou ?

Elle a du mal à parler. Il secoue la tête, perdu.

– Merde. Pardon. Je…

– Tu m'as mordu la langue, dit-elle, ouvrant ses doigts gluants.

– Désolé.

Il ne l'est pas. Et si un regard pouvait tuer…

– Sors d'ici, siffle-t-elle. Je ne veux plus jamais te voir, OK ?

De sa poche, elle a tiré un paquet de mouchoirs en papier. Elle se tamponne les lèvres. Du sang goutte sur les marches.

– Écoute, Rain…

Elle le congédie d'une main. De l'autre, elle s'essuie. Ses yeux sont emplis de larmes.

Clovis hésite. Je ne le connais pas, mais ce que je sais de lui me suffit.

– Montons discuter chez toi, d'accord ?

Elle secoue la tête, incrédule.

– Tu n'as pas compris ?

Il danse d'un pied sur l'autre.

– Compris quoi ?

– Je ne t'aime pas, Clovis.

Un silence de mort retombe dans le hall. Rain elle-même paraît stupéfaite.

Enfin, elle l'a dit.

Poings serrés, le garçon s'avance. Elle se lève. Elle a senti le danger. Je donnerais n'importe quoi pour être présent dans cette pièce. Physiquement présent.

– Tu sais ce que je leur fais, moi, aux petites allumeuses ?

Il sort un objet de sa poche. Une sorte de Taser. Rain étouffe un cri et monte les marches à reculons.

Il la suit : confiant, cruel. Il se délecte de sa peur.

– Clovis, s'il te plaît !

– Ta gueule.

Il monte vers elle. Il prend son temps.

– Clovis ?

Subitement, il s'arrête. Regarde droit dans ma direction, épouvanté. Rain se tourne à son tour. Elle s'adosse au mur de la cage d'escalier et porte une main à sa gorge.

Elle m'a vu, elle aussi.

– Putain, marmonne Clovis en reculant, attends, qu'est-ce que…

Il redescend pas à pas, bredouille.

Rain, elle, me dévisage avec avidité, refusant de croire ce que ses yeux lui montrent. J'ai, subitement, conscience d'être *là*. Comme si ma volonté avait conféré une forme physique à mon désir.

Je suis là, oui. Un fantôme.

Je souris à Rain. Elle ferme les yeux, elle ne veut pas croire. Clovis, lui, a disparu : tout simplement, il s'est enfui.

J'essaie de prononcer un mot mais rien ne sort. Peut-être est-ce une question de volonté. D'obstination ?

Rain ramène ses cheveux en arrière. J'essaie d'imaginer de quoi j'ai l'air à ses yeux.

– Qui es-tu ?

Je voudrais lui répondre. Je voudrais tant. Mais un horrible grondement assourdit tout et, très vite, quelqu'un, quelque chose me tire en arrière, m'arrachant sans pitié au présent.

52

La douleur est foudroyante. Mes yeux se révulsent, je crie, bascule, mes bras éclaboussent la surface laiteuse.

Je suis dans le puits d'Ichor, et Heng me soutient.

– Hein ?

Tout est pâteux, horriblement embrouillé, et une aiguille chauffée à blanc me perce le crâne. La lumière ! Je marmonne, jure. Heng me retient par les aisselles. Il essaie de me faire sortir.

Il fait jour encore, et nos Altars sont agités. Combien de temps ai-je passé dans ce trou à rêves ?

Heng me secoue. Pas une minute à perdre, me fait-il comprendre. Il montre le ciel.

– Ils nous ont repérés ?

Il porte deux doigts à ses narines, désigne nos montures.

– Elles les ont sentis, hein.

Il secoue la tête, pointe un index vers les nuages.

– Ce sont eux qui nous ont sentis ?

Il approuve, puis désigne mes vêtements soigneusement pliés. Nos Altars, eux, sont déjà harnachés, prêts à prendre leur envol.

Confus, j'enfile ma tunique en grimaçant, puis mes bottes, et boucle ma ceinture. Thaleane et son compagnon attendent dans la pénombre de la caverne principale. Accroupi, Heng les frotte de poignées d'herbes. Je titube.

Une conversation que j'ai eue avec Scarlett me revient en mémoire. Les Altars peuvent se flairer les uns les autres, un peu comme des chiens. Sans doute ces herbes sont-elles destinées à masquer leur odeur.

Thaleane me lorgne d'un air peu amène. Je m'appuie contre elle. Une sacoche pend à sa selle. Je l'ouvre. Une couverture, un couteau, une corde, des jumelles. Pris d'étourdissements, je me raccroche comme je peux.

L'un après l'autre, nous sortons de notre refuge. Je m'apprête à enfourcher Thaleane quand Heng me retient. Non, me signifie-t-il, pas question de voler, trop risqué. Nous allons partir à pied et nous dégoter un autre lieu.

Anxieux, je surveille le ciel. À tout moment, un Égaré risque d'apparaître. Il nous faudra nous plaquer contre une paroi, alors, ou dénicher une anfractuosité, en espérant ne pas nous trouver à un trop mauvais endroit.

À voix basse, et tandis que nous cheminons à travers le dédale minéral, j'interroge Heng.

– Depuis combien de temps sais-tu que nous pouvons accéder à la Trame en nous plongeant dans l'Ichor ?

« Depuis bien longtemps. »

– Télémaque n'est donc pas le seul à posséder ce pouvoir.

« Nous le possédons tous. »

(Je m'en doutais.)

– Mais, dans ce cas, à quoi sert le Céphalos qui ceint son front ?

Cela, il ne le sait pas.

Je me tais, tirant Thaleane à ma suite. De fins nuages blancs s'émiettent au-dessus de nos têtes.

Cinq minutes plus tard, je raconte à Heng ce qui m'est arrivé dans la Trame, comment j'ai réussi à me manifester physiquement.

Est-ce dû à la concentration particulière de l'Ichor ?

Il hausse les épaules. « Peut-être. »

Et peut-on aller plus loin ? *S'incarner* dans l'autre monde ?

Il me dévisage avec inquiétude. Oui, on peut, m'explique-t-il par gestes, mais au prix d'une grande fatigue et de grandes souffrances, bien plus cruelles que celles que j'ai endurées jusqu'ici.

Je le remercie.

Scarlett, décidément, ne m'a dévoilé qu'une petite partie des secrets de l'Ichor et des errances au sein de la Trame. Elle a gardé le meilleur pour elle.

Heng ralentit, plisse le front. En ce qui me concerne, nous sommes perdus. Les Altars commencent à s'agiter.

Nous regardons autour de nous en quête d'un endroit où nous abriter. La situation est critique.

Le Chinois se lance en avant, entraînant sa monture. Je le suis, m'arrête à un embranchement. A-t-il tourné ici ? J'avance, reviens sur mes pas. Thaleane frémit, déplie ses ailes. Elle a senti une présence, là-haut. D'une seconde à l'autre, nous pouvons être découverts.

J'avise une corniche. Nulle trace de Heng. Je colle mon dos à la paroi, et Thaleane se glisse à mon côté. Si notre poursuivant arrive par l'arrière, il ne nous verra pas. S'il arrive par l'avant…

Thaleane tourne la tête.

Il arrive de biais, et il n'est pas seul. Ils sont trois, et je reconnais Taweel à sa monture.

Chut, fais-je, doigt posé sur mes lèvres.

Nous attendons. Ils passent de front, surveillant les canyons à faible allure.

Je ferme les yeux. Une ombre s'attarde sur le rocher d'en face. Dès qu'elle s'en est allée, je sors de ma cachette, rejoins l'embranchement et pars vers le deuxième tournant.

Heng et sa monture ont disparu.

53

Le reste de la journée, je le passe à errer, jumelles en main. Heng s'est volatilisé. Lui et sa monture ont-ils été repris et, si oui, qu'est-il advenu d'eux ? Penser à ça ne me mènera à rien.

Le soir venu, dès que paraît la première étoile, je me décide à quitter mon refuge. Le ciel est clair, un dégradé allant du jaune au bleu profond, et une demi-lune verte trône, placide, au-dessus des montagnes.

Sans hésiter, j'enfourche Thaleane et mets le cap vers le nord, de l'autre côté du Nihil. J'ai bien pensé revenir au puits d'Ichor pour m'y baigner, mais le risque est trop important.

Alors je n'attends pas. Rain m'obsède. L'expression de son regard lorsqu'elle m'a vu. Je veux dissiper sa peur.

Lui expliquer ce que je ressens.

Dans les ultimes lueurs du crépuscule, les brumes du Nihil palpitent. J'y plonge tête la première.

54

Un matin grisâtre se lève sur la capitale. Un vent capricieux charrie des moissons de tracts imprimés sur papier recyclé, des slogans libertaires, pour la plupart, ornés de leur sempiternel smiley pirate.

Longtemps, je contemple le Champ-de-Mars, plus labouré qu'un champ de bataille. Debout devant un banc, un vieil homme fait défiler un article sur sa tablette. Je déchiffre avec lui. Manifestement, les forces de l'ordre ont aspergé les lieux de gaz empoisonné et un mouvement de panique a secoué la foule. Une vingtaine de manifestants sont morts.

Je gagne la station de métro la plus proche. À l'extrémité de la voie, un homme en complet veston, assis, écoute de la musique. Il est seul. Campé devant lui, je concentre ma volonté sur le processus de matérialisation. Plusieurs fois, il redresse la tête pour inspecter les environs. Une nouvelle rame s'annonce. Il se lève.

Retombe.

– Bon Dieu, dit-il.

Bras le long du corps, je me tiens devant lui. Je peux voir mon reflet dans ses yeux. L'éclat affolé de son regard.

Le métro arrive. J'essaie de parler, sans plus de succès que la première fois. L'homme se frotte le crâne comme pour dissiper ses pensées. Il se relève, hasarde une main vers moi. Je ne bouge pas. Je sais, je *sens* qu'il ne pourra pas me toucher. Il s'arrête. « Je ne vous veux aucun mal », voilà ce qu'articulent mes lèvres. S'il ne peut m'entendre, me dis-je, au moins pourra-t-il me comprendre.

Il soupire.

– Qui es-tu ? Ma tumeur au cerveau ?

Je secoue la tête – m'évapore. La seconde d'après, la rame freine en crissant et libère ses grappes de voyageurs.

L'homme reste sonné, absent. Le métro repart sans lui. Je suis toujours là, à le regarder. C'est facile. C'est sans danger.

Je m'éloigne.

La dernière chose que je vois de lui, c'est son visage : inexpressif. Il marmonne, se rassoit, ferme les yeux.

Je rejoins l'avenue de Breteuil.

Sans le vouloir, j'ai différé le moment des retrouvailles.

L'appartement de Rain est plongé dans une pesante quiétude. Étienne, le père, dort dans son bureau, ou ce qui en tient lieu. Avachi sur un divan dépenaillé, il ronfle trop fort et se réveille en sursaut, fourrageant sa barbe avant de se rendormir.

Rain dort mal, elle aussi. Il est près de dix heures et elle s'entortille dans sa couette en gémissant. Sur sa table de nuit, une boîte de somnifères gît à moitié éventrée.

Ils souffrent, tous les deux. Ils s'évertuent à survivre dans ce Paris en ruines mais ils souffrent, terriblement, et l'ombre d'un autre fantôme plane sur leurs existences, celui de la mère, celui de l'épouse. Sans elle, le navire prend l'eau de toute part.

Rain paraît, les cheveux en bataille. Elle a passé une des chemises de son père, qui pend sur ses hanches. Elle ouvre le réfrigérateur, sort une bouteille de lait de soja, attrape un bol dans le placard et y verse des céréales en pluie. Le lait crépite. Son bol entre les mains, elle se poste à la fenêtre.

J'ignore ce qui s'est passé cette nuit, j'ignore ce qui se passera la nuit prochaine. Les Parisiens trébuchent dans le désert du futur et Rain est aussi perdue que les autres. Je voudrais la guider. La protéger.

Soudain, elle se retourne.

Lâche son bol.

Je m'évertue à sourire.

– Toi.

Les débris du bol se sont éparpillés sur le carrelage – une bouillie crémeuse, porcelaine et grumeaux mêlés. Rain plisse les yeux.

– Qu'est-ce que tu es, hein ? Un fantasme, une peur ancienne ?

Elle sait que ce n'est pas ça. Elle le sait, parce que Clovis m'a vu lui aussi. Mais il lui faut bien trouver une explication à ma présence. Devant l'impossible, l'esprit humain renâcle et se cabre.

« Je ne suis pas un fantôme », articulent mes lèvres.

– Si, tu l'es.

Elle ferme les yeux.

– Merde. Merde, je suis en train de te parler. Disparais, d'accord ? Disparais.

L'injonction est si poignante, si vitale que je suis sur le point d'y céder. Mais une force m'en empêche.

– N'aie… pas… peur.

Enfin. Enfin !

J'ai prononcé les mots très lentement, concentré sur chaque syllabe, et ils sont sortis de ma bouche, oui, ils ont vibré dans l'air : *réels*.

Cette fois, Rain recule, se cogne à la fenêtre.

Je souris toujours.

– Je ne te veux aucun mal, dis-je. Tu dois me croire, Rain.

Chaque mot est une victoire mais ce n'est pas ainsi qu'elle l'entend. Déterminée, elle marche sur moi.

Je m'évanouis. Comme une onde, j'ai senti sa chaleur, et je me suis dissipé. Pourquoi ?

Elle gagne sa chambre, s'habille à la va-vite. Elle rafle une veste en cuir, prend son trousseau de clés et jaillit dans la rue.

Son sillage m'aspire. Elle se met à courir. Vers qui, vers quoi ? Elle-même n'en sait rien.

Nous voici sur le Champ-de-Mars. À l'orée de la pelouse jonchée de débris, elle reprend ses forces. Des équipes de nettoyage s'avancent dans les allées avec leurs robots-laveurs. Surveillés par des militaires, des journalistes filment les lieux.

Rain arrange ses cheveux et se laisse tomber sur un banc. Sans doute commence-t-elle à prendre la mesure de ce qui s'est passé hier, ici, et de ce qui lui est arrivé à elle. Les gestes de Clovis, sa violence. La nécessité impérieuse de mettre fin à l'histoire.

– Je ne te veux aucun mal.

Elle étouffe un cri. Je suis là, de nouveau, assis à côté d'elle. Elle agite une main.

– Disparais. Putain, disparais !

– Pourquoi ?

Ma question la prend au dépourvu. Sa main retombe.

– Parce que tu n'es pas réel.

Je la regarde, impassible.

– Tu crois être folle.

– Non : je le sais.

– Je ne suis pas un produit de ton esprit, Rain. Tu devrais l'avoir compris. Clovis m'a vu, hier soir.

Elle ricane.

– Parce que tu le connais aussi ?

Je ne peux pas tout lui expliquer. Pas maintenant. Pas en une fois.

– Écoute, je sais comment ça doit te paraître.

– Comment ?

– Inconcevable. Impossible. Mais ne t'y trompe pas, je suis le premier surpris. Je ne pensais même pas pouvoir te parler.

Elle secoue la tête, perdue. J'ignore par quoi commencer. Lui dire que je viens d'un autre monde ?

– Quand tu rentreras chez toi, rends-toi sur le réseau. Cherche des renseignements sur un attentat perpétré en juin 2012 à Paris – une rame de métro. Passe en revue toutes les photos des victimes.

– Tu te fiches de moi, n'est-ce pas ?

Elle se détourne.

– Fais-le. Fais seulement ça. Et tu verras que tu n'es pas folle. Tu verras que j'existe.

Longtemps, elle reste muette, plongée dans ses pensées.

– Sors de mon esprit. Sors !

Paupières fermées, penchée en avant, elle a appuyé ses poings sur ses tempes.

– Sors !

Elle répète ce mot comme un mantra.

– Sors, s'il te plaît.

Je disparais à sa vue. Pour l'heure, inutile d'insister.

Est-elle soulagée de ne plus me voir ?

Des larmes coulent sur ses joues.

– Mon Dieu…

Elle se lève, prend le chemin du retour. Telle une ombre bienveillante, je flotte au-dessus d'elle. Mes capacités, réalisé-je, se développent à une allure inquiétante. Je peux désormais apparaître et disparaître à volonté, je peux désormais parler. Qui dois-je remercier pour ça ?

Quand Rain rentre chez elle, son père est levé. Dans le miroir du hall, elle inspecte ses yeux rougis. Le médecin, qui vient de se servir une tasse de café premier prix, fronce les sourcils.

– Rain ? (Il ouvre la poubelle, désigne les restes du bol et de son contenu.) Rain, tu peux me dire ce que ça signifie ?

– Je suis… euh, désolée. J'avais besoin de prendre l'air, j'ai oublié de…

Il la serre contre lui. Je reste invisible, retranché dans un coin du salon. L'étreinte se prolonge. Main dans le dos de sa fille, Étienne regarde vaguement dans ma direction. Enfin, il la laisse aller. Il doit sortir, se justifie-t-il, il doit se rendre à l'hôpital, des gens l'attendent.

Rain part s'enfermer dans sa chambre. Elle effleure sa tablette et un écran holo se matérialise.

Elle cherche, comme je le lui ai demandé. Il ne lui faut pas longtemps pour trouver. La liste des victimes de l'attentat de 2012 est consultable sur des milliers de sites, une série de photos à l'appui. Elle s'arrête sur la mienne. Lève les yeux.

Je me tiens là, sur le pas de sa porte.

– Floryan, murmure-t-elle.

J'essaie de ne pas sourire : c'est la première fois que je l'entends prononcer mon nom. Comme en prière, elle joint ses mains devant sa bouche.

– Alors, tu… Tu es le fils d'Aceline.

Je hoche la tête. Elle se mord les lèvres, désemparée.

– Pourquoi es-tu ici ?

De toutes les réponses que je pourrais lui donner, je choisis celle qui me semble la plus vraie – et la plus importante.

– Je veux être avec toi.

Elle passe une mèche derrière son oreille.

– Tu ne me connais pas. Merde. Tu crois que ça me

fait du bien, de savoir qui tu es ? Ça ne m'aide pas. Ça ne m'aide pas le moins du monde.

Du bout du doigt, elle frôle sa tablette. L'écran grésille une demi-seconde avant de disparaître. Elle se relève, se dirige vers la fenêtre.

– Je n'ai pas besoin de toi.

Je vais rétorquer quelque chose lorsqu'une modulation musicale se fait entendre, relayée par la tablette.

– Interphone, murmure Rain.

Elle s'avance, et je m'efface pour la laisser passer. Elle gagne l'entrée. Le visage de Clovis apparaît sur un écran accolé à la porte. Il brandit une rose rouge et une pancarte sur laquelle sont inscrits les mots : « Il faut qu'on parle. » Il grimace, fait le clown.

Rain se tourne vers moi avec une moue navrée. Je suis sur le point de lui dire quelque chose lorsqu'une force brutale me tire en arrière, comme à l'intérieur de moi. Elle tend une main.

Impuissant, je disparais dans un souffle.

55

Lorsque je reviens à moi, je tourbillonne parmi les brumes, cramponné à ma selle.

Quelque chose m'a heurté le crâne : c'est pour cette raison que je suis sorti de la Trame.

Un projectile passe en sifflant. On me tire dessus à la fronde. Deux Altars surgissent des brumes.

Penché sur ma monture, je pique vers le fond. J'ai perdu ma sacoche, réalisé-je. Les jumelles.

Plonger dans le brouillard est ma meilleure chance – la seule ? – d'échapper à mes poursuivants. Thaleane, qui a compris la manœuvre, se laisse chuter de quelques centaines de mètres avant de se redresser, sans même que je lui en aie donné l'ordre. Alors, elle fonce droit devant elle à travers les ténèbres.

Les autres m'ont perdu. Sans doute, ils m'attendent en surface, mais ils n'ont aucun moyen de savoir où je vais ressurgir, et Thaleane a de la ressource. Rênes autour des doigts, je me courbe en avant. Sommes-nous loin de la paroi ? Je suis forcé de m'en remettre à ma monture.

Une minute plus tard, nous remontons. Un crépuscule doré enveloppe la plaine. Le bord du gouffre n'est pas loin. Mes poursuivants – deux points noirs à l'horizon – ont choisi la mauvaise direction. Je suis hors de leur portée, largement.

Je poursuis vers le nord. La Frontière ne va pas jusque-là. Une fois encore, je vais m'aventurer au-delà du secteur considéré comme sûr par les Égarés.

Là-bas, à l'horizon, les Hauts-Blancs déploient leurs ombres sur la prairie. Au-delà s'étend le Royaume.

Les deux lunes se sont hissées au-dessus du monde. La toile de la nuit est noire, mate, et sans nuage.

Avisant un promontoire où frissonne un arbuste, je me pose en douceur, saute au sol puis vacille un moment. Cette plongée m'a épuisé. Bras écartés, je tombe dans l'herbe, les yeux rivés au ciel.

Je n'ai qu'une envie : partir retrouver Rain. Mais, pour cela, je dois reprendre des forces. La fatigue, m'a expliqué Heng, est un effet secondaire inévitable. La douleur en est un autre. Qu'importe, songé-je, souriant aux étoiles. Le jeu en vaut la chandelle.

56

Les lunes sont descendues à hauteur d'homme lorsque je me redresse et Thaleane rêve, couchée sur le flanc. Ses pattes remuent par à-coups.

Monté sur ma butte, je contemple le panorama en songeant à la Terre lorsque, graduellement, une silhouette se détache au milieu de la plaine.

Une silhouette à pied.

Je descends de mon perchoir, et mon cœur bat plus fort. Un Égaré ? Je réveille Thaleane. Elle flaire la brise, porte son regard sur le nouveau venu. Je me suis accroupi près d'elle.

– Qu'est-ce que tu en penses, hein ?

Elle déplie ses ailes. Émet un grognement inhabituel.

L'intrus n'est plus qu'à une centaine de mètres. Il lève une main. En signe de paix ? Il est seul, en tout cas.

À distance respectable, il s'arrête. Comme pour me montrer qu'il n'est animé d'aucune intention hostile.

Je descends à sa rencontre.

– Salutations, dit-il.

Il porte des vêtements de cuir brun, usés, une veste à poches et des lunettes de soleil – en pleine nuit.

– Je suis Tristan. Je t'ai vu, au-dessus du gouffre.

Je reste méfiant.

– Tu n'es pas de Landerost.

Il sourit.

– Quel sens de l'observation. Je présume que Télémaque ne t'a jamais parlé des Parias ? (Mon silence est un aveu.) C'est ainsi qu'il appelle ceux qui ont refusé de venir grossir ses troupes.

Je hausse les épaules.

– Ceux qui ont refusé ont rejoint le Royaume.

Son sourire s'élargit.

– Oui, je veux bien croire que c'est ce qui se raconte. Mais je suis la preuve vivante qu'il existe un troisième choix. Cette histoire de quarante-neuf jours ? Sept fois sept, le nombre de Dieu ? Le temps attribué par la tradition bouddhiste à l'état intermédiaire entre mort et renaissance ? Ah ! Du bluff ! De l'esbroufe !

Il s'avance, main tendue.

– Je ne t'oblige à rien. Mais il serait absurde de continuer à nous parler à distance, non ?

Je me retourne. Thaleane grogne. Elle sent quelque chose.

– Ton Altar ne me connaît pas. Elle se méfie. Plutôt bon signe, je dirais.

Il fait encore un pas.

– Attends. (Je recule.) Donne-moi une bonne raison de te faire confiance.

Il s'arrête. Son bras retombe.

– Je comprends tes réticences. Pour être honnête, j'étais persuadé que Télémaque et les autres t'avaient déjà servi leur fameux couplet sur notre nature prétendument néfaste. Parfois, je me dis qu'ils nous détestent encore plus qu'ils détestent les Élohim.

– Pourquoi ça ?

Il me montre ses mains vides.

– Mais parce que nous sommes libres ! Parce que nous ne respirons pas les vapeurs du gouffre ! Parce que nous n'obéissons à personne sinon à nous-mêmes ! Ce monde est vaste, l'ami, bien plus que tu ne parais le penser !

Je plisse le front.

– Où veux-tu en venir ?

Il croise les bras, jette un œil à la plaine.

– Il existe d'autres communautés disséminées dans les contreforts, des communautés qui n'ont rien à voir avec Landerost. Les gens vont et viennent. Ils s'entraident. Ils échangent des objets, des conseils, ils se racontent des histoires.

– C'est aussi ce que font les Égarés.

– Les Égarés vivent derrière un enclos. Ils ont un chef, ils ont des règles et certains d'entre eux sont parfois bannis.

Je demeure muet.

– Ce n'est pas ce que j'appelle « vivre libre », conclut-il. Mais chacun son choix. Je ne juge pas.

Il a renoncé à me serrer la main. Sa chevelure est grise, abondante. Des rides se creusent quand il sourit, et l'état de ses vêtements trahit de longs, d'épuisants voyages. Sur Terre, il aurait cinquante ans, le genre de baroudeur vigoureux que l'on ne croise que dans les films.

Je hoche le menton.

– Tu n'as pas de monture. Tu traverses la plaine à pied ?

Il approuve.

– C'est une façon plus intime d'appréhender le monde. Mais toi : pourquoi les autres t'en veulent-ils tant ? As-tu commis une faute ?

Je retrousse les lèvres.

– C'est une longue histoire.

– Je ne suis pas pressé.

Il rajuste ses lunettes. Curieux.

– Pourquoi portes-tu ça ?

– Une longue histoire également.

Il rit, et je ne tarde pas à sourire moi aussi. Il désigne le promontoire.

– Que dirais-tu d'aller t'asseoir ? Nous pourrions faire connaissance. Oh, rassure-toi, s'empresse-t-il de préciser, notant mon expression dubitative, je ne vais pas essayer de devenir ton meilleur ami. J'ai déjà assez de compagnons comme ça. (Il englobe la plaine d'un geste large.) Je pense seulement qu'il est bon de s'entraider lorsqu'on peut le faire. De partager des informations.

De nouveau, il me tend la main. Cette fois, je la serre.

– Floryan, annoncé-je.

Il s'incline. Nous rejoignons le rocher herbu ; Thaleane nous suit en grognant. J'hésite à me livrer. Mais Tristan est doué pour écouter.

– Aussi merveilleux soit ce monde, dis-je, aussi excitant, je n'ai pas réussi encore à y trouver ma place. Le groupe des Égarés et moi-même sommes, l'un pour l'autre, une source de déception mutuelle et à présent que j'ai perdu Heng… Ah, mais tu ne sais pas qui est Heng.

Mon compagnon opine, comme quelqu'un qui aurait trouvé la paix. Derrière ses lunettes, il contemple la plaine sombre et la nuit gorgée d'étoiles.

– Ce vent, dit-il. Cette brise si douce ! Je ne me lasserai jamais de ce genre de bonheurs purs. Le paradis est ici ! clame-t-il, m'offrant la prairie d'un geste. Arpenter le monde. Découvrir les animaux, les plantes, sans jamais éprouver la moindre fatigue, la moindre lassitude !

J'envie la simplicité avec laquelle il envisage les choses. Je ne peux m'empêcher de le questionner. Comment il est arrivé ici, quels ont été ses contacts avec les Égarés ?

Il se gratte la tête. Il n'est resté que quelques jours à Landerost, le temps de comprendre que cette vie n'était pas faite pour lui.

– Nous nous sommes quittés sans animosité. J'ai anticipé mon bannissement. Je n'existe plus pour eux, je n'ai jamais existé. Les Égarés ont décrété une omerta sur notre présence.

Il reste pensif. Rajuste ses lunettes.

– Quoi de neuf, là-bas ?

Je lui dresse un rapide tableau de la situation. J'évoque Scarlett et ses trahisons. J'omets la partie concernant Rain.

Il se gratte la joue.

– Personnellement, je me tiens à l'écart du Nihil. Les vapeurs du passé ne sont pas si grisantes, celles du futur, encore moins. Et puis, la rigueur morale des Égarés a transformé ce qui pouvait être une expérience mémorable en un chemin sans surprise.

– Le Corpus… dis-je avec amertume.

– D'après ce que je comprends, c'est parce que tu t'es écarté de ce chemin que les choses ont mal tourné pour toi.

Je ne peux qu'approuver. Tristan arrache un brin d'herbe, le porte à ses narines.

– Le problème, dit-il, c'est Télémaque.

57

« Le problème, c'est Télémaque. »

Il a lancé cette phrase comme on jette un hameçon dans une mare.

– Mais encore ?

– Tu as dû le remarquer. Son comportement. Sa paranoïa. Cette façon de vouloir tout contrôler.

Je hoche la tête.

– Je parie qu'il porte toujours son Céphalos.

Je hausse un sourcil. Songeur, Tristan suçote son brin d'herbe.

– L'a-t-il ôté une seule fois ?

– Non.

– Je ne suis pas étonné, pas le moins du monde. Parce que c'est ce bandeau qui lui permet de s'incarner sans douleur dans la Trame.

Il note mon étonnement.

– Personne ne t'a jamais parlé de ça ?

– Non.

Il crache son brin d'herbe.

– Le Céphalos exerce une influence souvent néfaste sur l'esprit de celui dont il ceint le front. Il accentue ses névroses et ses obsessions. Si tu es paranoïaque, par exemple, le délire de persécution te guette.

– S'incarner sans douleur ? Je croyais...

Tristan a un geste de dépit.

– Ne prends pas cet air étonné, allons. Les puissants ont toujours joui de certains privilèges. Télémaque ne supporte pas d'avoir quitté le monde des vivants.

Je me frotte la tempe, soucieux. Lui et les siens se seront moqués de moi jusqu'au bout.

Soudain, la clique de Télémaque m'apparaît sous un jour écœurant : une minable structure dûment hiérarchisée, avec ses secrets, ses mensonges et ses injustices – exactement comme sur Terre.

– Floryan ?

– Je ne sais que dire…

Un sourire mélancolique paraît sur son visage. Il arrache un deuxième brin d'herbe, un troisième…

– C'est assez simple, au fond. Si Télémaque se débarrassait du Céphalos, les choses deviendraient différentes, et pas seulement pour lui. Les Égarés s'ouvriraient au monde, peut-être. Nos communautés pourraient initier un rapprochement inédit et, j'imagine, fructueux. Nous unirions nos forces et ces malheureux cesseraient de se retrancher derrière leur dérisoire palissade.

Je réfléchis.

– Est-ce aussi simple ?

Au pied du monticule, Thaleane ne cesse de grogner et d'agiter les ailes.

– Ton Altar a besoin de voler… Et c'est aussi simple, oui. Enfin, si l'on peut dire. Car Télémaque lui-même n'a nullement conscience de l'emprise sous laquelle le maintient le Céphalos.

Je suis sceptique. Je le lui dis. D'où vient cet artefact, pour commencer ? Tristan balaie l'argument.

– Est-ce si important ? Écoute. (Il a posé une main sur mon épaule.) Je peux me tromper mais je vois en toi un garçon pétri de bonnes intentions. Ces gens ne sont pas nos ennemis, n'est-ce pas ? Pas plus les tiens que les miens. Cela fait des jours que je tourne autour de votre camp en attendant qu'une occasion se présente.

– Une occasion ?

– Je savais qu'ils finiraient par bannir quelqu'un. Ils le font régulièrement. Au risque de te choquer, je suis content que ce soit toi.

– Pourquoi ?

– Parce que tu vas m'aider.

– Je ne suis pas sûr...

Il s'enthousiasme, frappe dans ses mains.

– Personne ne m'envoie, non, personne ne me demande mon aide. Mais je suis persuadé que le moment est venu d'agir. Les Élohim sont nos ennemis, pas les Égarés. Nous devons faire front. Nous devons nous unir.

Il parle vite, un peu trop fort, traçant dans l'air d'étranges et complexes figures.

Il est exalté, pensé-je.

Il se lève.

– Tu devrais y retourner. Leur dire que tu fais amende honorable. Tu devrais aller trouver Télémaque et le délivrer toi-même de ce fichu Céphalos !

Je me mets debout à mon tour. Il est sérieux.

– Ça paraît si simple quand tu en parles.

Il retrousse une manche de sa veste et, radieux, se masse l'avant-bras.

– Il se trouve que ça l'est. Il suffit de l'assommer – un art dans lequel tu es passé maître, non ? – et de détacher l'artefact. À son réveil, il se sentira si différent et libéré qu'il ne t'en voudra même pas.

Machinalement, j'ai commencé à compter les étoiles.

– Pourquoi ne le fais-tu pas, toi ?

– Parce qu'ils ne me laisseront jamais entrer dans leur camp. Parce qu'ils se méfieront trop de moi.

– Ils se méfieront de moi aussi.

Il fait non de la tête, s'accroupit, passe sa main au ras des herbes.

– Tu n'es pas chez eux depuis assez longtemps. À leurs yeux, et malgré tes récentes exactions, tu restes un novice, un chien fou prompt aux emportements et aux décisions hâtives. Dis-leur que tu regrettes. Cela leur suffira, crois-moi.

Mains dans les poches, je descends du tumulus. Comme j'aime la nuit, ici ! Toute de tiédeur et de lumière.

– Je ne le ferai pas, dis-je. Je ne crois pas que les choses se passeraient aussi aisément que tu le suggères.

Il s'étire longuement.

– Oh.

– Et je ne peux pas me baser uniquement sur ta parole pour prendre un tel risque.

– Je comprends.

– Nous ne nous connaissons pas assez.

– Tu n'as pas tort.

Il descend à ma suite. Thaleane se redresse à son approche.

– Que fais-tu ?

Il avance sa main vers elle.

– Tout doux, ma belle.

Elle recule. Je m'apprête à les rejoindre lorsqu'un éclat métallique brille dans la nuit. Une lame ! Thaleane pousse un gémissement puis bat en retraite. Elle est blessée au flanc : une entaille légère, certes, mais son sang a coulé. Ses ailes se tendent dans un claquement et elle s'avance, maladroitement.

Elle est désorientée. Et je suis incapable de lui venir en aide. Pétrifié, je la regarde faire quelques pas dans l'herbe, tourner sur elle-même, puis s'écrouler. Le couteau brille toujours dans la main de Tristan. D'un geste, il m'arrête.

– Elle va bien.

– Espèce de sale…

– Elle va bien, répète-t-il, exhibant sa lame. Elle est juste endormie. Sa blessure est superficielle mais je lui ai administré un poison et, si personne ne fait rien, elle ne se réveillera pas avant très, très longtemps.

– Pourquoi…

Il tapote une poche de sa veste.

– L'antidote est là, en sécurité. Quelques gouttes, et ta beauté se réveillera comme si rien ne s'était passé. Je suis navré, Floryan, mais j'ai besoin que tu fasses cela pour moi.

Je suis abasourdi.

– Quoi ?

– Le Céphalos. Je me doutais que tu ne te chargerais pas de ce travail de gaieté de cœur mais tu es ma meilleure chance.

Je serre les poings. Envie de lui sauter à la gorge.

– Du chantage, hein.

– Peu importe le nom. Je n'avais pas le choix. Désormais, toi non plus. (Il tend un bras en direction du camp.) Une journée et demie de marche ; si tu pars maintenant, tu arriveras demain avant le coucher du soleil.

Je plisse les yeux.

– Qui es-tu ?

– Je te l'ai dit, mon ami : un homme libre. Navré que notre première rencontre n'ait pu se dérouler sous de meilleurs auspices, et navré que ça soit tombé sur toi.

– Tu es fou…

– Bien au contraire. (Il range sa lame dans son fourreau, sous sa veste.) Mais je ne te demande pas de me croire sur parole.

58

Je pars donc, la mort dans l'âme, laissant Thaleane aux mains de l'inconnu. J'ai été berné, manipulé. Ma colère est froide, inutile. J'aurais pu me jeter sur cet homme et tenter de lui ravir l'antidote mais quelque chose, dans son assurance, dans la sûreté de ses gestes, me laisse penser que j'aurais échoué. Du reste, Tristan est-il véritablement mon ennemi, *notre* ennemi ?

S'il ne m'a pas menti, ses intentions – délivrer Télémaque de l'influence du Céphalos – peuvent être considérées comme louables. Il y a un « si », cependant, un « si » de taille : rien ne me prouve que cet homme est bien celui qu'il prétend être.

En attendant, il a raison au moins sur un point, je n'ai pas le choix. Le lien qui s'est établi entre moi et Thaleane est une chose si forte et vitale que je n'ai pas hésité une seconde. Je dois la sauver.

Le jour se lève. Me voici courant à petites foulées le long du Nihil. Une aube grandiose déchire la nuit en guenilles. Des nuages spectaculaires maculent le ciel. Je voudrais tant revoir Rain en cet instant. Le temps passe, sur Terre, la vague du futur déferle.

L'après-midi est déjà bien avancé lorsque j'arrive à proximité du camp. Cent fois, mille fois, j'ai rejoué la scène dans mon esprit. Ce que je vais dire, le ton que j'emploierai, les explications et les excuses. Mais plus le moment approche, plus les appréhensions prennent le pas sur la raison. Ce que j'ai fait me paraît impardonnable. L'idée même de m'approcher de Télémaque relève de la pure fantaisie.

– Alors ça !

Je m'arrête. Martjin sort de derrière un fourré, éberlué. Je lui souris.

– Martjin. Je suis content de te voir !

Lui reste méfiant.

– Je devrais… Je devrais aller avertir les autres, je crois.

Je joins les mains en signe de prière.

– Écoute. Je viens en paix. J'ai besoin de… Peux-tu aller trouver Scarlett, si elle est là ? Peux-tu lui demander de me rejoindre… eh bien… ici ?

Je désigne un sapin, au bord de la falaise. Une souche déracinée invite à la contemplation.

Martjin s'approche.

– Ils ont dit du mal de toi.

– J'imagine.

– Ils ont capturé Heng.

Je ne réponds pas.

– Ils l'ont capturé et ils l'ont fait parler. Enfin, si l'on peut dire. Ils pensent que tu es devenu à moitié fou. Que tu t'es baigné dans l'Ichor et…

– C'est vrai.

Il secoue la tête. Rien d'hostile dans cette posture, juste de l'incompréhension.

– C'est vrai, repris-je. J'ai rencontré quelqu'un dans la Trame, quelqu'un de très important pour moi et je…

Il lève un doigt.

– Inutile de me raconter ça. Si Scarlett apprend que tu m'en as parlé…

– Je vais m'asseoir ici, dis-je, tapotant la souche, et je vais attendre sagement. Si quelqu'un d'autre me trouve, nous ne nous sommes jamais croisés. Dis à Scarlett que je suis désolé et que je veux la voir seule, pour commencer. Ensuite, je rejoindrai le camp. Dis-lui bien ça, d'accord ?

Il acquiesce.

– Ne refais pas l'imbécile, Floryan.

– Promis.

Il repart sur le chemin. Dans les taillis, des insectes bourdonnent. Le vent du crépuscule agite les cimes. Martjin est l'un des rares Égarés auxquels je fais confiance, un homme perdu, qu'aucune passion suspecte ne dévore.

Scarlett arrive vingt minutes plus tard. Elle est seule, apparemment, et l'expression de son visage évoque un mélange de colère et d'inquiétude.

Elle s'arrête à bonne distance.

– Tu es fou !

Je me lève, mains dans les poches. Elle est toujours aussi fraîche, toujours aussi pimpante, mais sa beauté ne me touche plus ; je la vois comme à travers une vitre.

– Personne n'est caché derrière toi ?

Elle ne rit pas.

– Tu es devenu l'ennemi public numéro un, Floryan. Et à moi, qui étais ta tutrice, on me demande des comptes. Si quelqu'un apprend que je suis ici, je serai bannie à coup sûr. Pourquoi es-tu venu ? Pour te rendre ?

Je plaque mes cheveux en arrière.

– J'ai… J'ai un problème, Scarlett.

– Oh oui, tu en as un.

Je grimace.

– J'ai rencontré quelqu'un.

Elle fronce les sourcils. Une vision me traverse l'esprit : Rain. Rain, assise sur ce banc, au bord du Champ-de-Mars.

– Floryan ?

– Je suppose, dis-je, que tu as déjà entendu parler des Parias ?

Elle se rapproche, très grave.

– Quoi ?

– Cela s'est passé hier soir, pas très loin du Nihil.

Je me rassois, tapote la place à côté de moi. Elle s'installe à l'extrémité. Je lui narre l'histoire dans les grandes lignes : l'apparition de Tristan – ce qu'il m'a dit, ce qu'il m'a demandé, ce qu'il a fait pour être sûr de s'adjoindre mon concours.

Elle écoute, bouche bée.

– Il y a des Parias, oui, il y en a toujours eu. Mais jamais l'un d'eux n'aurait agi de la sorte avec un Égaré. Les Parias sont des êtres solitaires, des âmes vagabondes fuyant tout contact humain. Peux-tu me décrire ce Tristan ?

Je hausse les épaules. Cheveux gris, veste de cuir, petites lunettes…

Elle m'arrête.

– Tu as dit « lunettes » ?

– Oui.

Elle se mord les lèvres.

– As-tu vu ses yeux, Floryan ? Les as-tu vus, à un quelconque moment ?

– Tu me fais peur. Non, je ne les ai pas vus.

Elle baisse la tête, accablée.

– C'était un Élohim.

– Quoi ?

Elle se relève, fait les cent pas.

– Ces monstres sont capables de prendre forme humaine. D'investir un corps et de jouer un rôle. Celui que tu avais devant toi a peut-être été un Paria, autrefois. Mais si c'est le cas, il est tombé entre leurs griffes. Un Élohim a revêtu son apparence pour t'approcher et te tromper.

Je suis perdu.

– Pourquoi voudrait-il le Céphalos ?

– Parce que c'est lui qui nous protège, Floryan. Parce que c'est grâce à cet artefact que Télémaque préserve la cohésion de la barrière magique qui tient les Élohim à distance. La Frontière, le mur que tu connais, n'est que la matérialisation physique de cette protection. C'est le pouvoir de Télémaque qui la rend infranchissable.

Je hoche la tête, déconcerté. Ainsi, le Céphalos n'aurait rien à voir avec les plongées de Télémaque dans la Trame ?

Scarlett secoue la tête.

– Je ne devrais pas répondre à tes questions. Ce que je devrais faire, c'est te ramener au camp et laisser les autres décider. Mais je te connais. Je sais que tu n'es pas notre ennemi.

Je suis debout. Elle me caresse la joue.

– J'aimerais que tu reviennes. Que les choses s'arrangent.

Je ferme les yeux. Il y a tant de choses que j'aimerais, moi aussi. Effacer le souvenir de cette nuit où je l'ai trouvée avec Starck, par exemple.

Mais qu'est-ce que cela changerait ? Je ne t'aime pas, Scarlett.

– Vas-tu revenir, beau novice ?

J'approuve, déterminé. D'une façon ou d'une autre, il me faut gagner du temps. Et Scarlett est mon alliée la plus sûre.

– Et Thaleane ? dis-je. Je ne peux pas la laisser.

– Bien sûr que non. (Elle prend ma main dans la sienne.) Alors écoute-moi, écoute-moi attentivement, voilà ce que nous allons faire…

59

Tristan n'a pas bougé. Debout près du corps inanimé de Thaleane, il me regarde approcher. Je monte un Altar que je ne connais pas – celui d'Etzu, un mâle taciturne auquel il a fallu expliquer longuement la situation avant qu'il consente à me laisser monter – et le Céphalos bat au flanc de l'animal dans une sacoche de cuir.

Le soir tombe.

Une vingtaine d'autres Égarés ont pris leur envol à ma suite avant de se disperser. Ils vont se déployer à deux ou trois kilomètres à la ronde et fondre sur l'objectif trois minutes précisément après mon atterrissage.

Ils me guetteront à la jumelle. Tout ce que j'ai à faire, c'est discuter. Faire croire à Tristan qu'il a gagné et attendre l'arrivée des renforts.

Ailes étendues, l'Altar se pose en douceur à une vingtaine de mètres du monticule. Ça y est, songé-je. Plus moyen de reculer.

Tristan s'avance. Il ne sourit pas, n'a pas ôté ses lunettes de soleil. Je ne parviens pas à croire qu'un Élohim se dissimule sous cette apparence humaine. Télémaque, pourtant, s'est montré catégorique : « Nous ne connaissons pas l'exacte étendue de leurs pouvoirs mais nous savons qu'elle est colossale. Ce qui nous sauve, c'est leur vulnérabilité à l'Ichor. Et la relation complexe qu'ils entretiennent avec l'âme humaine, ce qui la constitue. Ils ne peuvent pas nous capturer comme ça. »

– Alors ?

J'ai mis pied à terre. Je le laisse venir à moi. Je ne dois pas lui montrer que je sais, que je me doute de quoi que ce soit.

– Fais-moi voir l'antidote, dis-je, une main sur l'encolure de l'Altar.

Il s'arrête.

– Raconte-moi comment ça s'est passé. Je ne m'attendais pas à te voir si tôt.

– J'ai ce que tu m'as demandé. Pas un pas de plus.

Il ricane.

– Nos rapports ont changé, je me trompe ? (Il sort un tube de sa poche, le secoue.) Voici ma part. Où est la tienne ?

Je tapote la sacoche.

– Ici.

– Parfait.

Il s'apprête à me rejoindre. Je l'arrête.

– Je dois te prévenir, dis-je. La mission n'a pas été de tout repos.

– Je m'en doute.

Je récite ma leçon, l'histoire que nous avons élaborée, Télémaque, moi, et les autres. Leur idée, ni plus ni moins, est de capturer l'Élohim en le bombardant de pierres d'Ichor. Il suffira ensuite de le ramener à l'intérieur de la Frontière pour le réduire à l'impuissance. Et puis ?

– Les Égarés me cherchent, dis-je. Je me suis introduit dans le camp grâce à l'aide d'un complice et nous avons piégé Télémaque.

– Un complice ?

– Il a été repris. Mon histoire avec eux est close.

– Sors le Céphalos.

J'ouvre la sacoche et en tire l'artefact. C'est une réplique, évidemment, confectionnée par Favor en un temps record. À la seconde même où je la lui remettrai, nous le savons, il détectera la supercherie. Je jette un œil aux alentours.

– Qu'est-ce que tu cherches ?

Je n'ai pas été discret. Le ton est pressant.

– Rien.

– On jurerait que tu attends des amis.

– Je n'ai plus d'amis.

– Ne sois pas si mélodramatique. Vas-tu me remettre le Céphalos maintenant, ou allons-nous rester à nous observer en chiens de faïence jusqu'à la fin des temps ?

Il arbore, me figuré-je soudain, un sourire trop confiant. Je déglutis. Le plan que nous sommes en train de mettre à exécution a fait l'objet de débats très virulents à Landerost. Certains l'ont trouvé trop risqué, ont subodoré un piège à double détente, une manipulation atrocement sophistiquée.

Télémaque a prévenu : « Je ne franchirai pas la Frontière. Sous aucun prétexte. Mais vous serez nombreux. Vous ne risquez rien. »

Le Céphalos factice tremble au bout de mes doigts. Je le lui tends. Le moment est venu.

Il s'avance… et s'arrête à mi-chemin.

– Tout bien réfléchi, murmure-t-il tandis que les premiers Altars commencent à poindre parmi les ors du crépuscule, je ne suis pas sûr que ta gentille breloque revête une importance si capitale.

Quoi ? Je bats en retraite, fouille précipitamment ma sacoche à la recherche d'une fronde. Déjà, ma monture s'est relevée. Fidèles au minutage établi, les Égarés arrivent de toutes les directions. Dans une minute, ils seront là.

Tristan les regarde approcher avec un calme tout à fait

anormal. Je viens de saisir ma lanière lorsque le premier vrombissement – un souffle, plutôt, un frottement – se fait entendre.

Alors, seulement, je lève les yeux.

Et je les vois.

60

Sous les feux du couchant, on dirait d'immenses raies métalliques.

Dans un long glissement bleuté, elles sont venues des contreforts. Et fondent sur la plaine.

J'en compte neuf, d'abord. Puis dix, douze, treize !

Et j'arrête de compter.

Je saute en selle. Terrorisé, mon Altar s'envole et s'enfuit. Comme tous les autres. Mais les machines des Élohim, puisqu'il s'agit bien de machines – de verre ? de métal ? –, sont plus rapides que nos montures.

Elles rasent la plaine et, malgré la terreur qui me saisit à leur vue, malgré la certitude que ce surgissement signifie notre fin, je ne peux m'empêcher de béer d'admiration devant cette technologie irréelle, ces oiseaux de mort irisés dont les ombres obscurcissent la plaine.

Les Égarés ont pris la fuite. Sans concertation, gagnés par la panique, ils se sont éparpillés et louvoient au-dessus des cimes dans l'espoir d'échapper à leurs poursuivants. Mais ceux-ci, sans effort, les prennent de vitesse. Et ils sont armés.

Plusieurs fois, des ondes de choc traversent le soir, pareilles à des vagues invisibles. L'air se contracte et reflue comme s'il était devenu solide. Les Altars touchés basculent en plein ciel, balayés, et s'écrasent avec leur cavalier. Le vaisseau qui les a touchés se stabilise alors à deux mètres du sol et de longues créatures lumineuses en descendent, penchées sur leur victime tels des charognards.

Je m'éloigne moi aussi, éperdu, et ces images s'impriment dans ma rétine, et j'essaie de les oublier. Impossible.

Les Altars tombent les uns après les autres. Le mien fait une embardée, monte vers la nuit, repique au-dessus d'une clairière. Je ne le contrôle plus.

Un vaisseau nous a pris en chasse. Il nous suit, fluide et racé, plus silencieux que la mort. Nous rasons les cimes, changeant sans cesse de direction, d'altitude, mais il se contente de nous pister à distance égale, attendant le moment propice, celui où, sans même le savoir, nous nous placerons dans sa ligne de mire.

L'espace d'un instant, tandis que le cratère du Nihil se rapproche, j'ai l'illusion que nous allons lui échapper. Et puis le choc arrive. Une poussée brutale, une densification de l'air que je ressens jusque dans la moelle de mes os.

L'Altar pousse un cri effrayé et tombe en tourbillonnant. L'éjection est inévitable. Le sol se rapproche comme un mur, j'ai le temps de lever un bras, dérisoire, je ferme les yeux, et puis plus rien.

61

Je suis allongé sur une surface froide, lisse comme de la soie. Le plafond est bleu, d'un bleu changeant, tirant vers le blanc. Ma paume est ouverte sur le sol. Une texture à mi-chemin entre le métal et le plastique.

Je tourne la tête. Il me faut du temps avant de comprendre ce que je vois. Un Élohim est couché sur le ventre, tête en avant. Les commandes sont des prolongements de ses organes. Avec fluidité, il mène son engin au-dessus des contreforts, à l'assaut des monts géants – les Hauts-Blancs.

Plus aucun doute. On nous amène au Royaume.

J'écarquille les yeux. Oh, ce vertige ! Je me rappelle être tombé, avoir repris vaguement conscience. Je revois le visage lumineux penché sur moi comme une image agitée trop vite. On m'a soulevé de terre et glissé dans le vaisseau. *Ne bouge pas*, me souviens-je avoir pensé. *Ne les laisse pas penser que tu sais ce qui se passe.*

Et maintenant ?

Je n'ai pas la moindre idée de ce qu'est le Royaume et personne, j'imagine, n'est plus avancé que moi : parce que personne n'en est jamais revenu.

En attendant, j'écoute, j'observe. La structure de l'aéronef est faite d'un seul tenant. C'est plus un organisme qu'un vaisseau, je le sens aux pulsations légères qui parcourent le sol. Rien à voir avec les trépidations du vol.

Cette chose est vivante.

L'Élohim aux commandes ne me prête aucune attention. Il doit me croire inanimé. Pourquoi ne le suis-je pas ? De la chance, sans doute.

Je souris. Le mot « chance » ne veut rien dire. Je suis le gibier d'une créature d'un autre monde qui me conduit chez elle.

L'avant de l'appareil, transparent, à la manière d'un film plastique, me permet d'admirer la montagne.

Nous montons à une vitesse délirante. Où sont les autres ? Me suivent-ils, quelque part ? Je pense à Scarlett, à Starck, à tous ceux que j'ai entraînés sans le vouloir dans ce piège. Et je songe à Rain. À la tournure extraordinaire et tragique qu'ont prise les événements depuis notre première rencontre.

Un choc ébranle le vaisseau. Nous faisons une embardée. À la périphérie, des ombres passent. J'ai à peine assez de place pour me retourner mais, là où j'ai réussi à me glisser, je parviens à les distinguer par transparence.

Les Altars ! Ils sont deux – non, trois, et ils ont pris mon vaisseau en chasse ! Une nouvelle secousse m'envoie rouler de l'autre côté.

Ils n'ont pas abandonné !

Je suis tout prêt de l'Élohim, à présent, je peux voir son casque, une cloche organique et nacrée reliée à l'avant de la structure par des tubes transparents où s'écoule un liquide plein de bulles. Quoi qu'il arrive, je suis condamné si je n'agis pas. Sans hésiter, j'arrache l'un des tubes. La créature, qui a perdu sa luminosité et ne ressemble plus qu'à un reptile desséché, fragile, émet un craquètement de fureur.

Elle se retourne. J'arrache un autre tube. Au même moment, et avant que la créature ait pu réagir, un Altar nous heurte de plein fouet. Une gerbe de sang cingle la vitre. Nous virons de bord, droit sur un escarpement rocheux.

Le choc est terrible, mais amorti, me semble-t-il, par la nature particulière de la structure.

Nous rebondissons. Je bascule sens dessus dessous, et le grognement s'est transformé en clameur, comme si mille voix stridentes s'étaient mises à hurler de concert.

Les visions se succèdent. La roche noire, les arêtes coupantes, les liserés de neige et le ciel – les nuages figés.

La vitre se fêle. Un sifflement, puis un nouveau choc, plus violent encore. Mains sur la tête, je me roule en boule. L'Élohim a perdu le contrôle de sa machine. Sa voix s'insinue dans mon esprit et, pour la première fois, je sens quelque chose qui ressemble à de la peur.

Non. Non !

Soudain, mon corps crève la structure et jaillit dans l'air glacé.

Je retombe plus loin.

Silence.

62

Le ciel est pur, trop pur. C'est le matin. Mon souffle est court.

Je me relève, péniblement. Mes vêtements ? Lacérés. Mes mains ? Écorchées. C'est tout mon corps qui est meurtri.

Je prends appui sur un rocher. Un vent mauvais racle les pentes. Nous sommes haut dans la montagne, trois ou quatre mille mètres peut-être, et, lorsque je lève les yeux vers les sommets, je ne vois qu'une masse énorme, écrasante.

Les Hauts-Blancs.

En contrebas, la plaine paraît anormalement lointaine.

Où le vaisseau s'est-il écrasé, qu'est-il advenu de son occupant ? Mystère. Je suis seul, en tout cas, et une nuit entière s'est écoulée.

Je passe une main sur ma nuque. Elle est couverte de sang séché. Mes cheveux en sont poissés, eux aussi, et mon visage.

Il est probable que mon nez soit cassé, et j'ai du mal à voir d'un œil à cause d'une paupière à demi close.

Titubant au milieu des roches, j'avance dans un silence de cathédrale sous les premiers rayons du soleil. L'Altar d'Etzu a disparu. Et Thaleane ? La dernière fois que je l'ai vue, elle gisait inanimée.

Je dois redescendre. Cela me prendra des jours, mais il n'y a rien d'autre à faire.

Çà et là, des débris du vaisseau jonchent le sol. Je les ramasse, perplexe, les examine dans la lumière. On dirait des morceaux de métal souple, un métal qui aurait été vivant. Je les lance au loin. Notre appareil a été pulvérisé.

Bientôt, je comprends qu'il est inenvisageable de descendre de là où je me trouve. La pente est trop raide. Tout ce que je peux faire, c'est la longer et traverser ce désert rocailleux. De temps à autre, je m'arrête pour observer le paysage, trouver un passage moins escarpé.

Le soleil rogne sur les ombres. Au loin, on aperçoit le Nihil, minuscule, et la ligne nette de la Chaîne mystéréenne qui marque l'horizon. Impossible, à cette distance, de distinguer Landerost.

Combien, parmi les Égarés qui m'accompagnaient, s'en sont sortis ? Combien ont échappé à leurs poursuivants ?

À aucun moment je n'ai eu l'espoir qu'ils puissent avoir le dessus. La seule impression que j'ai eue était celle d'un désastre.

Adossé à un rocher, je retrousse les jambes de mon pantalon déchiré. Du sang, encore du sang. Je balaie les failles du regard, les roches pétrifiées. Sur Terre, un aigle tournoierait en perçant le ciel de ses cris.

Je passe un doigt dans ma bouche. Certaines de mes dents sont ébréchées. Elles repousseront.

Allons, me dis-je, en route. Je ne suis pas fatigué, on ne l'est jamais ici si l'on se contente d'arpenter les montagnes et les plaines ; mais l'avenir a pris, plus que jamais, les contours d'un désert.

Le crépuscule, déjà, ternit une portion du ciel. Un défilé s'annonce. Une faille, entre deux masses énormes.

La nuit tombe quand je la rejoins. C'est comme si quelqu'un avait abattu une épée sur la montagne.

À cause de la hauteur des parois, le passage est étroit et très sombre. J'avance au cœur de la fissure, mes pas résonnent, mon souffle.

Et puis, la fêlure s'évase, subitement, et me voici de l'autre côté. Il y a de la lumière, là-bas. Une ville ?

Le cœur battant, je me juche sur un rocher.

Alors, sonné, je porte mes doigts à mon front et appuie dessus à toute force comme si j'essayais d'y faire entrer une image. Car ce que je découvre défie toute description.

Une cité, oui.

Une cité immense, tout en hauteur, des tours de métal bleuté, de la même consistance que le vaisseau qui m'a emmené.

À cette distance – cinq kilomètres peut-être – il est difficile de distinguer les détails.

Mais ce que je vois me suffit.

Les tours sont plus hautes, plus fines que tout ce que j'ai jamais vu sur Terre. Elles sont tressées, reliées entre elles par un entrelacs de passerelles courbes qui forment une sorte de dentelle.

Des centaines de points minuscules, pareils à des moucherons, tourbillonnent autour des sommets. Plus loin, sur de gigantesques surfaces planes, d'autres constructions se détachent, d'autres tours aux silhouettes alambiquées, plongées au cœur d'un enchevêtrement de ponts et de poutrelles.

Au-delà : une lumière noire, des brumes, des nuages impénétrables.

Le Royaume !

J'ai découvert le jardin d'Éden.

Une joie farouche et inexplicable m'envahit. Une terreur indicible, aussi. Je suis vivant, seul au cœur d'une montagne de fin des temps. Et ce que je contemple n'a rien à envier aux visions d'apocalypse des vieux maîtres flamands.

Mû par une pulsion irrésistible, je descends encore, jusqu'à atteindre les derniers rochers susceptibles de me cacher.

Longtemps, couché à même la pierre, j'embrasse l'impossible.

Nulle muraille n'enserre la cité mais un fossé, un gouffre infranchissable. En ses profondeurs, je le devine, des centaines d'étages reliés.

Des vaisseaux passent, silencieux, certains semblables à ceux qui nous ont attaqués, d'autres cent fois plus imposants.

Les jumelles de Heng me manquent. En plissant les yeux, je parviens à distinguer des silhouettes humaines. Des processions sur les passerelles.

Des prisonniers.

Des proies.

Bientôt, un vaisseau décolle, se dirigeant vers la passe. Maudissant ma témérité, je quitte mon perchoir en hâte et recule dans une fissure.

Le vaisseau ne me voit pas. Il passe au-dessus du défilé.

Je regarde mes mains, relève la tête, considère la cité une fois encore. Combien d'humains ont été conduits ici ? Des milliers, des millions ? Et dans quel but ?

Je ne peux rester plus longtemps. Je dois retourner à Landerost. Prévenir les autres, les rassembler. Il nous faudra partir, ailleurs, plus loin, tracer une autre frontière, inventer une vie neuve.

Assis par terre, je me prends la tête à deux mains. C'est pire, bien pire que je le pensais. Le Royaume est une fourmilière dédiée à des principes secrets, incompréhensibles, habitée par des êtres dépourvus de conscience, des créatures maléfiques qui se jouent de nos pauvres croyances en les transformant en appâts irrésistibles.

Le paradis, *leur* paradis, n'a jamais été qu'un leurre, un coffre à jouets pour dieux sans âme.

La plus vaste prison jamais construite.

Je prends le chemin du retour. Je marche tout le jour. Je ne me retourne pas, je me le suis interdit. La cité m'obsède. Ses profondeurs. Son souvenir produit sur moi un sentiment inconnu, à mi-chemin entre l'horreur et la sidération.

Le soir tombe lorsque j'entame ma véritable descente. Je n'ai pas pris le même chemin qu'à l'aller mais il n'y a pas de chemin à proprement parler, juste une passe veinée de neige glacée où s'engouffrent des rafales hurlantes.

Tout est fantasmes, à présent, tout est souvenirs, chaos. Les corniches qui me surplombent évoquent des monstres contrefaits.

La lumière du jour achève de déserter les lieux lorsque, passant entre deux rochers, je découvre l'endroit : une anse à ciel ouvert, comme criblée par une pluie de météorites. Un petit lac brille sous les deux lunes.

Un lac blanc.

Je descends, m'agenouille, trempe un doigt. Cette tiédeur inimitable, cette viscosité. Je me relève. Un lac d'Ichor au milieu de nulle part ! Un lac naturel, ou formé par des prédécesseurs, peut-être, des arpenteurs.

Je songe à Heng. Longtemps, je reste au bord, incapable de penser. Aux confins de la plaine, de lourds nuages s'amoncellent. Des éclairs percent la nuit, un nouvel orage s'annonce.

Rain.

Cela peut ressembler au moment le plus atrocement mal choisi. Mais y en aura-t-il un autre ? Je me retourne vers la montagne. Il me faudra des jours pour rejoindre Landerost, si tant est que les Élohim ne me rattrapent pas. Si tant est aussi, songé-je avec un frisson, qu'il reste quoi que ce soit là-bas.

En hâte, je me débarrasse de mes guenilles. Les premières gouttes commencent à tomber. Lourdes, presque chaudes. J'examine mes mains, mes bras. Je suis couvert de plaies et d'hématomes. À mon cou : le pendentif de Taweel. Longtemps, je le tourne entre mes doigts. Puis je glisse un pied dans le liquide blanchâtre.

Très vite, j'en ai jusqu'aux hanches, jusqu'aux épaules. Une sensation délicieuse m'envahit. Fermant les yeux, j'inspire avec force tandis que la pluie ruisselle sur mon visage.

Déjà, le tunnel approche.

63

Une fois de plus, je me rends là où le temps s'arrête, là où un mur se dresse face à mon esprit.

Impossible d'aller plus loin.

L'avenue de Breteuil est plongée dans une nuit brumeuse. Des sirènes hurlent au-dessus des toits mais il n'y a personne dans les rues.

Sans perdre un instant, je gagne l'appartement. Rain est dans sa chambre, sur son lit, pestant contre une connexion défaillante. Elle agite le boîtier noir métallisé faisant office d'unité centrale. Suspendu à mi-hauteur, son écran holographique reste bloqué sur une page d'actualité.

Un message clignote : ERREUR RÉSEAU.

D'un glissement de doigt, elle le fait disparaître puis souffle sur le boîtier. L'écran s'évanouit à son tour. Elle se lève et se poste à la fenêtre, comme elle a l'habitude de le faire quand elle est contrariée.

Je me tiens dans un coin de la pièce. Elle passe une main sur son visage. Des « merde » à peine audibles s'échappent de ses lèvres.

Pour finir, elle se rassoit, triture son boîtier avec une colère passionnée, le jette sur son lit, mais rien à faire : l'appareil reste muet. Tout est lié à cette unité centrale.

Elle se laisse glisser au sol.

Elle paraît si malheureuse, si angoissée, que je renonce

momentanément à l'idée de lui apparaître. Qu'est-ce qui peut l'inquiéter autant ? Je suis sur le point de sortir pour essayer de le découvrir lorsqu'un cliquetis, dans le couloir, la fait sursauter.

Elle se précipite.

Un individu fait son entrée, vêtu d'une combinaison brillante comme du papier d'aluminium. Derrière la visière, je distingue le visage d'Étienne.

– Papa…

Il esquisse un geste d'apaisement. La voix, derrière le casque, nous parvient comme étouffée.

– Mesure de précaution. Ne t'inquiète pas.

– Papa, dis-moi ce qui…

Elle le suit dans le couloir, affolée. Arrivé au salon, il se laisse tomber sur une chaise.

Rain se mord les ongles.

– Dis-moi ce qui se passe.

Le père soupire.

– Ce que nous craignions se confirme, Rain. C'est bien un virus. Un virus extrêmement agressif, qui s'attaque aux cellules du cerveau.

– Quoi ?

– Les effets sont encore mal connus. Certains les comparent à ceux de la maladie d'Alzheimer. Mais la maladie d'Alzheimer ne se développe pas en quarante-huit heures. À l'heure actuelle, on ignore si ce sont les Polonais qui…

– Les Polonais ?

Il tapote sa visière.

– Les Russes. Pas les Polonais, les Russes. Personne n'est sûr de…

– Papa.

Accroupie, elle a posé ses mains sur ses cuisses. Il la regarde, impuissant.

– Papa, est-ce que tu as été contaminé ?

Haussement d'épaules.

– Nous ne connaissons pas la virulence exacte de ce petit monstre. À ce jour, il n'existe aucun test fiable. Ils m'ont remis cette combinaison par précaution. Tout le monde porte la même à l'hôpital, mais nous ne savons pas encore… Nous ne savons pas si…

Il cherche ses mots. Il est exténué, il essaie de ne pas le montrer. Rain se relève, secoue la tête.

– Ce n'est pas possible.

Son père la calme d'un geste.

– Ne panique pas. Nous n'arriverons à rien si tu paniques. Il y a des choses que je dois te dire, et j'ai besoin que tu m'écoutes avec la plus grande attention.

– Des choses ?

– Assieds-toi, s'il te plaît. Premièrement, oui : j'ignore si je suis contaminé. Je suis surmené, je suis épuisé – alors, les pertes de mémoire, la confusion, tout ça peut m'expliquer – peut s'expliquer, pardon. Mais si jamais je l'étais, si jamais j'étais touché, il faudrait que tu suives mes instructions à la lettre, ma chérie.

Rain renifle. Tête froide.

– Je t'écoute.

– Te souviens-tu de ma sœur ? Marie ?

– Celle qui…

– Celle qui a rejoint cette congrégation religieuse à Montmartre. Je ne l'ai pas vue depuis douze ans. Je sais ce que nous t'avons raconté sur elle et je sais, fondamentalement, que nous avions raison. Reste que les données du problème ont changé. Ce que je vais te dire va te sembler étrange mais c'est ainsi : il faut que tu la rejoignes.

– Quoi ?

– Les Sœurs des Derniers Jours occupent un couvent, derrière la basilique du Sacré-Cœur. Elles n'en sont pour ainsi dire jamais sorties. Elles pourront t'accueillir.

Il se lève, farfouille dans un tiroir de la commode, déniche un bijou qu'il dépose sur la table. C'est une croix en fer très simple avec un serpent enroulé autour. La tête du reptile, recourbée, forme un cercle presque complet.

– Prends-la. On ne sait jamais.

Rain considère le bijou, puis le fourre dans sa poche.

– Quoi d'autre ?

– Du jour où elle a rejoint les sœurs, reprend son père, je n'ai plus eu la moindre nouvelle de Marie. Elle n'a jamais répondu à mes mails, ni manifesté un quelconque désir de me revoir. Toutefois, j'ai pu m'entretenir plusieurs fois avec la mère supérieure. Et elle m'a assuré que ma sœur était en paix, en paix avec nous, en paix avec elle-même, et qu'elle ne nourrissait aucun ressentiment à l'égard de qui que ce soit. Marie a tiré un trait sur son passé, voilà tout, et je fais partie de ce passé au même titre que les autres.

Rain emplit ses poumons d'air.

– Qu'est-ce qui te fait croire qu'elle m'ouvrirait les portes de son couvent ?

– Je lui ai envoyé un mail, hier soir. Et cette fois, elle a répondu.

– Un mail ?

– Je lui ai demandé si elle pouvait te recevoir. Elle a dit oui.

– Juste « oui » ?

– C'était la teneur de sa réponse.

Rain sort un mouchoir, s'essuie le nez.

– Papa. Je ne sais même pas de quoi nous parlons. Un couvent ? Arrête. Et puis je ne te laisserai pas, même si tu es malade. Je refuse. Je n'irai pas rejoindre une tante que je n'ai jamais vue.

– Tu l'as vue. Tu étais trop jeune pour t'en souvenir.

– Peu importe. Je ne quitterai pas l'appartement. Si tu crois que je vais t'abandonner pour…

– Tais-toi !

Il a tapé du poing sur la table.

– Nous ne parlons pas de ce que tu veux faire mais de ce que tu *dois* faire, Rain. Si jamais je ne suis plus là, et j'ai bien dit « si », il faudra que tu t'en ailles. L'endroit n'est pas sûr. Aucun endroit ne l'est, mais le quartier où nous habitons est un quartier riche, au cas où tu ne l'aurais pas remarqué. Des pillards vont venir.

Rain déglutit. Je perçois une fêlure dans le timbre de sa voix.

– Alors… C'est à ce point-là ?

Étienne ferme les yeux.

– Nous parlons d'un virus redoutablement contagieux, hélas. Un virus qui, pour ce que nous en savons, se transmet à l'air libre, par simple contact ou par voie respiratoire. Un postillon suffit. Les autorités sont dépassées. Elles n'ont aucune idée de la façon dont les événements vont évoluer au cours des jours à venir, mais Malo Bergerac, le Président, a regagné son bunker des Buttes-Chaumont avec ses principaux adjoints. Actuellement, les troupes russes sont massées en Belgique et on s'attend à une attaque. Ce sont les Russes qui ont neutralisé les réseaux, tu comprends ? Nous n'avons aucun moyen de communiquer, et nous n'en aurons plus avant longtemps. À compter d'aujourd'hui, c'est chacun pour soi.

Il baisse la tête. Il paraît accablé, sans force. Rain gagne la cuisine et se sert un verre d'eau. Brusquement, son père se lève à son tour, ferme le robinet, lui arrache son verre des mains.

– Non !

Elle le dévisage, effarée.

– L'eau du robinet est peut-être contaminée. Il y a des bouteilles au cellier, j'ai fait des réserves. Tu ne dois plus boire et manger que des produits hermétiquement conditionnés, tu m'as compris ?

Il vide l'eau dans l'évier.

– Papa ?

Il hoche la tête.

– Papa, pourquoi on ne part pas maintenant ? Toi et moi, hein ? Pourquoi on ne rejoint pas ta sœur ensemble ?

Il détourne la tête. Cherche ses mots.

– Nous allons… peut-être… Nous allons… (Il hoquette, mais on ne distingue pas grand-chose derrière la visière.) J'ai besoin de m'allonger.

À pas lourds, il se dirige vers sa chambre. Rain le regarde passer sans mot dire puis rejoint sa chambre à elle.

D'un geste rageur, comme si c'était une défaite, elle s'essuie les paupières. Elle n'est pas du genre à baisser les bras, pas du genre à se laisser faire mais cette fois, je le sens, elle est désarmée.

Avec un reniflement, elle reprend son boîtier d'unité centrale et s'installe à son bureau. Le réseau est toujours désactivé.

64

Elle passe une partie de la soirée à tenter de réactiver le réseau mais le problème est insoluble. Quand elle finit par l'admettre, il est près de minuit – il va falloir que je lui parle.

Elle frappe à la porte de son père, verrouillée.

– Papa ? Tout va bien ?

Étendu sur son lit, il regarde le plafond.

– Oui, oui.

C'est un mensonge. Cela fait plusieurs heures qu'il est allongé ainsi, désespéré, plusieurs heures qu'il s'efforce de réciter l'alphabet, les tables de multiplication, le tableau de classification des éléments en suppliant on ne sait qui. Sur ses joues, les larmes perlent. Chaque tentative est plus laborieuse que la précédente.

Oui, j'aurais dû avertir sa fille avant. Mais qu'aurait-elle pu y changer ?

Elle se glisse sous sa couette et s'endort comme une souche. Près de son visage, j'observe les tressaillements de ses paupières.

Cette beauté-là résiste aux mots.

À trois heures trente, une détonation sèche emplit le silence. Rain se réveille d'un bond, à moitié assourdie.

Je file jusqu'à la chambre paternelle. Le mur blanc est

moucheté d'écarlate, une auréole sombre grandit sur les draps. Étienne s'est tiré une balle dans la tête.

Rain tambourine du poing.

– Papa ! Papa !

Puis elle baisse les yeux. Une feuille de papier a été glissée sous la porte. Elle la lit, souffle coupé. Son père lui demande pardon. « Ce qui s'est passé, écrit-il, ne pouvait être évité. N'aie aucun regret. » Il lui explique qu'il l'aime, qu'il l'aimera toujours, qu'il n'a pas souffert. Il lui demande de ne chercher sous aucun prétexte à ouvrir la porte. « Pars aussi vite que possible, conclut-il. Dès cette nuit. Après, il sera trop tard. »

Privée de forces, Rain glisse à terre et se recroqueville sur le parquet en position fœtale. Elle ne pleure pas. Elle fixe une plinthe comme s'il ne restait que ça au monde. Quand elle se redresse, il est cinq heures du matin.

Elle file dans sa chambre, jette un sac de sport sur son lit, commence à le remplir – des vêtements, son unité centrale – puis elle ouvre la porte du cellier, aligne des boîtes de conserve, des bouteilles d'eau et, soudain, elle se retourne et je suis là.

– Toi !

Moi, debout, au milieu du couloir. Elle rit. Un rire désagréable.

– Rain…

Elle inspire, ferme les yeux.

– Rain, je suis désolé.

– Tu es un fantôme. Tu dois voir mon père, non ? Tu dois le voir au pays des fantômes.

Je hausse les épaules.

– Navré, mais...

– Tais-toi.

Elle enfile un blouson, enfouit ses clés dans sa poche,

s'arrête sur le seuil. Elle pleure, maintenant, elle suffoque, main crispée sur la poignée de la porte.

Je m'approche.

– Je vais venir avec toi. À Montmartre.

Elle me dévisage comme si elle voulait me faire disparaître sous terre.

– Je n'ai pas besoin de toi.

– Moi, si.

Doigts recourbés comme des serres, elle avance une main vers mon visage – ne rencontre que le vide.

65

Il faut une bonne heure pour rejoindre Montmartre à pied. Rain ne se presse pas. À quoi joue-t-elle ? Sur le seuil de son immeuble, elle allume une cigarette et son haleine gèle dans la nuit froide. C'est la première fois que je la vois fumer. Une pichenette, sa cigarette s'envole.

Le talon de sa botte éteint le rougeoiement. Les yeux secs, elle observe le ciel. Sanglée dans son blouson de cuir, elle s'est muée en survivante. J'attends à son côté.

– S'il te plaît, implore-t-elle. Je veux être seule.

Je ne réponds pas. Sac à l'épaule, elle s'éloigne. Au fond, ma présence l'indiffère.

La nuit est lourde, trop dense, trop calme. Les trottoirs sont jonchés d'éclats de verre.

Rain ramasse une douille de balle, l'inspecte, puis la rejette. Elle jure, parle toute seule. Ici et là, des carcasses de voitures achèvent de flamber. Parfois, au détour d'une rue, on aperçoit des groupes en cavale.

Les forces de l'ordre n'interviennent plus. Les puissants se terrent. Des quartiers entiers sont plongés dans l'obscurité. Une ville morte.

Sur le pont Royal, qui enjambe la Seine vers les Tuileries, rôdent des silhouettes patibulaires. Longeant les devantures éventrées du quai Voltaire, les portes criblées d'impacts de balles, Rain rejoint le pont suivant qu'elle traverse au pas de course, indifférente aux insultes d'un clochard. Je la suis comme son ombre.

Elle évite les grandes places, les zones trop éclairées. On se bat devant le Louvre : des hommes masqués, un malheureux à terre.

Des coups de feu retentissent ; un détachement se disperse.

Arrivée sur l'avenue de l'Opéra, Rain bifurque vers la rue Sainte-Anne. Les restaurants japonais de ma jeunesse ont disparu. Que reste-t-il du Japon lui-même ? Rien, pour ce que j'en sais.

Le long du boulevard des Italiens, des bandes encagoulées armées de barres de fer fouillent les décombres d'un restaurant. Des faisceaux pâles s'entrecroisent. L'un d'eux se braque sur Rain. Une voix l'interpelle, elle presse le pas et va se réfugier sous un porche en attendant le retour du silence.

Nous remontons toujours. Apparemment, la rue des Martyrs a été incendiée. Plusieurs fois, Rain s'arrête.

Ici, là-bas, des détonations. En l'espace d'une centaine de mètres, nous croisons quatre cadavres : deux hommes, deux femmes.

Avisant les décombres d'une supérette, Rain allume sa propre lampe. L'essentiel des rayons a été vidé mais il reste quelques piles, des pansements, des ciseaux et d'autres produits de première nécessité. Elle rafle ce qui l'intéresse et ressort.

– Hé !

Pistolet en main, un gros Noir en fauteuil roulant s'approche. Il n'est qu'à une vingtaine de mètres.

– Non, murmure Rain, non, je n'ai rien…

Terrifiée, elle se met à courir. Je l'entends gémir, balbutier une prière :

– Non-non-non !

À tout instant, une balle peut l'atteindre.

– Hé ! Attends !

Décontenancé, l'homme appelle encore une fois, puis hausse les épaules, déçu. Rain a pris peur pour rien mais à quoi bon lui dire ? Elle court jusqu'à la place des Abbesses. Aux abords de la station de métro, dont la verrière est en miettes, deux aérocars gisent encastrés l'un dans l'autre.

– Salut.

Rain pivote. Armé d'une hache d'incendie, un homme sort de la pénombre. Crâne rasé, veste en peau de mouton, pas plus de trente ans.

– Salut-salut, répète-t-il en faisant tournoyer sa hache. J'ai perdu mon chemin, tu permets ?

Rain étouffe un cri. Visiblement, le nouveau venu n'a pas, ou plus, toute sa raison. Son sourire est une grimace, son menton luit de bave. Il charge. Rain trébuche, s'élance vers les ténèbres.

– Reviens, petit agneau !

Elle va se faire tuer. Cette fois, je ne peux rester sans réagir.

– Hé ! L'abruti !

L'homme à la hache se tourne vers moi. Une nouvelle fois, j'ai réussi à faire entendre ma voix. La sensation est toujours aussi irréelle. Avec un grognement de rage, l'homme fond sur moi. Comment me voit-il ? Aucune idée. Je ne me suis regardé qu'une fois dans une glace, et je me suis à peine reconnu. Sans doute mon cerveau « invente-t-il » une tenue inspirée des informations contextuelles inconsciemment emmagasinées. Au Moyen Âge, il m'aurait affublé d'une armure. À la préhistoire, d'une peau de bête.

La hache siffle. Par réflexe, je recule, mais pas assez vite. Le second coup me traverse. Impression fugace de froid, comme si un mur d'eau glacé m'avait coupé en deux. L'homme observe sa hache, me dévisage. Il ne comprend pas. Il frappe encore, sans plus de résultat. Cette fois, je n'ai pas bougé. Il rit.

– Merde ! Tu vas crever ou quoi ? crache-t-il, abattant son arme de plus belle.

Dans son élan, elle lui échappe des mains. Assez perdu de temps. Où est passée Rain ? Je m'élance dans la ruelle où je l'ai vue s'enfuir. Une panique irraisonnée m'envahit. Tous mes pouvoirs, réalisé-je, ne m'empêcheront pas de la perdre.

Je fuse, tel un éclair. La voilà, là-bas ! courant au milieu d'une rue plus large. Ses pas claquent sur le bitume.

Je me matérialise devant elle. Elle stoppe net, les yeux écarquillés.

– S'il te plaît, gémit-elle. S'il te plaît.

Je lui montre mes paumes.

– Il est parti, Rain. Le type qui voulait te faire du mal est parti, il ne te retrouvera pas. Calme-toi.

Essayant de reprendre son souffle, elle laisse tomber son sac. Elle ne cesse de jeter des coups d'œil en arrière.

– Parti, répété-je. Et tu n'es plus très loin du Sacré-Cœur.

Un escalier métallique se présente. Elle monte quelques marches, pivote, s'assoit lourdement. La nuit est profonde mais je vois des larmes briller sur ses joues. Elle fait tout son possible pour ne pas craquer.

– Ça va aller, dis-je.

J'avance une main vers son épaule. Elle se retire, effrayée. Je suis aussi surpris qu'elle. Est-ce que j'ai… Est-ce que je l'ai *touchée* ? C'est la première fois que je parviens à établir un contact physique avec ce monde.

Elle se relève.

– Je n'ai pas besoin de ton aide.

Je désigne la rue.

– Si je n'avais pas été là, dis-je, tu…

Elle lève une main.

– Merci. C'est bon, maintenant ? Tu peux t'en aller ?

Je secoue la tête.

– Désolé. Non.

– Non ?

– Je suis responsable de toi.

Elle sourit, incrédule.

– Tu n'es responsable de rien du tout. Tu n'existes même pas !

Je tape du pied sur une marche. Le contact de mon talon avec le métal produit une vibration.

Je ne comprends toujours pas, mais le fait est là : j'ai tellement voulu devenir réel que je le suis devenu. Combien de temps vais-je pouvoir tenir ainsi ? Personne ne m'a rien expliqué à ce sujet.

Rain reprend son sac.

– D'accord. Merci. Oui, merci, tu m'as aidée, et tu m'as peut-être sauvée. Mais mets-toi à ma place. Je ne sais pas d'où tu viens, ni pourquoi tu es ici. Je n'arrive pas à… (Elle se tapote le crâne.) Je n'arrive pas à m'y faire, tu saisis ? Je n'ai pas *envie* de m'y faire. Il faut que tu t'en ailles. Mon père est mort. J'ai des choses à accomplir, et je dois les accomplir seule.

– Tu n'es *pas* seule.

Elle secoue la tête, renifle. Ses lèvres tremblent, et ses épaules aussi. Ma présence, à première vue, ne lui est d'aucun réconfort. Cette fois cependant, je ne suis pas décidé à rejoindre les ombres.

Rain monte les marches, emprunte une rue, une autre, se perd, trouve un nouvel escalier et débouche sur l'emplacement du funiculaire de Montmartre dont ne subsistent que des poutrelles calcinées en zigzag.

Une silhouette arrive à notre rencontre, titubante. Je prends la main de Rain dans la mienne et l'entraîne dans l'escalier qui mène au sommet. Hébétée, elle se laisse faire. Très vite, je la lâche, me contentant de grimper à son côté.

Ce n'est que parvenus en haut que nous nous retournons. Les restes de Paris scintillent dans les brumes. Ce n'est plus la ville que je connaissais. C'est un songe vague, cerclé d'une muraille géante et clignotant comme on soupire.

La pyramide de verre inachevée domine les quartiers sud. La tour Eiffel, elle, est éteinte.

Beaubourg, Notre-Dame, la tour Saint-Jacques ? Toujours là, oui – des souvenirs mangés de grisaille.

Partout, des fumées montent en rubans dans la froideur des ténèbres.

Rain me regarde. Je lui souris, main tendue.

Elle pirouette.

66

Le couvent des Sœurs des Derniers Jours est tapi derrière l'énorme basilique du Sacré-Cœur. Je n'ai jamais entendu parler de ces sœurs. Bien des choses ont changé en moins de vingt ans.

Rain laisse ses doigts rebondir le long des barreaux de la grille, et je chemine derrière elle. Au milieu de la rue pavée, un lampadaire gît plié en deux, comme s'il s'était dressé sur la route d'un monstre.

Nous longeons un mur de pierre jusqu'à une porte en bois à double battant. Le numéro 34, en fer forgé, est fixé au mur, mais le « 4 » pend de guingois. Rain presse une sonnette, plusieurs fois. Une caméra se braque sur nous. Me voit-on sur l'écran, moi aussi ? Quoi qu'il en soit, on ne nous ouvre pas.

La nuit est froide. Je n'en souffre pas mais je le sens. Rain ramène ses bras contre elle. Son sac est serré entre ses jambes. Elle sonne encore, campée face à l'objectif.

– S'il vous plaît. Je suis la nièce de sœur Marie des Derniers Jours et on m'a dit qu'elle pouvait m'accueillir. S'il vous plaît !

La caméra ne bouge plus. Rain ferme les yeux, expire avec force, abat ses poings sur la porte.

– Ouvrez ! Mais ouvrez, merde !

Je m'avance.

– Rain… Tu ne devrais pas.

Elle m'ignore, tambourine de plus belle. Ses cheveux tombent sur ses yeux ; elle devient sauvage, à moitié folle. Prise d'une soudaine inspiration, elle sort son bijou – la croix et le serpent – et le montre à la caméra. (« Alors ? Qu'est-ce qu'il vous faut de plus ? ») Elle laisse glisser ses paumes sur le bois.

Quelle heure est-il ? Je fais les cent pas dans la rue solitaire. Nous sommes seuls, c'est déjà ça.

Quand je reviens, Rain s'est assise sur un plot de pierre, près d'un lampadaire éteint. Adossé au mur, j'attends avec elle. Elle ne me regarde pas.

– Je vais rentrer chez moi, dit-elle.

– Quoi ?

– Mon père est mort. Je ne peux pas le laisser là-bas, je ne peux pas.

– Il ne faut pas que tu le touches. Il est contaminé.

Elle sourit.

– Et alors ? Tu crois que ça me fait peur ? (Elle ricane.) Hé, tu sais ce qui arrive aux gens atteints par le virus ? Ils perdent la mémoire ! Mince, dites-moi où je signe !

– Tu dois vivre.

Elle écarquille les yeux. Son sourire est une grimace.

– Je suis censée t'écouter ?

– C'est ce que ton père aurait voulu.

Du bout des doigts, elle caresse la pointe de ses bottes. Je poursuis :

– C'est ce qu'il a dit, je l'ai entendu.

– Quoi ?

J'ai toute son attention, à présent. Il suffisait d'un mensonge – un mensonge impossible à vérifier.

– J'étais près de lui juste avant qu'il… qu'il fasse ce qu'il a fait. Il parlait seul, pour lui. Il parlait de toi.

Elle s'est relevée.

– Il disait qu'il t'aimait. Qu'il voulait que tu vives.

Elle aimerait espérer, je le sens, mais son scepticisme la protège contre ça.

– Sauf qu'il ne me l'a pas dit à moi.

Je secoue la tête.

– Il était trop faible. Il ne voulait pas que tu le voies ainsi.

– Et toi ? Tu n'as rien tenté ?

Je soutiens son regard.

– Sa décision était prise. Je n'aurais rien pu faire pour l'empêcher, Rain.

– Arrête de répéter mon nom.

Elle s'éloigne, pensive, revient sur ses pas. Elle observe les murs, s'arrête devant chaque fenêtre. Il n'y a rien à voir. Elle se tourne.

– Il m'a envoyée ici, et il n'y a personne. Il n'y a personne nulle part. Les gens se terrent – ceux qui sont encore en vie – et ils se terreront jusqu'à ce que les chars russes entrent dans Paris. C'est ça, l'avenir ? C'est ça, l'espoir ? J'ai dû rater un épisode.

– Personne ne peut dire ce qui va se passer.

Elle me dévisage, méfiante.

– Répète ça ?

– Je peux voyager dans le futur, dis-je. Mais pas dans *ce* futur. Je ne sais rien de ce qui va arriver. Ça signifie que tout, absolument tout, est possible.

– Ça signifie que c'est la fin du monde, idiot.

Je m'apprête à répondre, quand des pas crissent sur le gravier. Un œilleton s'est ouvert, il y a quelqu'un derrière la porte. Rain s'approche.

– S'il vous plaît !

– Qui es-tu ? Où as-tu eu ce bijou ?

Une voix de femme, douce mais posée.

– C'est mon père qui me l'a donné. Étienne Darcy. Le frère de sœur Marie des…

– Qui t'accompagne ?

Rain se tourne vers moi, hésitante. Je m'avance.

– Je m'appelle Floryan. Je suis un ami.

– Y en a-t-il d'autres ?

– Non, répond Rain, me fusillant du regard.

– Personne dans la rue ?

– Personne, dis-je à mon tour.

Une clé est introduite ; la porte s'entrouvre.

– Vite !

Nous nous faufilons. Prestement, on referme derrière nous et on nous braque une lampe torche sur le visage. Rain grimace.

– Tu as le front de ta mère.

– Tante Marie ?

La femme qui se tient devant nous, vêtue d'une longue robe blanc cassé, n'a pas abaissé son capuchon pointu. Son visage, lisse, ne trahit aucune émotion. Le regard gris se pose sur moi.

– Es-tu son petit ami ?

Je secoue la tête. De son faisceau, elle balaie ce qui ressemble à un jardin en friche, comme si elle craignait qu'un intrus s'y dissimule. Puis elle nous précède sur le sentier gravillonné.

Le couvent est un bâtiment de pierre et de verre, austère. De chaque côté de l'entrée principale, des panneaux numériques lumineux figurent des hommes en croix qui ne sont pas le Christ. Une brise virtuelle joue dans leurs cheveux. Rain se retourne. Cette fois, elle n'a pas envie que je la laisse.

Sœur Marie, qui n'a pas témoigné le moindre geste d'affection à l'égard de sa nièce, nous mène à une salle aux murs nus, meublée de tables et de bancs en bois.

– Asseyez-vous. Vous avez faim ? Soif ?

Rain tapote son sac.

– J'ai apporté des provisions.

Sœur Marie s'assoit, pose ses mains à plat.

– Pourquoi être venus ?

– Mon père est mort, répond Rain.

– Bénie soit son âme, et que le Rédempteur l'accueille en son sanctuaire. A-t-il succombé au virus ?

Rain ne cille pas.

– Oui.

Sœur Marie croise les doigts.

– Je ne sais pas si tu as bien fait de venir, Rain, mais je suppose que toute autre idée aurait été plus désastreuse encore. Nous ne sommes pas en sécurité en ces lieux.

– Où sont les autres ?

La religieuse sort une paire de lunettes de sa robe.

– Une grande partie des sœurs de notre congrégation sont sorties apporter leur aide aux malades. C'était avant que nous prenions conscience de la vitesse de propagation du virus, juste avant. Les informations sont devenues très alarmantes. Notre doyenne sortie, la responsabilité de notre communauté m'incombait. J'ai ordonné la tenue d'un conseil extraordinaire. La mort dans l'âme, nous avons décidé d'interdire l'accès du couvent à celles qui étaient parties. Hélas ! L'une de nos coreligionnaires a contrevenu à mes ordres. Trois sœurs ont réussi à rentrer. Elles étaient contaminées. Elles ont transmis le virus à d'autres. Nous avons dû… (Elle s'interrompt, essuie ses lunettes à un pli de sa robe.) Nous avons dû cloîtrer les malades, celles dont l'état de santé représentait une menace pour la communauté. Toutes ont mis fin à leurs jours. Nous les y avons aidées, ainsi que notre règle l'autorise. Ce matin, nous ne sommes plus que sept. Vous comprenez mieux notre méfiance.

De concert, nous hochons la tête.

– Les corps des sœurs défuntes, poursuit la sœur, ont été laissés dans leur chambre jusqu'à nouvel ordre. C'est un problème que nous, survivantes, devons régler. Mais nous ne toucherons pas à ces cadavres avant d'être sûres que cela est sans danger.

Elle nous conduit à l'étage. Une ampoule dénudée pend au plafond du couloir. Il reste des chambres vacantes, nous explique-t-elle, mais le confort y est spartiate. Cela nous pose-t-il problème ? Rain ne répond pas. Toute possibilité de contamination est écartée, nous assure sa tante, ces cellules sont inoccupées depuis des lustres.

Elle ouvre une porte, allume. Un lit, une armoire, une petite table de nuit. La salle d'eau est commune.

Rain fait grincer un sommier.

– Nous sommes comme tout le monde, déclare sœur Marie : ignorantes et angoissées. Nous attendons que le réseau soit rétabli pour savoir ce que nous devons faire. Les dernières informations reçues ne sont guère encourageantes. Le gouvernement ne dispose d'aucun traitement contre le virus, et a fortiori d'aucun vaccin. On peut s'attendre à des scènes de violence et d'affolement au cours des jours à venir.

Rain me jette un coup d'œil fugace. Je me suis adossé au chambranle. La sœur montre le lit.

– Reste le temps que tu voudras, dit-elle à sa nièce. Il m'est impossible de te garantir que les choses se passeront bien, mais tu es plus en sécurité ici que chez toi.

– Merci.

– Venez-vous ?

La religieuse s'est tournée vers moi. Elle referme la porte de Rain et je lui emboîte le pas.

– Vous n'avez pas d'affaires ?

Je me gratte la nuque. C'est si étrange, de se retrouver

là, de marcher, de respirer. Moi qui pensais avoir quitté ce monde à jamais.

– Je ne pouvais pas repasser chez moi. Mes parents…

La sœur hoche la tête. Dissimuler ses émotions est devenu chez elle une seconde nature.

– J'irais voir à la dépendance, tantôt. Nous avions un homme à tout faire. Il est possible qu'il ait laissé quelques vêtements.

Nous nous arrêtons dix mètres plus loin. Ma cellule ressemble en tout point à celle de Rain. Au mur : la croix et son serpent. J'ignore tout des idées professées par les Sœurs des Derniers Jours mais, selon toute logique, elles devraient désormais être heureuses. Car on dirait bien que les derniers jours sont effectivement arrivés.

67

J'ai décidé de rester, et peu importent les conséquences. Rain est perdue. L'abandonner m'est impossible.

Elle pleure dans sa cellule, voilà tout ce que je sais. Elle pleure le jour, elle pleure la nuit et je l'entends, assis devant sa porte. Parfois, je lui demande de m'ouvrir. Juste ces mots : « Ouvre-moi. » Elle me dit d'aller au diable.

Certes, je pourrais m'y prendre autrement. M'introduire dans sa cellule sans passer par la porte, par exemple. Mais je m'y refuse. Je me suis fait la promesse de rester dans la réalité. J'ai cessé de jouer au fantôme.

J'ai retrouvé la jouissance de mon corps. Je mange, je bois, je respire, je défèque et je rêve. Je me sens fatigué, souvent, je souffre de maux de tête, de crampes d'estomac : les inévitables effets secondaires. Mais les douleurs sont compensées au centuple par l'incroyable ivresse de vivre.

À l'aube, dans la chapelle, j'assiste aux laudes avec les sœurs survivantes. Je les écoute évoquer le Jugement dernier, la résurrection de la chair. Ne suis-je pas moi-même un miraculé ?

Les repas, frugaux, se prennent en communauté. Une sœur lit des passages d'un ouvrage religieux qui n'est pas la Bible : *L'Évangile selon sainte Thérèse,* un texte apocryphe, prétendument signé d'une mystique espagnole dont je n'ai jamais entendu parler et qui promet à ses fidèles un monde *physique* de félicité éternelle.

Il y a là de quoi sourire. J'arrive moi-même du paradis, mais le monde physique dans lequel je rêve de m'incarner, c'est celui-ci et pas un autre.

68

Les sœurs ont réussi à établir une connexion radio intermittente avec le monde extérieur. Les nouvelles sont déprimantes. Selon les dernières estimations, l'épidémie de « mnémovirus » a touché quatre cinquièmes de la population parisienne. Le restant se terre. En attendant quoi ? Les victimes errent dans la ville, privées de conscience.

Les corps des religieuses mortes au couvent ont finalement été enterrés, après qu'il a été établi qu'ils n'étaient pas contagieux. Quatre volontaires gantés et masqués se sont chargés de la tâche. J'en faisais partie.

Lors de la troisième nuit, des coups sourds ont résonné à la porte. Regroupés dans la salle d'accueil, nous avons observé nos visiteurs sur l'écran de contrôle : de pauvres hères débraillés, incapables de savoir ce qu'ils fichaient là.

Un hiver polaire s'est abattu sur Paris. Cela arrange nos affaires. Ceux qui restent dehors ne possèdent généralement pas assez de discernement pour enfiler un manteau. Ils vont mourir de froid.

À l'intérieur du couvent, le thermostat de la chaudière est réglé au minimum. Il s'agit d'économiser les ressources. Seul dans ma cellule, je souffle et me frictionne en pensant à l'Intermonde et aux mises en garde de Scarlett. Un jour ou l'autre, il me faudra revenir de l'autre côté et affronter mon destin.

À moins que…

Rain ne sort pas. Elle a déclaré qu'elle voulait « rester tranquille ». Sœur Marie m'assure qu'elle mange et qu'elle se lave. C'est tout ce qu'elle peut me certifier.

Ce silence m'est torture. Dois-je le lui avouer ? Je ne vais pas bien. Ma présence physique en ce monde n'est pas anodine. Des douleurs insidieuses me tenaillent. Une fatigue chaque jour plus pesante me harasse. Sœur Marie, à qui rien n'échappe, m'a donné de l'aspirine et des décontractants, mais leurs effets sont quasi nuls. Combien de temps tiendrai-je ainsi, combien de temps avant d'être obligé de retourner d'où je viens ?

Au cinquième soir, enfin, un cliquetis, des bruits de pas. J'entrouvre ma porte. Rain s'est décidée à sortir.

Elle regarde à gauche, à droite. Elle se rapproche. Ses sandales, trop grandes, claquent sur la pierre. Sur sa chemise de nuit, elle a enfilé un blouson.

Je referme ma porte. Elle s'arrête. Se méfie-t-elle ? Elle est là, juste derrière. Il me semble entendre les battements de son cœur.

Elle repart, et je la suis à pas de loup tandis qu'elle gravit les marches de l'escalier menant à la terrasse.

Une lourde porte de fer grince ; elle la referme avec précaution. Je suis déjà allé là-haut. L'endroit offre un point de vue imprenable sur la ville.

J'ouvre à mon tour, le plus discrètement possible. Il neige, et Rain s'est avancée au bord.

Une statue de sainte Thérèse, un sablier à la main, lève son visage vers le ciel. Une fine couche de neige s'est déposée sur sa figure, et de gros flocons tourbillonnent.

Un banc de pierre velouté, quatre arbrisseaux noirs, un carré de pelouse blanche, et Rain se tient face à la ville, mains posées sur la rambarde.

Je me suis assis contre le mur. À tout instant, je m'attends à la voir se retourner. Mais elle ne le fait pas.

À la place, elle monte sur le muret. D'un geste souple, elle a dénoué sa queue-de-cheval et se tient en équilibre face au vide.

Je me lève.

Elle va sauter, tout le crie. Elle se penche en avant, hésite. Je l'attrape par le poignet. Elle pivote.

– Lâche-moi !

– Certainement pas.

Elle retrousse les lèvres, comme un chat sur le point de cracher. Son mépris lui tient lieu de colère.

– Tu as débarqué dans ma vie sans me demander quoi que ce soit et, maintenant, tu penses que tu peux m'empêcher de mourir ?

Je la tire à moi. Elle bascule, et nous roulons dans la neige. Elle essaie de me frapper mais je prends rapidement le dessus. À califourchon sur elle, je colle ses poignets au sol. Ses cheveux se mêlent de neige.

– Arrête !

– J'ai traversé le temps pour toi, Rain. À la seconde où je t'ai vue, j'ai su que je devais te suivre et te protéger. Ça ne s'explique pas, d'accord ? C'est comme ça.

– Tu me fais mal.

– Tu veux savoir à quoi ça ressemble, de mourir ? Moi, je peux te le dire. Tu veux savoir ce qui t'arrivera ensuite ? Je peux te le dire aussi. La réponse est « rien ». Il ne t'arrivera rien. Tu disparaîtras, voilà tout. Ta conscience et tes souvenirs, tes peurs et tes joies, tout ce que tu as été s'agglomérera en un point unique, qui ressemblera à ça.

Je lui tends mon index. Un flocon épais s'est déposé sur la pulpe. En deux secondes, il s'évanouit.

Elle se force à ricaner.

– Tu ne comprends donc pas que c'est ce que je veux ?

Je secoue la tête.

– Si tu pensais ça, tu n'aurais pas rejoint ce couvent. Tu aurais défoncé la porte de ton père et tu aurais pris son arme.

– Dégage !

J'ôte une jambe, puis l'autre, me relève. Elle se rassoit, furibonde, arrange ses cheveux à la diable.

– Qu'est-ce que tu t'imagines ? Que tu es tombé amoureux de moi ?

Je ne réponds pas. Elle reste au sol, brosse la neige sur son blouson.

– Je suis trempée. Super.

Elle éternue.

– Il n'y avait aucune raison objective pour que nous nous rencontrions, dis-je, fixant le muret devant moi. Je suis né le 11 décembre 1994.

– Arrête avec ça.

– Je suis revenu chez toi parce que « chez toi », c'était chez moi, avant. Ton père était l'amant de ma mère. Ta chambre ? Ma chambre des années 2000. Je pourrais te parler des posters que j'avais collés aux murs mais tu ne connaîtrais aucun des noms que je te citerais. Est-ce que Muse existe toujours, en 2030 ?

Elle fronce le nez.

– Qui ?

– Je peux voyager dans le temps. Je suis revenu chez moi, Rain, et je t'ai trouvée. Tu crois que je vais te laisser sauter ?

Son visage est si grave…

– Je suis seule.

– Non.

Elle se lève, se tourne vers la ville.

– Je vais te faire une confidence, murmuré-je, lui prenant la main : je croyais être un fantôme. Jusqu'à cette nuit où tu as traversé Paris.

Un sourire pâle éclaire son visage.

– C'est absurde. Mon père est mort. Les Russes sont là. Je parle à un garçon de mon âge né dix-sept ans avant moi.

– Nous vivons une époque particulière.

Elle s'approche, pose une main sur ma joue. Je ferme les yeux. Je voudrais que cette main ne parte jamais.

– Le problème, dit-elle, c'est que je ne te comprends pas, et que je n'ai même pas envie d'essayer.

Elle m'embrasse, doucement d'abord, puis avec fougue. Un frisson délirant me vrille l'échine.

– Est-ce que ce n'est pas censé être plus étrange que ça ? demande-t-elle, souffle court.

Un baiser encore, et nos doigts s'entrelacent. La neige tombe plus fort, mais qu'importe. Je suis revenu à la vie.

69

La nuit suivante, je suis dans le lit de Rain.

Je suis dans son lit mais il ne passe rien de ce que vous pourriez croire.

Sur la terrasse, hier, elle m'a demandé si je resterais toujours. Je lui ai dit que je n'en savais rien. « Ne me dis pas ça. Mens, ou tais-toi. »

Elle m'a embrassé encore puis elle est repartie vers le parapet, et je l'ai enlacée, et nous avons regardé Paris.

Je suis dans son lit, elle m'offre son dos, je le caresse, elle a fini de pleurer.

J'attends qu'elle soit endormie pour lui raconter mon histoire, j'attends que sa respiration s'apaise.

Je lui parle de l'Intermonde. Je lui chante les montagnes et les plaines, le soleil, je souffle à son oreille, je suis le vent.

Le lendemain matin, à la table du réfectoire, elle me dit qu'elle a tout entendu. J'avance ma main, elle retire la sienne.

– Tu ne peux rien me donner, rien me promettre. Pourquoi es-tu venu ?

Je la dévisage, hagard.

– Je vais rester avec toi aussi longtemps que possible.

– Combien de temps ?

Je suis devenu si peu doué pour le mensonge ! La petite

voix cynique qui résonnait encore, de temps à autre, a mystérieusement disparu depuis que je suis revenu sur Terre.

– Quelques semaines. Je crois.

Chaque jour, je me sens plus fatigué, plus meurtri. Je ne dois pas être surpris : telle est la rançon de l'incarnation.

– Je ne veux plus te voir, décrète Rain le soir même. Je n'ai pas envie d'espérer, tu comprends ? J'étais seule, et je vais l'être de nouveau.

Elle a posé son menton sur ses poings. J'attrape une mèche de ses cheveux, l'entortille autour de mon doigt.

– Je ne t'abandonnerai pas.

– Tu n'es pas d'ici, Floryan. Je ne sais même pas d'où tu es. La seule chose que je sais, c'est que tu ne resteras pas.

Je prends une longue inspiration.

– Mais je pourrai revenir. Je pourrai revenir si je le veux.

Elle me regarde droit dans les yeux. Pure hypothèse, réalisé-je. Et c'est le seul espoir que je puisse lui offrir.

– Est-ce que tu vas vieillir ?

La question me prend de court.

– Vieillir ?

– Si tu reviens, encore et encore ? Est-ce que tu changeras chaque fois ?

Je considère mes mains, perplexe.

Un jour, et à supposer que je la retrouve, un jour, elle sera morte et moi, vivant. C'est là une certitude.

Mon temps avec elle est compté.

– Floryan ?

Elle claque des doigts devant mon visage. Je m'humecte les lèvres.

– Je crois… Je crois que j'ai besoin de me reposer, Rain. Besoin de réfléchir encore.

70

Je fais des rêves. Des rêves de l'autre monde, des rêves de gouffre sans fond et de secrets derrière les cimes.

L'Élohim qui m'a accueilli est là, tout proche. « As-tu fait ton choix ? » Je me réveille en sursaut.

Lentement mais sûrement, mon état empire. Mes articulations se grippent, mes muscles s'endolorissent, j'ai l'impression que quelqu'un prend plaisir à m'enfoncer un poinçon dans le crâne.

La porte de Rain est close. Sans doute, elle réfléchit, elle rumine. Elle me manque. Ça n'a rien d'un amour d'adolescence. C'est une blessure, un vide, la prescience d'une histoire inachevée.

Parfois, comme moi, elle vient assister aux laudes. Nos regards se croisent, alors. Le souvenir de ses lèvres sur les miennes m'est brûlure.

Un matin, une sœur me relève : je me suis endormi devant sa porte.

– Vous devriez prendre l'air, me glisse la jeune femme en me reconduisant à ma chambre. Nous avons besoin de vous au potager.

Un matin – voilà deux semaines que nous sommes ici –, nous apprenons que l'armée russe a franchi la frontière et que Strasbourg est tombé.

Les sœurs accueillent la nouvelle avec un fatalisme presque joyeux. Elles n'attendent plus rien du monde que sa mort.

71

Trois semaines se sont écoulées. Les sœurs me gavent de calmants qui me donnent des cauchemars.

Rain et moi nous croisons plus souvent. Elle aide au jardin, accomplit des travaux de couture, effectue sa part de ménage.

Elle a cessé de me fuir, mais c'est pire – comme si rien ne s'était passé. Un jour, sur la terrasse, alors qu'elle observe Paris à travers des jumelles, je la prends par le bras.

– Pourquoi m'as-tu embrassé ?

Elle laisse retomber ses jumelles. Paris patiente sous la grisaille. À l'œil nu, on distingue à peine la tour Eiffel.

Le Président est-il toujours terré dans son bunker ? Selon certaines sources, il aurait quitté le pays depuis plusieurs jours déjà et se trouverait à Londres, ou à Madrid. Rain regarde dans le vague.

– Je suis désolée, murmure-t-elle.

Je serre son bras jusqu'à la faire grimacer.

– Je t'aime.

Elle ferme les yeux.

– J'espérais tellement que tu ne dirais jamais ça.

– Pourquoi ?

Elle secoue la tête. Je relâche ma prise. Mes forces m'abandonnent.

Le matin suivant, je me réveille avec un mal de tête si violent que je pense d'abord ne pas pouvoir me lever.

J'y parviens pourtant, et c'est à ce moment que l'on frappe à ma porte.

Sœur Marie et son air grave.

– Il nous faut une arme à feu. Nous savons où en trouver une mais nous avons besoin de votre aide.

Je la dévisage. Nous sortons dans le jardin. Elle désigne le mur.

– Un jour ou l'autre, quelqu'un parviendra à passer. Des tentatives régulières ont lieu. Que ferons-nous quand elles aboutiront ?

– Une arme à feu…

– À l'intérieur de la basilique. Dans la chapelle de la Vierge. Notre gardien l'y a laissée avant de nous quitter, c'est ce qu'il affirmait dans une note. Il connaît notre… répulsion pour ce genre d'artefact. Sur le moment, nous avons négligé l'information – l'usage des armes, quelles qu'elles soient, est contraire à nos préceptes et interdit en cette enceinte. Mais à situation désespérée…

Le soir même, la nuit à peine tombée, nous sommes dehors : sœur Marie, sœur Odile (la plus jeune de la congrégation – vingt ans) et moi. Je suis chargé d'ouvrir la voie, de prendre l'arme sous leur surveillance, et de m'en servir si nécessaire. C'est absurde, dis-je à sœur Marie : il serait plus simple de me laisser y aller seul. Mais elles ne veulent pas en entendre parler. Elles ne veulent pas que je leur fausse compagnie. Et puis le quartier est désert, aux dernières nouvelles. Le risque est minime.

Nous longeons la basilique. Dans l'air glacé, nos haleines de brume nous précèdent, et nos pas crissent dans la neige. Les deux sœurs me suivent, mains croisées dans leurs manches larges. Elles vont tête baissée comme on se rend à la messe.

Soudain, je lève une main. Stop. Il y a du monde devant l'entrée. Une fumée s'élève, une odeur de plastique brûlé.

– Bon sang. Existe-t-il un autre accès ?

Sœur Marie secoue la tête. Sœur Odile, elle, s'est retournée et bredouille, apeurée. Un homme vêtu d'un manteau déchiré nous a vus. Il se dirige vers nous en trébuchant. Son boitement est suspect. Quelle folie que cette sortie. Je le savais. Je le sentais. J'indique aux sœurs une rue transversale.

– Partez par là, semez-le, et regagnez le couvent.

– Et vous ?

Je tapote les poches de ma veste de cuir, comme si j'étais déjà armé.

– Vous allez devoir me faire confiance, ma sœur. Vous n'avez pas le choix. Dites-moi où est l'arme.

Elle m'explique en quelques mots. Le clochard se rapproche. Je pousse les sœurs en avant. Il les suit. Il ne les rattrapera pas.

Je pars dans l'autre sens, à petites foulées. Les sœurs ! me dis-je, ne sachant trop qui, d'elles ou de moi, je dois maudire. Les sœurs et leurs préceptes tordus, leur stupide morale oblique.

J'ai dans l'idée de me poster plus loin afin de pouvoir étudier calmement la situation mais quelqu'un, quelque part, a donné l'alarme. Aux abords du parvis, cinq hommes se tournent vers moi.

Amis, ou ennemis ?

Ils se tiennent là, rassemblés au milieu des marches autour d'un pneu en flammes. Non loin : le cadavre d'un chien. Des barres à mine brillent dans l'obscurité.

Je gagne la porte centrale au pas de course et pousse un battant, sans succès. Je me précipite vers l'autre. Les hommes se rapprochent. Ils sont barbus. Ils ont l'air agressifs.

Le second battant cède. La nef est plongée dans les ténèbres. Je m'avance, heurte un banc, jure entre mes dents.

La chapelle de la Vierge est l'une de celles qui jalonnent le déambulatoire. Les indications de sœur Marie sont limpides. L'arme se trouve dans une boîte en fer qui servait autrefois à entreposer les missels.

Une série de vitraux dispense une clarté laiteuse à travers le sanctuaire. Je tends l'oreille. Les vagabonds sont entrés. Ils me cherchent.

Voici la boîte en fer. Fermée à clé.

Merde.

Je la secoue. Elle est fragile, mal scellée. Je la frappe contre le mur, elle explose, un pan se détache. J'arrache le reste, saisis le pistolet.

J'ai fait trop de bruit. Les pas se rapprochent. J'examine le canon. Jamais de ma vie je n'ai utilisé d'arme à feu.

Le grand autel est dépouillé de ses ornements. Je m'avance, toisé par la Vierge à l'Enfant.

Je m'accroupis. Les hommes entrent, palabrent, trouvent la boîte. Mon cœur bat à mille à l'heure.

Je reprends mon souffle. *Si les choses tournent mal*, me rappelé-je, *tu peux quitter ce monde en un clin d'œil.*

Je secoue la tête. Et perdre Rain ?

– Ici !

Ils m'ont trouvé. Je me redresse, pointe l'arme sur eux.

– N'avancez pas, dis-je. Si vous avancez, je tire !

Ils approchent. J'appuie sur la détente. Rien ne se passe. Quoi ? Je recule, désemparé. J'ai oublié d'ôter la sécurité.

Un homme bondit pour m'arracher mon arme. Je trébuche, l'accueille d'un coup de pied dans l'abdomen, fais feu.

Ses bras battent l'air et il retombe en arrière.

Les autres se sont figés. L'odeur de poudre est plus forte que je ne le pensais. Les quatre m'observent, hésitants.

Puis ils se ruent vers moi. Ont-ils perdu la raison ? Je tire encore, maladroitement. Il me semble que l'un d'eux est touché, un vizir au regard noir qui se tient l'épaule. Ses imprécations me vrillent les tympans. Je sors en trombe.

La détonation a attiré d'autres âmes perdues. Un instant, je les tiens en respect, tremblant de je ne sais quoi – peur ? exaltation ? –, puis je m'élance vers le couvent à toutes jambes.

Personne sur ma route, un miracle ! Poing serré, je tambourine. On m'ouvre. Je bouscule une sœur, lâche mon arme. Une douleur affreuse me cisaille le bas-ventre, j'en ai le souffle coupé.

Je m'effondre, rampe à terre. Les sœurs s'écartent. Bruissements, murmures, mains secourables. Que se passera-t-il si je m'évanouis ? Chaque fois que je m'endors, j'ai peur de me réveiller ailleurs.

On me transporte dans ma chambre. Deux femmes me veillent – la nuit, le jour. Elles me font boire de l'eau. Je délire, parle de brumes, de soleil éternel. Puis une aube point et je reviens à moi. Où sont sœur Marie, sœur Odile ?

Une vieille au visage ridé m'aide à me rallonger sur ma couche en tapotant mon oreiller. Sœur Odile est rentrée, m'apprend-elle avec un morne rictus. Sœur Marie, non.

72

La butte Montmartre a toujours été un lieu à part, un sanctuaire. Les druides gaulois y ont présidé d'étranges cérémonies. Les prêtres romains y ont édifié des temples dédiés à Mars, Jupiter, Mercure. Des saints martyrs y ont été décapités.

Je suis malade et je les vois, ces saints.

Je suis malade et on m'a enfermé, craignant que j'aie contracté le mnémovirus. Mais ma mémoire ne s'efface pas, au contraire. Elle s'étend, se déploie.

J'ai attrapé une mauvaise fièvre. Cauchemars, hordes grimaçantes. Les fantômes de mon enfance se pressent en grand désordre autour de ma couche. Masques noirs et costumes pestilentiels. Assis sur un trône d'or, mon grand-père observe le grouillement de la cour des Miracles.

Et c'est Rain, ce matin-là, qui vient me veiller, elle qui pose un verre d'eau sur ma table de nuit et escamote mon pot de chambre, passe un linge mouillé sur mon front, baise mes paupières. Des larmes tombent sur mes joues. Les siennes.

– J'ai eu si peur pour toi.

Je tente de lui sourire. Mes forces reviennent mais ce n'est que provisoire, je le sais bien.

Les sœurs lui ont expliqué ce qui s'était passé. Combien

sommes-nous encore au couvent ? Elle baisse la tête. Elle ne veut pas en parler. Je porte une main à mes pommettes.

– Je suis désolé.

– Imbécile.

Je contemple le plafond. Les fissures. Une tache d'humidité. Du dos de sa main, elle effleure mon front.

– Tu es brûlant.

Je tousse, plusieurs fois, j'ai du mal à parler.

– Je suis né ici.

– Et ?

– Pourquoi suis-je revenu ? Il doit bien y avoir une raison.

Elle hausse les épaules.

– Tu es cette raison, Rain.

73

La fièvre m'a secoué comme une tempête. Elle s'évanouit à regret.

Au matin du 2 mars, je me lève enfin et monte sur la terrasse. Entre mes mains, un bol de bouillon de poule. J'ai revêtu une parka trop grande pour moi. Capuche remontée, j'observe la ville.

Paris est en état de siège, plus que jamais. Le gouvernement ne donne plus signe de vie. Les grandes avenues sont devenues la proie des pillards.

Le soir même, à la radio, un speaker nous apprend que la Normandie est tombée entre les mains des Russes. Deux heures plus tard, c'est au tour de la Bourgogne. Des colonnes de chars prennent position.

Combien de temps pourrons-nous tenir ? Notre chère muraille, nos tours de guet, nos canons, quelques fantassins, peut-être, c'est tout ce qui nous reste. Ici ou à Landerost, nulle différence, au fond. Nous sommes revenus au Moyen Âge.

Rain s'étire, affligée. Depuis cinq ans, une atmosphère de catastrophe imminente imprègne le monde. Des cataclysmes d'une ampleur inédite se sont abattus sur les hommes. Une bombe atomique. Un premier raz-de-marée, un deuxième.

L'Europe : effondrée. L'Asie : agonisante. Les États-Unis ? Un conte pour enfants. Et il n'y a plus d'enfants.

La Terre a connu des migrations monstres, des famines sans espoir, des guerres épidémiques et des épidémies guerrières. À chaque coup de semonce, elle s'est enfoncée plus avant dans les ténèbres.

Déjà, la population commence à décroître. Les turbulences qui agitent l'humanité ressemblent aux ultimes soubresauts d'un renard écrasé.

Comment est née la molécule de l'Incident Saturne, quelle malédiction a présidé à sa conception ? Nul ne le sait. Les femmes ont pleuré, un test de grossesse entre les doigts, elles ont gémi et maudit le ciel, et les hommes ont fumé en regardant par la fenêtre. Tout est allé de mal en pis.

– Personne ne travaille à une solution ?

Rain m'adresse un regard navré.

– Les laboratoires du monde entier. Depuis cinq ans, depuis que les courbes de natalité ont chuté. Des milliards de dollars, d'euros, de yens, dépensés en pure perte. Les scientifiques sont tout simplement en train de perdre espoir.

Je soupire. Rain prend ma main, suit ma ligne de vie.

– Et c'est dans ce monde-là que tu veux rester ?

– Je n'abandonnerai pas.

– Floryan…

– J'ai développé un terrible défaut, ces derniers temps. Une addiction à l'espoir. Je suis mort, tu comprends ?

Elle secoue la tête.

– C'est avec toi que j'ai appris à espérer, Rain. Parce que je te regardais vivre. Parce que c'était tout ce que je pouvais faire.

Elle me dévisage ; elle ne sait pas quoi répondre.

Je lui ai dit la vérité. Je suis bien mort en 2012. Je suis

bien le fils d'Aceline. J'ai bien vécu dans l'appartement qu'elle occupait des années avant elle.

– Mais je ne peux pas *accepter* ce que tu énonces, reconnaît-elle un soir. Ne m'en veux pas, c'est une impossibilité physique. Si je te crois, je deviens folle.

Nous trouvons un accord. Je lui raconte ce que je veux, mais j'arrête de prétendre que c'est la vérité. Ainsi, mon histoire n'est plus qu'« une » histoire, de celles qu'on lisait naguère aux fils et aux filles de la Terre pour les endormir.

Et c'est exactement ce que je fais, chaque nuit, lorsque je viens la rejoindre dans son lit, chuchotant les mots de ma vie.

L'Intermonde est devenu si réel, si faussement réel pour elle que j'en suis venu à ne plus y croire moi-même.

– Qui va là-bas ? me demande-t-elle. Qu'est-ce qui fait que quelqu'un est choisi et pas les autres ?

– Il y a une raison. Une raison qui a trait aux circonstances de la mort. Un existence inachevée ? Je n'en sais guère plus.

Je devine son sourire.

74

Le 17 mars, plusieurs divisions russes envahissent le sud de la France en passant par les Alpes. L'Italie est tombée.

L'armée française, réduite à une poignée de bastions héroïques, n'oppose qu'une résistance de principe.

Le lendemain, plusieurs régions capitulent par anticipation.

Le soir même au couvent, sœur Odile se pend dans sa cellule. Comme sœur Marie, m'explique-t-on, elle était atteinte du virus. Je comprends mieux maintenant pourquoi elles tenaient toutes deux à m'accompagner dehors. Elles avaient dans l'idée de mourir. De ne pas revenir. Elles étaient prêtes à se sacrifier pour moi.

Ne restent plus que cinq religieuses.

Une tempête de neige s'abat sur Paris. Sœur Odile est enterrée avec les autres. Par sens du devoir, par culpabilité et aussi parce que personne d'autre ne peut le faire, je m'évertue à creuser moi-même sa fosse. La terre est gelée. Mes ahanements peuplent le silence ouaté.

Je souffre. Tous les jours, de plus en plus, je souffre. Rain le sait, Rain le sent. Elle me pousse à partir. Se détache de moi, volontairement.

Je veux rester.

Elle me hait pour ça. « Tu es fou », répète-t-elle. Un soir, elle prononce des mots si durs que j'ouvre la porte du couvent et sors.

La nuit est tombée déjà, et la tempête semble ne jamais devoir prendre fin.

Plus personne dans les rues. Sur les marches de la basilique, aussi blanche que le décor, je repense à cet homme sur lequel j'ai tiré.

La mort dans l'âme, je m'apprête à descendre le grand escalier qui longe la butte lorsqu'un cri me fait me retourner.

Rain court, comme dans un rêve. Seule, dans la neige. Je vais à sa rencontre et elle se jette dans mes bras. Elle couvre mon visage de baisers.

– Pardon. Pardon !

Ce soir-là, elle me dit qu'elle m'aime, et sa chemise de nuit tombe sur les dalles glacées.

75

Mes maux de tête deviennent si terribles qu'ils me privent de parole.

Le désespoir nous soude.

Le matin du 23 mars, une sœur vient nous apprendre qu'Orléans est tombé. Nous accueillons la catastrophe avec l'indifférence qu'on réserve aux annonces attendues.

Le soleil est revenu. Il darde ses rayons froids sur le vernis de Paris, une couche de neige scintillante qui refuse de fondre.

Nous avons investi la terrasse. Installés côte à côte sur des chaises longues, ensevelis sous des monceaux de couvertures, nous regardons le jour s'épuiser.

Mes traits se sont creusés. Je suis épuisé à toute heure, maintenant.

Rain parle pour deux. Elle m'explique le monde, ce qu'a été sa vie. Elle se rappelle les jours heureux, son père et sa mère, unis – il y a des images de vacances en Grèce, à New York, au Népal, des souvenirs de repas ensoleillés, de chevaux dans des prairies.

– Jamais je n'aurais imaginé que les choses se termineraient ainsi, murmure-t-elle.

Plus tard, debout face à la ville, elle dit qu'elle veut me croire, elle dit qu'elle veut partir dans mon monde pour toujours.

Je parviens à sourire.

– Si je pouvais t'emmener, dis-je, crois-moi : tu ne serais plus ici depuis longtemps.

76

Le 25 mars au soir, les premières explosions résonnent. Elles sont lointaines, encore, mais elles se rapprochent, comme les pas lourds d'un géant.

Les Russes sont là, ils arrivent par le sud, ils ont pris Melun, Versailles, Antony, leurs chars convergent, des colonnes de fourmis industrieuses.

Malo Bergerac, le Président, a disparu sans laisser de trace. Les rares forces armées encore en faction n'obéissent plus à personne.

Des dispositifs antiaériens ont été installés pour pallier une éventuelle attaque mais nous ne sommes pas de taille, tout le monde le sait.

Ironiquement, le pic de l'épidémie de mnémovirus est derrière nous. La plupart des victimes infectées sont mortes de froid, et celles qui ne le sont pas ont probablement été abattues.

Paris va tomber. Les gens n'ont nulle part où s'enfuir. Tout ce qui reste à espérer, c'est que les choses se dérouleront sans heurts, que les Russes n'étoufferont pas la ville sous un tapis de bombes comme ils l'ont fait avec Prague ou Bruxelles.

Mains crispées sur le parapet, je regarde les vieilles églises et les collines. Des siècles d'histoire pour en arriver là.

Au matin du 26 mars, les chars russes prennent position derrière le mur. Paris retient son souffle.

Des avions déchirent le ciel, les sirènes hurlent, mais rien ne se passe. Ils nous observent, me dis-je. L'assaut final est imminent.

– Floryan ?

Rain m'a rejoint, drapée d'un immense manteau. Plié en deux sur le rebord de ma chaise longue, je lève les yeux sur elle. Elle pose ses mains sur ses joues.

– Mon Dieu.

Je suis si pâle ! Pâle comme un mort, incapable de penser à autre chose qu'à cette douleur qui me fouaille les entrailles, qu'à ces aiguilles enfoncées partout, dans mon dos, mes épaules et mon crâne.

Elle s'accroupit comme elle l'avait fait devant son père, prend mes mains dans les siennes, les presse.

– Floryan, qu'est-ce qui t'arrive ?

Retenir mes larmes est trop difficile. L'idée d'une séparation, même momentanée, m'est insupportable.

– Pars, souffle Rain, passant un doigt sur ma joue, pars et reviens vite.

Je secoue la tête.

– Je ne sais pas quand je pourrai…

– Je t'attendrai.

Une détermination farouche brille dans son regard. L'espace d'un instant, je me sens complet, rasséréné.

Puis le doute me submerge. Dans quel état vais-je me réveiller, de l'autre côté ? Combien de temps vais-je devoir attendre avant de pouvoir revenir ?

C'est le pire moment pour quitter la Terre. Il ne reste que cinq sœurs au couvent, cinq sœurs muettes et résignées à la mort.

Rain est aussi seule qu'on peut l'être sur cette planète.

Mais le soir même, tandis que des tortilles de fumée

noire s'élèvent au loin, tandis que des détonations infernales ébranlent les fondations de la ville et que, agonisant, je contemple le ciel, Rain braque le pistolet sur moi.

– Va-t'en.

L'éclat noir de l'acier brille sous les étoiles. Je ricane.

– Que vas-tu faire ?

Elle pose le canon sur ma tempe.

– À ton avis ?

Je me redresse sur un coude.

– Tu ne te vois pas, Floryan, tu ne peux pas te voir mais moi si, et tu es en train de mourir. J'ai vu mourir assez de gens ces derniers temps. Crois-tu que tu me seras d'une aide quelconque en te laissant pourrir ici ?

Je lève une main vers elle.

– Je ne veux pas...

– Tu ne veux pas me perdre, je sais. Mais ça arrivera quand même. Écoute. J'ai réfléchi. Tu n'es pas certain de pouvoir revenir tout de suite, c'est ça ? Alors donnons-nous rendez-vous. Dans quelques jours.

Je réfléchis. Le canon reste braqué près de mon oreille, dérisoire.

– Nous sommes le 26 mars, me rappelle Rain. Disons le 31. Dans cinq jours. Cinq jours, qu'est-ce que c'est ?

Un croassement m'échappe, à mi-chemin entre le rire et la quinte de toux.

– Est-ce que tu paieras le café ?

– On verra.

Je ferme les yeux. Elle est tellement plus forte, tellement plus courageuse que moi.

– Le 31 mars, répété-je. Nous devons trouver un lieu de retrouvailles.

Elle baisse son arme. Opine.

– J'ai pris ma décision. Je vais descendre dans le Sud.

J'ai des amis, là-bas, des gens à Grenoble, je vais essayer de quitter la ville et…

– C'est de la folie.

– La folie, ce serait de rester ici. Rejoindre Grenoble, cela fait un moment que j'y songe. Un ami de mon père peut m'y aider, un ami haut placé. J'ai réussi à lui parler, hier. Il va descendre, avec sa famille. Il sait comment sortir.

– Alors le mont Blanc.

Elle plisse le front.

– Quoi ?

– Il y a une église, au fond d'une vallée, sur la route de Saint-Gervais. Elle s'appelle Notre-Dame-de-la-Gorge. C'est là où mon grand-père et ma grand-mère paternels se sont mariés.

Elle incline la tête.

– Tu veux que nous nous retrouvions là-bas ?

Je me tais.

– Le mont Blanc n'est pas dans mes projets, lâche-t-elle.

Je me mords les lèvres. Chaque nouvelle vague de douleur est plus puissante que la précédente. C'est exactement ainsi que ma mère décrivait les contractions quand elle me racontait ma naissance.

Je suis en train de naître à l'envers.

– Floryan ?

Mon crâne est retombé sur l'appuie-tête.

– Ce n'est… pas grave…

Elle approche sa chaise de la mienne, soulève ma main.

– Floryan.

Je me tourne vers elle.

– Quels sont… Quels sont tes projets, beauté ?

– Survivre.

– Bien. (Je murmure. Je suis à bout de souffle.) Je ne peux que… Je ne peux que t'encourager dans cet objectif.

– Je serai là.

Je ferme les yeux. Sa voix est tout ce qui compte.

– Je serai là, dit-elle encore. Devant cette foutue chapelle. Alors, je saurai si je suis folle ou non.

Je tousse, ne m'arrête plus. Des larmes de douleur jaillissent. Elle s'allonge, elle aussi, étend une couverture sur elle, me tient la main.

– Je vais dormir, dit-elle.

La nuit crépite d'explosions, des sirènes lointaines se lamentent. On se bat dans Paris, on ferraille sous les étoiles, on se bat parce qu'on ne sait plus rien faire d'autre, et le ciel d'hiver n'a jamais été aussi pur.

– Je vais dormir, répète Rain, et, quand je me réveillerai, tu ne seras plus là. En attendant, ne me lâche pas, d'accord ? Ne t'en va pas avant que je dorme.

Un filet de voix s'échappe de mes lèvres. Les restes d'une rivière. Elle se rapproche pour mieux entendre.

– N'oublie pas… la chapelle.

– Je serai là.

Mes yeux se ferment malgré moi. Rain s'est recouchée, elle serre toujours ma main. Tout Paris gémit, maintenant.

Soudain, une sœur essoufflée paraît sur la terrasse. Elle se signe.

– Ils arrivent !

Je me tourne vers Rain. Dieu ! me dis-je, combien ces jours ont dû être éprouvants pour elle !

Elle a tout perdu. Il me reste un monde.

Nous approchons du 27 mars : le quarante-neuvième jour. Peut-être ce nombre a-t-il un sens, finalement. Une sorte de date de péremption.

Rain inspire.

– Je ne dors pas, dit-elle, pas encore ; tu le sentiras.

Les étoiles palpitent, distantes et irréelles. Mes poumons se gonflent. Il faudrait… Rain, il faudrait…

La pression de ses doigts s'est relâchée. Je ne respire plus.

– À bientôt, dis-je.

Je me sens glisser, inexorablement. Mon corps ne m'appartient plus.

Mes couvertures retombent, tièdes, amollies.

En dessous ?

Rien.

77

J'ouvre les yeux, suffoquant. Où suis-je ? Le ciel est envahi d'étoiles mais je respire à peine. Mes bras, mes jambes, plus rien ne répond.

Je suis en train de sombrer dans l'Ichor.

J'en ai jusqu'aux oreilles. D'une région obscure de mon cerveau, un ordre est donné, impératif, un ordre qui se transforme en impulsion. Je prends une grande goulée d'air, tente d'agripper le rebord.

En vain.

Mes forces m'ont abandonné.

Par quel miracle parviens-je à me maintenir hors du liquide poisseux, à ne pas sombrer ? Une volonté hors du temps. L'amour, peut-être. Ce qui subsiste quand tout le reste a disparu.

Mes ongles raclent la pierre et des élancements de douleur me vrillent le dos.

Je lutte pour ne pas retomber. Mes doigts trouvent une prise. Ahanant, furieux, je bande mes muscles et, d'une traction, me hisse hors du trou. Comme on s'arrache à un piège, je rampe sur la roche.

Puis je perds connaissance.

78

Lorsque je reviens à moi, les étoiles ont disparu et le ciel est de chaux. D'une façon ou d'une autre, je me suis retourné sur le dos. Je me sens toujours faible, atrocement faible, mais je suis au moins capable de m'asseoir. À quatre pattes, je me traîne jusqu'à l'endroit où j'ai laissé mes vêtements et passe ma tunique avec autant de difficultés que si j'étais un grand brûlé.

Mon corps est perclus de douleurs. Même la brise de l'aube, ce vent discret que j'aime tant, m'arrache des gémissements.

Je souffre.

C'est nouveau. C'est mauvais signe.

Rain occupe toutes mes pensées mais d'une façon désordonnée, confuse. Je sais que je dois la retrouver, et c'est à peu près tout.

Adossé à un rocher, je tente de faire le point sur ma situation. Je me tourne vers le puits d'Ichor. Y replonger maintenant serait courir à ma perte. Et pourtant. Plus je lorgne la surface blanche, plus le désir irrépressible me reprend. Rien ne me rattache à ce monde.

J'essaie de porter une main à mon front. Mon bras retombe. Je ne suis pas en état de retourner sur Terre, je le sais. Et il est faux de dire que plus rien ne me retient ici. Les autres. Les Égarés ! Ils ont voulu me sauver. Je n'ai pas le droit de les laisser, pas le droit de les croire tous perdus.

Des images de la bataille me reviennent à l'esprit. Le Royaume. Ces tours cyclopéennes ! Je me suis trompé, depuis le début.

Nous nous sommes tous trompés.

Le jour progresse sur les contreforts. Des nuages passent, fantomatiques.

Au cœur du ciel, un scintillement attire mon attention. Je lève la tête, me baisse aussitôt.

Un vaisseau élohim. Semblable à celui qui m'a enlevé. M'a-t-il repéré ? Peu probable : à première vue, il est trop loin. Mais d'autres le suivent, d'autres s'éparpillent. Ils me cherchent, réalisé-je. Ils sont en chasse.

Je bascule derrière mon rocher, et mon cœur fait un bond. Là-bas, à l'horizon !

Un Altar.

Qui est le cavalier ? Il m'a vu, en tout cas. Il vole bas, au ras du sol. Il se pose à quelques encablures.

Quelqu'un court vers moi, un homme enturbanné que je n'ai aucune peine à reconnaître.

Adil. Adil le Juste.

– Par ici !

Caché derrière une corniche, il me fait signe de le rejoindre. Je cours, plié en deux. Tout de suite, il me force à m'aplatir. Sa monture, un mâle à la peau cuivrée, s'est tapie elle aussi, ailes repliées.

Un vaisseau passe tout près, aussi vif et silencieux qu'un trait d'arbalète. Nous ignorant, il poursuit son vol vers la vallée. Sauvés ! Momentanément.

Adil pose une main sur ma joue, inspecte mes yeux.

– Qu'as-tu fait ?

– Je...

Il secoue la tête d'un air désapprobateur.

– Viens.

Il indique une anfractuosité, en surplomb, et je le suis. À chaque pas ou presque, il se retourne. L'abri qu'il nous a trouvé est une ouverture naturelle ménagée entre deux rochers. On peut s'y glisser à deux. Au-dessus de nos têtes ne subsiste qu'un filet de ciel bleu.

– Combien de temps… murmuré-je.

– Trois jours. Je ne pensais pas te trouver ici. Ni toi ni qui que ce soit, d'ailleurs. Mais pour rien au monde je n'aurais arrêté de chercher.

– Les autres ?

Il regarde droit devant lui.

– Les Élohim ont pris la plupart en otages. Je fais partie de ceux qui ont eu la chance de s'échapper, et je n'en sais pas plus. Nos ravisseurs se sont rapprochés de la Frontière autant qu'ils le pouvaient et ils ont détaché Scarlett pour qu'elle aille chercher Télémaque. C'était un marché. Que le chef se livre à eux, et ils libéreraient les autres.

– Mon Dieu…

Il se tourne vers moi, très sombre.

– Télémaque est sorti. Il s'est livré. Il savait ce que cela signifiait. Rien ne permettait d'espérer que les Élohim tiendraient leur parole mais il était incapable d'envisager une autre éventualité et incapable, aussi, d'abandonner les siens. Il s'est passé ce qui devait se passer : ils lui ont arraché le Céphalos, et ils l'ont emmené. Immédiatement, le pouvoir protecteur de la Frontière a commencé à s'affaiblir. J'ignore combien de temps il mettra à se dissiper. Mais c'en est fini de Landerost, Floryan. C'en est fini de Télémaque, de Scarlett et des Égarés. Les Élohim vont pouvoir pénétrer sur notre territoire à leur guise.

Paupières closes, je me masse l'arête du nez.

– C'est ma faute.

Adil hausse les épaules.

– C'est notre faute à tous.

Je ne réponds pas. C'est la phrase que je m'attendais à l'entendre prononcer, mais je la trouve vide de sens. Il n'en poursuit pas moins.

– Télémaque a péché par excès de confiance. Il pensait connaître les Élohim. Il pensait les connaître mieux que personne.

– Comment cela ?

– Il avait passé un pacte avec eux. Un pacte alambiqué, aux termes pour le moins abscons. Il leur livrait des victimes, en résumé. De temps à autre. En échange, ils laissaient son peuple en paix.

Une boule se forme dans ma gorge.

– Quoi ?

– C'est la principale raison des bannissements dont certains d'entre nous – comme Heng – ont eu à souffrir.

– Je ne peux pas...

– Y croire ? Moi non plus, je ne l'aurais pas cru si on me l'avait raconté. Mais j'ai surpris une discussion entre les membres du Conseil il y a quelques années. Une discussion dont je n'aurais rien dû entendre mais qui ne laissait planer aucun doute. De tout temps, des personnes ont été sacrifiées pour qu'un système fonctionne. J'ai été bien naïf de penser qu'il pourrait en être autrement ici.

Allongé devant nous, l'Altar du Bangladais paraît dormir. De légers tressautements parcourent sa longue carcasse cuivrée.

– Maintenant, ajoute Adil, tu comprends mieux mon hostilité envers Starck et sa clique. Je n'étais déjà pas en odeur de sainteté auprès d'eux lorsque j'ai compris ce qu'ils manigançaient. Par la suite, je me suis tenu à l'écart.

– Pourquoi n'avoir rien dit aux autres ?

Il médite la question.

– Parce que j'aurais été banni à mon tour. Et je ne crois pas que cela aurait profité à quiconque.

– Si vous le dites.

Une ride paraît sur son front.

– Et toi, comment te sens-tu ? Tu as des dents abîmées, non ? Et ton œil...

– J'ai l'impression d'avoir passé dix ans dans une prison sans air et sans lumière. Mes forces reviennent, mais elles prennent leur temps.

– Nous n'allons pas rester ici. Dès que la nuit sera tombée, nous partirons.

– Où ?

– Loin. Beaucoup plus loin. Là où ils ne vont jamais. Tu as eu beaucoup de chance de rencontrer Taweel quand tu es arrivé.

– Pourquoi ?

Il sort mon pendentif de sous ma tunique.

– Ichor solidifié. Il fonctionne comme un brouilleur. C'est ce qui fait que les Élohim ne t'ont pas retrouvé.

Il me montre un bracelet, où une pierre semblable est enchâssée.

– Les nouveaux venus, précise-t-il, ne sont généralement pas mis dans la confidence avant longtemps. En ces conditions, tu l'imagines, leur bannissement équivaut à une condamnation. Taweel avait de l'affection pour toi, et il n'était pas le seul. Nous avons discuté, lui et moi, nous n'excluions pas de te parler plus tard. Ton arrivée a changé beaucoup de choses à Landerost. Elle a perturbé un équilibre.

Je fixe l'horizon.

– Scarlett et les sentiments que tu lui inspirais. Etzu, Favor et les autres. Et Heng, bien sûr. La haine de Starck à ton égard. De la haine, ou de la méfiance ? Je te surveillais, Floryan, nous le faisions tous. Nous essayions de comprendre qui tu étais.

Je secoue la tête.

Ainsi, c'est à Adil que je dois ce pendentif. À lui que je dois ma survie.

– Qu'est-il arrivé à ceux qui ont été capturés ?

– Je suppose qu'ils ont été conduits au Royaume.

– Le Royaume…

Il se tourne vers moi, surpris par la façon dont j'ai prononcé le mot.

Je lui explique ce qui m'est arrivé, jusqu'où je suis allé. Son expression, d'abord incrédule, se teinte peu à peu d'étonnement. D'admiration, aussi. Les détails dont j'agrémente mon récit ne laissent planer aucun doute sur son authenticité.

Il plisse les yeux.

– Tu as… Tu as vu la cité ?

– Je n'avais aucune idée de l'endroit où je me trouvais, de ce que j'allais découvrir. Je pensais pouvoir aider les autres. Mais il n'y a rien à faire, n'est-ce pas ?

– Il nous faudrait une armée. Des centaines d'Altars, des milliers. Et encore ! Les prisonniers sont condamnés. C'est, hélas, une certitude.

Il sort un carnet de sous sa tunique – une vieille relique usée à couverture de cuir – et en fait défiler les pages sous mon nez. Une écriture serrée les noircit. Je hausse les sourcils.

– Qu'est-ce que c'est ?

– Un récit. Un témoignage.

– Rédigé par qui ?

– Quelqu'un qui se trouvait là bien avant nous.

– Un Ancêtre ?

Il rit.

– Non, pas « avant » à ce point. Disons, un ancien occupant.

– Il y a eu…

– Son nom était Stanfeald. Il a utilisé la langue anglaise. Parce qu'il voulait que son témoignage soit lu par le plus grand nombre.

– Où l'as-tu trouvé ?

– Je l'ai volé.

– …

– À Télémaque.

Il me laisse feuilleter le carnet.

– Je… je ne comprends pas, Adil.

– Télémaque ne tenait pas à ce qu'un autre que lui lise ces pages. Et je peux le concevoir. C'est un document qui renferme des informations explosives. Il l'a jeté au feu, un soir, et moi, je l'ai récupéré.

Je passe une main sur mon épaule ankylosée. Je me sens fatigué, encore, mais mes souffrances commencent à s'estomper et l'énergie qui a déserté mon corps me remplit de nouveau.

– Je croyais que l'écriture avait été…

– Interdite ? Elle l'a été, oui. Mais par qui d'autre que Télémaque lui-même ? Cette théorie excentrique qui voudrait que la chose écrite fige la réalité dans le temps n'est qu'une aberration de plus à mettre à son crédit ! L'écriture est le fondement de la civilisation. La vérité, c'est que notre chef bien-aimé se réservait le précieux privilège de la connaissance. Et moi, moi le réfléchi, moi le contemplatif qui remettait toujours à « plus tard » le moment de révéler aux autres ce que j'avais appris, je me suis rendu complice de son crime. Car c'en est un, Floryan. C'en est un.

S'avançant à quatre pattes, il ouvre la sacoche qui pend au flanc de sa monture et en sort une pipe, accompagnée d'un sachet d'herbes. Hébété, je le regarde s'affairer.

– Je sais bien que tu n'es pas en état de plonger, dit-il en bourrant la pipe, mais ce n'est l'affaire que d'un instant, et il y a quelque chose que je dois absolument te montrer.

Il tire un paquet d'allumettes de sa pochette et une flamme jaillit, qu'il approche du mélange. Un grésillement s'ensuit. Il inspire.

– Cela ne prendra qu'un moment, promet-il en me tendant la paume. Viens avec moi.

Déjà, il a fermé les yeux.

Je pose ma main dans la sienne. La texture de la réalité commence à se dissoudre.

Le paysage se fond en un tableau brouillé puis les formes s'affinent, et le tunnel s'offre à nous. Nous descendons.

Adil me guide. Nous plongeons. Un choc m'arrache aux ténèbres. Un taxi passe en trombe, soulevant une gerbe d'eau noire. Très vite, et malgré le décalage du temps, je reconnais l'endroit.

Londres.

– *Nous sommes en 1948,* dit Adil. *Je suis venu ici une première fois pour essayer de retrouver mon frère – une quête stupide, comme la plupart des quêtes – et c'est ainsi, par hasard, que j'ai découvert la vérité.*

Nous sommes à Charing Cross, le quartier des libraires. Un bus à impériale remonte la rue assombrie de pluie, et Adil m'entraîne jusqu'à une devanture. Abrité sous un auvent, un vendeur à casquette tète une cigarette. Plusieurs exemplaires d'un livre à couverture ocre sont disposés en vitrine.

Une affichette explicative accompagne les livres, ornée d'une photo de l'auteur. C'est lui, sans aucun doute.

– *Télémaque est le pseudonyme que cet homme s'est choisi. Je n'ai jamais su quel était son vrai nom. Mais son histoire, elle, est connue.*

Je regarde autour de moi, éperdu. Londres. La Terre. Rain ! Il me suffirait…

– *Hors de question !* tonne Adil.

Une brève secousse, un travelling arrière instantané, et je sens avec désespoir que nous quittons le monde.

Je rouvre les yeux, toussant, crachant.

Le Bangladais me tape le dos.

– Il était nécessaire que tu voies ce livre de tes propres yeux, Floryan. Car c'est là-dessus que repose tout l'édifice.

Je lui jette un regard larmoyant.

– Le père de Télémaque était grec, et sa mère, anglaise. De son passé, je ne connais que ce qu'il a bien voulu nous raconter. Je sais qu'il a combattu avec les Alliés en Afrique pendant la Seconde Guerre mondiale, qu'il a été blessé et qu'il est resté plusieurs jours dans le coma. Quelques mois plus tard, il s'est installé sur une île des Cyclades et il a commencé à travailler à sa légende.

– Sa légende ?

– Il a écrit ce livre, *Les Mystères de Landerost*, en s'inspirant des visions qu'il recevait en rêvant, et il a composé le personnage qui allait avec : un autre lui-même. Il a peint, également. Des fresques grandioses, tirées de ce qu'il appelait ses « transes hallucinatoires ». On raconte qu'il les brûlait. Un original, en tout cas, un reclus – initié à d'antiques traditions orientales.

Je reste sidéré.

– *Landerost*, reprend Adil, a connu son petit succès auprès des amateurs de littérature ésotérique, mais la personnalité de son auteur, la précision de ses descriptions primaient de beaucoup sur ses qualités littéraires. C'était un roman de science-fiction truffé de références religieuses et empruntant à une multitude de sources. On y trouvait des Altars, de grands oiseaux blancs baptisés « Flèches », un temple appelé Nihil, un groupe de montagnes nommées « Chaîne mystéréenne », etc.

– Je ne saisis pas.

Il sourit.

– Télémaque est mort quatre ans après la parution de son unique roman. Un accident de train, en Angleterre. Il est arrivé dans l'Intermonde, s'est frayé un chemin jusqu'à la plaine et a découvert les ruines d'un village que ses occupants avaient déserté.

– Il était le premier.

Adil opine.

– Il a vite dû réaliser que l'Intermonde était le monde qu'il avait vu en rêve. Le créateur qu'il prétendait être, le faiseur d'univers, tout cela relève du mensonge, sur Terre et ici même. Télémaque était un visionnaire, oui, au sens premier du terme : il avait des visions. Là s'arrêtaient ses pouvoirs. Ce que nous connaissons de Landerost et de ses environs, les lieux, les créatures, cet univers, c'est lui qui l'a nommé, aucun doute. Mais ce n'est pas lui qui l'a *créé*.

– Et ses prédécesseurs…

Adil secoue le carnet.

– Il y a eu ceux que nous appelons « les Ancêtres », et qui portent en réalité un autre nom. Et puis d'autres peuples, d'autres communautés, des groupes de gens comme nous. Les derniers en date ont été exterminés d'une manière qui est explicitée là-dedans. Ces pages, par ailleurs, renferment quantité de secrets – des secrets que Télémaque jugeait sans doute indignes d'être divulgués. Tu comprends l'anglais, je crois ?

– Oui.

– Alors il faut que tu lises ce carnet. Quant à moi, je…

– Adil ?

79

Il s'arrête, attentif. Un « thump-thump » puissant résonne dans notre dos, faisant vibrer le sol. L'Altar a relevé la tête et inspecte les environs avec inquiétude. Son maître avance une main en guise d'apaisement mais l'animal l'ignore. Déjà, il s'est redressé et a étendu les ailes.

Adil me fait signe de rester à ma place. Ramassé sur lui-même, il contourne le rocher. Le cœur battant, j'attends.

Il revient vers moi, m'explique.

– Ils ont des machines.

– Des machines ?

– Ils viennent dans notre direction. Emprunter la voie des airs maintenant nous exposerait, nous ne savons pas s'ils peuvent voler ou pas. Tu vois ce défilé, derrière la falaise ? (Il désigne un étroit goulot entre deux escarpements.) Une fois de l'autre côté, nous planerons à couvert. Suis-moi et garde ton calme.

Il attrape la longe de sa monture et s'élance. D'instinct, l'animal a compris quel rôle il devait jouer. Il part ailes repliées. Je trotte à leur suite, surveillant mes arrières. Le martèlement se rapproche.

Le défilé est distant d'une centaine de mètres. Nous courons, à présent. Adil se retourne, main en visière, secoue la tête. Il indique la falaise.

– Vite. Vite !

Cette fois, je les aperçois. Trois créatures bipèdes, des sortes de mantes religieuses transparentes, hautes comme des maisons.

Elles nous ont vus.

Elles galopent vers nous, leurs lourdes pattes d'acier frappant la roche. Elles commencent à tirer.

Une première onde de force nous renverse. Nous nous relevons aussitôt, gagnons la fissure. Un deuxième tir nous envoie rouler les uns sur les autres.

– Debout ! grogne Adil.

Il ouvre la marche ; il a lâché la longe de son Altar. J'ai les genoux en sang, et une terreur irrésistible me noue les entrailles. Si ces créatures nous rattrapent, c'en est fini de nous – c'en est fini d'une façon que je me refuse à imaginer.

Les bipèdes ne peuvent nous suivre : le défilé est trop étroit. Alors, ils commencent à l'attaquer, bombardant la roche de leurs ondes de choc.

Dans un crépitement de mitraillette, la roche explose. Les rayons de nos ennemis se font redoutablement précis, et leur intensité n'a rien à voir, cette fois, avec ce que nous avons connu dans la plaine.

Une nouvelle onde nous atteint. Adil, qui est sorti du défilé, s'est affalé contre un rocher. Turban à moitié défait, il nous encourage. Sa monture, qui s'est ruée vers lui au moment où il se remettait debout, le percute par accident. Déséquilibré, il bascule dans le vide. Tout se passe à la vitesse de l'éclair.

Dans notre dos, la roche se désagrège par blocs. Les bipèdes se fraient un chemin jusqu'à nous.

Je me précipite vers l'à-pic, m'attendant à trouver le corps d'Adil fracassé en contrebas. Mais il n'a pas chuté. Des deux mains, il est accroché à une corniche. Ses jambes pédalent dans le vide.

– Va-t'en !

Tout près de moi, l'Altar observe, désemparé. L'espace entre la corniche et le bord de la falaise est trop étroit pour s'y introduire. Une expression d'impuissance affolée danse dans son regard. Il prend la mesure du désastre.

D'un côté, son maître suspendu au-dessus du vide, un gouffre de trois ou quatre cents mètres.

De l'autre, les bipèdes se creusant un chemin à travers la roche.

Tentant le tout pour le tout, je descends le long de l'arête rocheuse, vers le promontoire. À plat ventre, je tends une main vers Adil. Je peux toucher la sienne, mais c'est tout.

– Fuis, idiot ! Prends ma monture et va-t'en !

– Je ne te laisserai pas.

J'étire le bras, plus – plus encore. La corniche est étroite et la roche, friable. Mes doigts se referment sur son poignet.

– Je n'y arriverai pas, crache-t-il. Et toi non plus !

– Je ne te laisserai pas.

– Écoute-moi. Je vais me laisser tomber. Il est probable que je ne mourrai pas. De toute façon, c'est sans issue. Mais toi, tu peux fuir, tu *dois* fuir. S'ils te capturent, ils te ramèneront dans leur ville et te suceront l'âme pendant des années jusqu'à ce qu'il n'en reste rien. Alors je t'en conjure. Remonte. Tu ne peux rien faire.

– J'y suis presque !

J'ai attrapé son autre poignet.

– Lâche-moi, Floryan. Je te l'ordonne !

J'hésite. Abandonner, encore ? Le regard d'Adil est plus grave que jamais, ses jambes s'agitent. Il retire une main, fouille dans sa tunique et en sort le carnet.

– Prends ça.

– Je ne peux pas… Je ne peux pas partir.

– C'est une obligation, Floryan.

Il jette le carnet par-dessus mon épaule et, de sa main libre, attrape la mienne.

– Tu veux plonger avec moi ? Qu'est-ce que ça t'apportera ? N'as-tu pas la moindre raison de vivre ?

Je pense à Rain. Dans mes prunelles, il lit une réponse nouvelle et me lâche.

Mais il ne tombe pas, pas tout de suite. D'une main, il reste accroché. Je le vois contempler le vide. Là-haut, sur le sentier, son animal pousse un long geignement.

– Partez, tous les deux. Partez, et ne vous laissez jamais attraper, tu m'entends !

Puis, pour la première fois depuis que je le côtoie, il sourit : un sourire franc et large, un sourire apaisé.

Il lâche prise. Pétrifié, je vois son corps chuter et rebondir contre les roches.

80

L'Altar, qui a cessé de gémir, s'est tourné vers le défilé et recule, à mesure que le vacarme des bipèdes se rapproche.

Réalisant la gravité de ma situation, je cours vers lui et saisis sa longe, après avoir ramassé le carnet.

Il se met à ruer.

– Arrête. Arrête, tu ne comprends pas ? Il n'y a plus que toi et moi.

Sans trop savoir comment, je saute en selle. L'animal se cabre, ses pattes avant fouettent l'air. Serrant les rênes comme un forcené, je me cramponne.

Les bipèdes sont tout proches. Le soleil se reflète sur leurs exosquelettes métalliques.

Les Élohim, je le sais, se trouvent à l'intérieur. Les matériaux qu'ils utilisent pour leurs vaisseaux, leurs montures, la façon dont ils s'y *relient*, leur cité témoignent d'une technologie extraordinairement avancée qui n'a rien à voir avec les anges, le paradis ou la vie éternelle. Ces monstres sont des prédateurs.

Et ils viennent de me prendre en chasse.

En trois battements d'ailes, l'Altar a quitté le sol. Le vide s'ouvre sous mes pieds. Les ondes de choc nous atteignent de plein fouet et déséquilibrent ma monture, qui tourne sur elle-même, mais j'avais anticipé l'impact : cuisses serrées autour de sa selle, je parviens à rester en équilibre là où, quelques jours plus tôt, j'aurais chuté.

Nous parvenons à reprendre une position plus conventionnelle. Je me redresse, tapote le flanc de l'animal, regarde en arrière.

Les bipèdes sont là, au bord de la falaise mais, contrairement à ce que nous avions craint, aucun appareil volant ne les accompagne.

Ils ne peuvent plus nous atteindre. Sauvés ! Du moins pour l'instant.

J'essaie de réfléchir. Faire demi-tour pour aller rechercher Adil m'a traversé l'esprit, mais j'ignore même s'il est encore en vie.

Alors je continue de voler, farouchement, le regard fixé sur la Chaîne mystéréenne afin de mettre le plus de distance possible entre le Royaume et moi.

C'est un matin radieux, un matin de défaite. Dois-je retourner à Landerost ? Je n'ai pas d'autre idée. Le camp n'étant plus sécurisé, cependant, il est probable que les rescapés – si rescapés il y a – ont déjà pris la fuite. Je ne trouverai que des ruines là-bas.

Mon Altar se cambre, mais il n'est pas *mon* Altar, je le sens chaque fois que je tire sur ses rênes – l'alchimie si particulière liant le cavalier à sa monture n'existe pas entre nous – et, pour cette raison, je rechigne à le brusquer. Thaleane me manque cruellement, maintenant que j'ai compris que je ne la retrouverai plus.

Je laisse le Nihil à ma gauche, mets le cap vers une région forestière que je ne connais pas mais où nous serons difficiles à trouver. De temps à autre, je m'assure que personne ne nous suit. Aucun vaisseau à l'horizon, non, aucune machine, aucun cauchemar du futur. Je revois ces cohortes d'esclaves, de prisonniers – des milliers, des dizaines de milliers de malheureux conduits à travers la ville vers un destin funeste.

Nous avons besoin de repos, l'Altar et moi. Avisant une clairière, je le fais descendre en douceur.

Nous nous posons sans dommage ; je saute à terre. C'est une trouée à flanc de colline, l'herbe est tendre, grasse, des papillons volettent.

Je tombe à genoux.

Sans plus attendre, ma monture s'est éloignée, probablement en quête d'un point d'eau. À haute voix, je lui recommande de ne pas aller trop loin.

Je porte un doigt à mes incisives : elles sont en train de repousser.

Épuisé, je me laisse tomber sur le dos. Le soleil du matin réchauffe ma figure. La forêt bruisse – le vent, les oiseaux, les insectes, toute une vie innocente et tranquille vibrant dans la chaleur.

Je vais retourner à Landerost, je ne peux pas ne pas le faire. Peut-être des Égarés rôdent-ils encore dans les parages.

Ensuite ?

Avec un frémissement, je tapote ma poitrine, l'endroit où j'ai glissé le carnet que m'a remis Adil.

Mon Altar broute avec entrain, sans me prêter attention. Assis dans l'herbe, je commence à tourner les pages. Si absorbé que j'en oublie tout le reste.

81

Je laisse les mots filer entre mes doigts. Mon cœur ne bat pas plus vite ; il bat différemment.

Sur une branche, non loin, un oiseau lance ses trilles. Une robe noire, un cou violacé. Je me lève, tends une main. Il s'envole.

L'Altar d'Adil, lui, s'est endormi. Je retourne le carnet, l'inspecte sous toutes les coutures. C'est, dans son genre, l'objet le plus simple qu'on puisse imaginer. De toute évidence, il a été produit par onirisation.

Un coin de la couverture est brûlé, noirci, le feu a rogné les premières pages mais, dans l'ensemble, il est remarquablement conservé.

Les dernières pages sont manquantes. Elles ont été arrachées, ce qui me laisse perplexe car je ne vois pas ce qui pourrait être ajouté à ce que je viens de lire. Plus précisément : je ne vois pas comment l'auteur aurait pu *continuer* à écrire.

Je respire la couverture. Elle dégage une odeur de vieux cuir. J'embrasse la clairière des yeux.

Ce que je viens de découvrir remet tout ce que je croyais savoir en question. Absolument tout. Le décor, autour de moi, n'a pas changé. Et pourtant, je ne le vois plus de la même façon.

L'auteur est un universitaire anglais issu de la bourgeoisie d'Oxford. Comme Adil me l'a annoncé, il a écrit dans sa langue natale. C'est le premier texte que je lis depuis mon arrivée ici et, à l'exception de quelques termes compliqués, je pense avoir compris tout ce qu'il y avait à comprendre.

Stanfeald a trouvé la mort en 1916 en France dans les tranchées de la Première Guerre mondiale.

Les pages initiales de son récit sont consacrées à son arrivée dans l'Intermonde. Son histoire ressemble à la mienne, elle ressemble à toutes les autres, car nous partageons un certain nombre de caractéristiques lorsque nous nous réveillons de l'autre côté de la Chaîne mystéréenne. Stanfeald, cependant, introduit d'entrée une réserve de taille. Il aurait pu arriver ailleurs. N'importe où sur la planète.

« Planète. »

Je lève les yeux vers les nuages.

Personne ne m'a parlé des limites de ce monde, personne ne l'a voulu ou n'y a été autorisé, peut-être, mais jamais je n'avais envisagé ce monde comme une planète. On n'arrive pas sur une autre planète lorsqu'on meurt, n'est-ce pas ?

Stanfeald se lance à l'assaut de la montagne. Le signe gravé dans la roche, il le voit lui aussi. Ce symbole d'essence magique, explique-t-il, a été placé en un endroit stratégique par des hommes et des femmes qui se trouvaient ici bien avant nous. On le retrouve aux quatre coins de la planète.

Les Vagabonds – ceux qui accueillent Stanfeald – l'ont vu eux aussi.

En bien des façons, les Vagabonds peuvent être considérés comme les prédécesseurs des Égarés. À leur instar, ils ont découvert les ruines d'une cité bâtie plusieurs siècles avant leur arrivée, et s'y sont établis. À leur instar, ils se sont regroupés autour d'une figure centrale, dominante : un certain Vladim.

À en croire la façon dont le décrit Stanfeald, cet homme-là diffère de Télémaque sur de nombreux points. Physiquement, d'abord : un ogre ventripotent, barbe et crinière rousses, des mains comme des battoirs. Mentalement, ensuite. Vladim n'est pas un contemplatif, il ne se drape nullement de mystère. C'est un géant débonnaire et cruel qui se fait appeler « le Maître », vit dans une cabane comme ses pairs, mais exerce sur eux une domination sans partage, jouant de son apparence physique comme de ses incroyables facultés mentales.

Personne n'ose s'opposer à lui. Personne ne songerait à le faire, tant son intelligence, sa faconde et ses colères font planer autour de sa personne un halo de légende et d'effroi.

« Le Maître. » Je me rappelle cette inscription, au sommet de la passe d'Éphraïm. Владелец был здесь. Stanfeald y fait directement allusion. Elle signifie : « Le Maître était là. » Elle signifie que Vladim a suivi le même chemin que moi.

Le Maître est né en Russie. Il est mort en 1908 lors de l'explosion d'une météorite en Sibérie centrale, dans la Toungouska, où ses travaux d'anthropologie l'avaient mené. Cette météorite, il l'attendait. Elle représentait tant pour lui.

La particularité de Vladim, c'est qu'il sait exactement, semble-t-il, qui étaient les Ancêtres qui ont construit Landerost (une ville que les Vagabonds, pour leur part, ont baptisée « Arama », du nom de la première fille du maître des lieux).

Il le sait, parce qu'il leur a consacré la plus grande partie de sa vie de chercheur. Il le sait, parce qu'il est entré en contact, raconte-t-il, avec l'esprit de leurs morts. Il le sait parce que, une fois dans l'Intermonde, il a visité les ruines de leurs antiques cités, déchiffré des bas-reliefs au cœur de leurs temples et compulsé, avant qu'ils tombent en poussière ou soient détruits par leurs ennemis, les volumineux grimoires dissimulés dans les entrailles de leurs bibliothèques.

82

La bête tourne la tête. Je pose un genou dans l'herbe et lève les yeux, comme si le ciel devait m'adresser un signe.

Des taches de couleur dansent devant mes yeux, mes mains tremblent. La partie la plus incroyable et la plus déstabilisante du carnet de Stanfeald est incontestablement celle dans laquelle il entreprend d'exposer les grandes lignes des théories de Vladim sans jamais les réfuter.

Je me redresse.

Tout se passe d'abord sur Terre, au sein de l'antique continent de Mu – un archipel situé dans l'océan Pacifique et abritant, cinquante mille ans avant Jésus-Christ, la civilisation la plus évoluée que notre monde ait jamais portée.

L'existence du continent de Mu, rappelle Stanfeald, a été popularisée au XIXe siècle par le mayaniste Argustus Plongeen, puis par un certain Julius Churchweird, que Vladim rencontre à Londres au début du XXe siècle, et avec lequel il parcourt le monde, des années durant, à la recherche de preuves. Selon Churchweird, le continent de Mu s'étendait du nord de l'île d'Hawaii jusqu'aux îles Fidji et l'île de Pâques et abritait, au sommet de sa puissance, plus de soixante millions de Naacals.

« Naacals. » Plusieurs fois, je répète le mot, détachant les syllabes. On dirait une incantation, une formule de livre de contes.

Les Naacals, raconte Stanfeald, sont les magiciens authentiques de la Terre, les premiers et les derniers à avoir foulé son sol. Ils maîtrisent une énergie appelée « Sayam », issue de la conscience fossilisée de notre planète.

Le Sayam permet aux Naacals d'entrer en contact avec les morts. Il leur ouvre également, au terme de rituels d'une complexité ineffable, les portes d'un autre monde – une planète jumelle de la Terre, située dans une zone reculée de la galaxie, et à laquelle l'attachent des liens de correspondance et de résonnance mystérieux. Cette planète, évidemment, c'est la nôtre, celle dont je foule le sol en cet instant.

Mort autre part, mais bien vivant ici : je suis plus réel que je ne le pensais.

83

Au milieu des fougères, je déambule. Je ne sais plus que penser, je ne sais même plus comment me considérer moi-même.

Les Naacals qui pratiquent le rituel de transmutation (lequel permet de se rendre dans l'autre monde, et consiste en une série de jeûnes, automutilations, absorptions massive d'une drogue extrêmement puissante) se donnent l'assurance d'une vie éternelle sur une autre planète.

Ils appellent cette planète « Asaïon ».

Comme nous, ils y mènent une existence dénuée de douleurs et débarrassée des encombrants besoins élémentaires terrestres. Ce saut dans le temps et dans l'espace, poursuit Stanfeald, ce saut que nous connaissons tous est en réalité une forme de réincarnation programmée, parfaitement contrôlée. En d'autres termes, les Naacals n'ont pas besoin de mourir pour renaître. Mais ce privilège, il ne faut pas s'y tromper, n'est accordé qu'à la classe des sorciers et des aristocrates.

Sur Asaïon, habitée par une faune essentiellement pacifique, la vie des Naacals s'organise.

Ils domestiquent les Altars (qui reçoivent alors un autre nom – je m'en tiens, pour ma part, aux termes inventés par Télémaque), creusent des tunnels et des carrières, érigent des cités et dressent des temples. Surtout, ils développent leurs procédés d'onirisation – prolongement des techniques magiques qu'ils ont commencé à développer sur Terre – avec une efficacité spectaculaire.

Peu à peu, ils colonisent la planète. Se répandent à sa surface. Découvrent l'Ichor et ses propriétés.

Perché dans un arbre, au faîte de la colline, j'observe le Nihil. Ce puits naturel, réalisé-je, n'est nullement isolé : c'est l'un des deux cents ou trois cents gouffres créés par des chutes de météorites (à cet instant, énonce Stanfeald, on ne peut que se rappeler la Toungouska, et imaginer que la météorite qui a touché la Terre était l'objet, de la part de Vladim, d'une convoitise confinant à la folie mystique), des cratères regorgeant de vapeurs d'Ichor.

Avec le temps, les Naacals comprennent que les brumes émanant des gouffres possèdent des propriétés extraordinaires. L'Ichor est une sorte de Sayam local qui permet de rester en contact avec la Terre, de se déplacer dans le temps, et même de s'incarner.

L'aptitude au voyage spatio-temporel des arrivants va leur permettre d'acquérir des savoirs inédits. Pour eux, en effet, voyager dans le futur n'est en aucun cas prohibé. Rapidement, la civilisation des Naacals se développe sur Asaïon. Rien, en apparence, ne peut faire obstacle à son expansion.

Je descends de mon arbre, regagne les ombres bienfaisantes.

Deux problèmes majeurs vont mettre un terme à l'ère de conquête des explorateurs, à cet « âge d'or », comme ils le baptisent eux-mêmes.

Le premier problème vient de la Terre. Les Naacals qui ne sont pas autorisés à se rendre sur Asaïon et à goûter aux délices de la vie éternelle en conçoivent un ressentiment de plus en plus prégnant. Des révoltes grondent. Des coups d'État sont fomentés. La caste des Olyphantes – les prêtres-mages qui président aux Mystères permettant d'accéder à Asaïon – est de plus en plus contestée, et ses temples, menacés.

Le second problème concerne Asaïon elle-même, et il est plus préoccupant encore. De nouveaux arrivants, attirés par l'activité régnant à la surface de la planète, s'y installent à leur tour.

Ils viennent d'ailleurs ; ils n'ont rien d'humain et sont à peu près aussi faciles à appréhender que, pour une amibe sortant de la Tamise, un joueur de whist dans un club de Londres (l'image est de Stanfeald lui-même). Leur technologie, extraordinairement développée, repose sur le contrôle de la matière et l'emploi de matériaux intelligents ainsi que sur des capacités de transmutation incompréhensibles pour le commun des mortels. Ces êtres (que nous connaissons sous le nom d'Élohim, précise Stanfeald, car c'est ainsi qu'ils se présentent aux nouveaux arrivants – mais possèdent à n'en pas douter un autre nom, que nous serions bien en peine de prononcer) entretiennent avec leurs machines des relations de symbiose. Leur langage est un « mélange de pensée et de temps ». Ils sont passés maîtres dans l'art de la décomposition moléculaire.

On pourrait les croire indestructibles. Ils ne le sont pas. Leur interaction avec la réalité physique de la planète Asaïon ne se fait pas sans mal. Elle nécessite une acclimatation longue, des ajustements, un apprentissage. C'est la chance des Naacals : ce qui leur permet de ne pas être immédiatement submergés.

Adossé à un tronc d'arbre, je retourne le carnet entre mes doigts. Les Élohim ne sont pas venus en paix. C'est la présence des Naacals qui les a attirés sur Asaïon.

En l'espace de quelques mois terrestres, les nouveaux venus édifient des cités tentaculaires.

Inquiets, les Naacals regardent sans comprendre s'élever des tours vertigineuses et des ponts suspendus dans le vide.

S'ils savaient ce que trament réellement les nouveaux venus, leur sang se glacerait.

Les Élohim, en effet, n'ont pas débarqué sur Asaïon par hasard. C'est leur appétit d'Anima qui les a menés ici.

L'Anima, reprend Stanfeald, est ce qui reste du moi terrestre. Ce qui rend les nouveaux venus détectables et identifiables aux yeux de leurs prédateurs : une somme d'émotions, de peurs, de souvenirs, de pensées.

De cette énergie qu'ils peuvent « extraire » de leurs victimes, les Élohim se délectent : elle est pour eux un nectar irrésistible.

Les humains qu'ils capturent, ils les conduisent dans leurs cités et les relient en batterie à d'immenses et monstrueuses machines. Ces dernières les « nettoient » de tout ce qui les constitue, comme on viderait une amphore en y perçant un trou. Le processus mené à son terme, les victimes deviennent semblables à des fantômes. Privées de volonté, de mémoire, d'intelligence, dépossédées de leur âme, elles sont réduites au rang d'esclaves de chair et chargées par leurs tortionnaires des plus basses besognes. Leur existence d'immortalité, en définitive, est vouée au néant.

84

Quelles sont les proies des Élohim ? Quelques Naacals, d'abord, capturés « physiquement ». Mais les primo-occupants, bien vite, trouvent le moyen de se défendre en édifiant des frontières magiques autour du Nihil. Très vite, les Élohim jettent leur dévolu sur un autre genre de proies : les humains.

Qui vient de la Terre, et pourquoi ? Stanfeald confirme, à sa manière, ce que Scarlett m'avait laissé entendre.

Il serait malaisé, admet-il, d'établir une règle stricte. Il demeure cependant établi qu'une très faible proportion d'humains (sur la multitude de ceux qui meurent) échappent à la dissolution totale et rouvrent les yeux sur le sol de la planète Asaïon – un endroit que les successeurs des Naacals, prisonniers de leur étroitesse de vue et manquant à tout point de vue de hauteur, appelleront « Intermonde ».

Ces élus, ou ces maudits, selon qu'ils échappent ou non aux griffes des Élohim, n'arrivent pas par hasard, ne sont pas le jouet d'un destin capricieux. Leur présence sur Asaïon est due, en grande partie, à une Anima exceptionnellement vivace, intense. En d'autres termes : ils sont morts dans des conditions difficiles ou violentes, et n'ont pas eu le temps de faire la paix avec eux-mêmes.

Les Élohim, s'appuyant sur leurs croyances religieuses, se présentent à eux comme des anges.

Je redresse la tête.

Les paroles de « mon » Élohim sont restées ancrées en moi. *Tu te sens triste, confus. Tes souvenirs te reviennent, et tu souffres. Tu as l'impression d'avoir été arraché au monde. Sans doute ressens-tu de l'injustice.*

À leur arrivée sur Asaïon, paradoxalement, les humains sont protégés par l'excès d'Anima qui les habite.

La règle est la même pour tous. Une partie des caractéristiques humaines sont préservées (l'apparence physique, l'intelligence, etc.), certaines facultés apparaissent (la capacité d'onirisation, le langage unique), d'autres sont transformées (plus besoin de manger ou de dormir, résistance physique accrue – la mort ne survenant ici que dans les circonstances les plus extrêmes).

L'Anima excédentaire qui habite les humains, explique encore Stanfeald, les rend « inexploitables » en l'état. Les Élohim doivent attendre que le surplus se dilue et, dans l'intervalle, laisser errer leurs victimes. Les quarante-neuf jours (référence mystique, allusion bouddhiste, chacun y trouvera son compte) qu'on présente à ces dernières comme une limite à ne pas dépasser sont tout simplement le temps approximatif pendant lequel leur Anima surnuméraire les préserve. Leur « irréalité » physique, dans le même temps, les rend vulnérables aux atteintes psychiques des Élohim.

Je repense à mes jours passés sur Terre. Notre étrange rapport aux nombres. Quarante-neuf jours, oui. Comme si l'âme percevait un ordre mathématique des choses.

Seule une soumission volontaire de l'humain, une reddition « en pleine conscience » peut annihiler le trop-plein d'Anima avant le terme. L'intérêt des Élohim est d'amener leurs victimes à choisir elles-mêmes leur destin. Les forcer, ou les emprisonner, serait pervertir à jamais la précieuse énergie.

La tâche des Élohim, poursuit Stanfeald, est facilitée par le fait qu'ils peuvent approcher les humains par la pensée, leur faire voir d'autres lieux, etc.

Je hoche la tête.

C'est exactement ce qui m'est arrivé.

Passé le délai, les humains deviennent trop « réels » (trop attachés au monde). Leur consentement n'est plus d'aucune utilité. Il faut les emmener dans la cité par la force : physiquement.

À ce stade, s'ils n'ont pas accepté l'appel des Élohim, c'est la plupart du temps parce qu'ils ont choisi de plonger d'eux-mêmes dans le Nihil (une occurrence rare, mais qui se présente parfois) ou, beaucoup plus fréquemment, qu'ils ont rencontré d'autres humains, regroupés comme eux en communautés.

À l'époque des Naacals, le problème ne se pose pas encore en ces termes. Les seuls humains que les Élohim parviennent à capturer sont ceux que les Naacals n'ont pas eu le temps de sauver, auxquels il faut ajouter une poignée de guerriers imprudents ayant eu la témérité de s'aventurer hors des zones protégées, sans leurs amulettes de défense forgées par les Olyphantes.

Rêveur, je caresse mon propre pendentif. Jamais je n'avais pris le temps de l'examiner avec attention. De l'Ichor solidifié… Un travail d'orfèvre, effectué par quelque sorcier du fond des âges.

Je le range sous ma tunique.

Les Naacals, que les Élohim ont cessé de considérer comme des proies faciles et traitent désormais en ennemis (dans la mesure où ils les empêchent de jouir pleinement des âmes humaines qui leur arrivent), résistent pendant des siècles, grâce à leur magie et à leur astuce, à la puissance des envahisseurs.

Mais leur chute est imminente, et ils en seront les principaux artisans. L'empire terrestre de Mu, rongé par une guerre civile et ravagé par des catastrophes magiques d'une ampleur sans précédent, cesse bientôt d'exister, sombrant dans les profondeurs de l'océan Pacifique. Dans les jours et les semaines qui suivent, un afflux soudain de réfugiés et d'Olyphantes vindicatifs mène les cités des Naacals à leur ruine.

Trahisons meurtrières, guerres fratricides, querelles intestines ont raison des fières cités humaines d'Asaïon. Des tribus se disséminent. La cohésion du peuple des Naacals vole en éclats.

Concrètement, précise Stanfeald, ce douloureux processus se prolonge sur des millénaires. Les dernières cités naacales sont détruites quelques siècles à peine avant l'installation successive des premières communautés humaines (le terme est employé presque par dépit) organisées.

L'ère des hommes est arrivée.

Chaque clan, raconte l'universitaire, chaque tribu s'établit autour d'une personnalité dominante.

La communauté investit les ruines d'une cité naacale comme un groupe d'archéologues ignorants dresserait son camp parmi des vestiges primordiaux. Elle renomme ce qui était déjà nommé, ajoute des barrières, des ponts, des maisons et des temples, invente ses propres rituels, édifie son système de croyances, bâtit ses légendes.

Les propriétés de l'Ichor, elles, sont souvent découvertes par hasard. La plupart de ceux qui survolent les brumes finissent par comprendre, quoique de façon partielle, de quelles vertus elles sont porteuses. (La façon dont ces mêmes brumes semblent les protéger des Élohim les incite à les étudier de près.)

Je souris.

Je pense à l'ignorance de tous ceux qui, comme nous, sont arrivés *après*. Le Céphalos permettant à Télémaque de conserver l'intégrité de la Frontière, il le tenait des Vagabonds, dont ces derniers avaient appris le secret auprès des Naacals.

Nous – et par ce « nous », j'entends les Égarés, j'entends Télémaque et les autres – n'avons rien inventé, rien trouvé.

La plupart des secrets des Naacals ont disparu avec eux. La plupart, mais pas tous.

Me faufilant à travers les branchages, je me tourne vers le Nihil.

Un passage du carnet de Stanfeald m'a laissé sans voix, au point que j'ai dû le relire plusieurs fois pour m'assurer que je n'avais pas mal compris. Ce que les humains ne savent pas – comment le pourraient-ils ? –, ce que même les Élohim ignorent, c'est que l'Ichor, sous sa forme solidifiée, la plus pure, peut mener à la réincarnation sur Terre.

C'est là une propriété remarquable, assure Stanfeald sans avancer la moindre preuve, connue seulement, en leur temps, de certains Olyphantes.

Vladim en a trouvé confirmation dans des grimoires protégés de la poussière et du temps par des coffres de métal, enfouis au cœur de ruines de deux temples distants de plusieurs centaines de kilomètres.

La réalité du phénomène s'explique, selon le savant russe, par les propriétés chimiques particulières de l'Ichor, une matière stellaire comparable au Sayam terrestre, et remettant en cause de nombreuses croyances scientifiques ayant trait à l'univers lui-même.

Quiconque plonge dans un gouffre d'Ichor, poursuit Stanfeald, découvre l'un après l'autre les trois états de la matière – gazeux, liquide et solide. Le corps s'embourbe dans une glaise qui, peu à peu, se durcit autour de lui jusqu'à littéralement l'avaler. L'esprit, alors, est renvoyé sur

Terre, à une époque et à un lieu de son choix, si tant est que le sujet ait eu la présence d'esprit d'utiliser les méthodes de concentration habituelles – celles dont il se sert pour plonger.

Combien de temps a-t-il fallu à Vladim pour aboutir à des conclusions si péremptoires ? Stanfeald reste évasif. Il parle de plusieurs années, des années périlleuses, marquées par d'innombrables drames et disparitions.

Au cours de ses pérégrinations, accompagné de détachements dont Stanfeald lui-même aura souvent l'honneur de faire partie, Vladim découvre les traces de plusieurs communautés semblables à celle des Vagabonds. Installés dans des ruines de cités naacales oubliées, ces groupuscules, déplore-t-il, finissent le plus souvent débusqués et réduits en esclavage par les Élohim – soit à la suite d'une attaque frontale de ces derniers, soit par imprudence ou trahison.

Ironiquement, c'est à un destin identique que sont confrontés les Vagabonds au moment où Stanfeald écrit son journal. La connaissance du danger, conclut-il, ne prémunit pas contre ses atteintes.

85

« C'est la traîtrise de l'un des nôtres, écrit en substance Stanfeald, qui nous aura conduits où nous sommes : au bord du gouffre.

» Nous avons été attirés dans un piège. La Tiare sacrée qui nous protégeait, celle qui garantissait la cohésion de la Frontière, nous a été dérobée. Nous ignorons par qui, mais le fait est là : la barrière magique qui nous prémunissait des attaques des Élohim est en passe de se désagréger.

» À présent, poursuit-il, je suis Vladim et les autres, capturés sous mes yeux. Je rédige ces notes à l'ombre d'une falaise, non loin du défilé qui mène à la cité maudite de nos prédateurs. »

Je rejoins l'Altar à l'ombre de la clairière.

« La longue-vue que m'a donnée Arndis, reprend Stanfeald, m'a permis de comprendre ce qui se tramait dans les méandres de cette Babylone horrifique. Des hommes, des femmes enchaînés, entraînés dans les profondeurs, rattachés par des câbles vivants à de monstrueuses machines pompant lentement le suc de leur existence.

» D'autres hommes déjà privés d'âmes, de souvenirs et d'émotions travaillent à l'excavation de nouvelles tranchées pour que la ville grandisse encore. »

Le ton se fait poignant.

« Vladim est revenu. Vladim s'est échappé. Ses mains sont en sang, ses ongles, cassés, l'un de ses yeux a été crevé mais il est vivant, plus fort et déterminé que jamais. Un miracle ?

» Nous regagnons la vallée à pied, dévalant les contreforts escarpés au risque de nous rompre les os.

» À peine si j'ai le temps d'écrire.

» Mon Altar est blessé, j'ai été forcé de l'abandonner.

» Vladim est faible. Sur ce qu'il a vu, les horreurs dont il a été témoin dans les méandres de la cité des Élohim, il reste obstinément muet ; mais son regard hanté parle pour lui. Plus tard, dans un demi-sommeil, des litanies lui échappent. Il y est question de tentacules, de succions, de gémissements effroyables. »

Plus loin : « Nous nous arrêtons au lever du jour, afin de ne pas donner à nos ennemis la chance de nous retrouver.

» Vladim marche droit devant, sous le soleil levant, et je trottine sur ses traces. "Nous allons nous faire repérer, allons. Restez tranquille !" Il se retourne, darde sur moi un regard plein de morgue. Ses yeux sont brillants, ses mains tremblent. On dirait qu'il souffre de fièvre. Sa force légendaire a été remplacée par quelque chose de plus noir et de plus cruel.

» Il parle d'une salle secrète, aux dimensions de cathédrale. Il prétend que c'est là que tout se déroule.

» Il évoque un endroit, le "Sanctuaire", où deux répliques de nos planètes – la Terre et Asaïon – tournoient l'une face à l'autre, échangeant d'incompréhensibles flux d'énergie.

» Il soutient que les "esclaves" (c'est ainsi qu'il les surnomme) sont bien plus nombreux que nous ne saurions le croire et que les Élohim ont accès à des dimensions parallèles à la nôtre. Je crains que cet afflux de visions lui ait fait perdre la raison. »

Les derniers mots ont été écrits en hâte. Ils sont à peine lisibles :

« Très agressif. Montre les poings. Refuse de s'arrêter. Nous cheminons à flanc de montagne, empruntant des sentiers détournés. Vladim nous perd comme à dessein. Forcé de le suivre, je prie pour qu'aucun vaisseau ennemi ne surgisse du fond du ciel.

» Ah, les amis perdus ! Csilla. Sarosh. Waltraud. Ma douce Teles. Hiram l'exalté.

» Tous disparus, enlevés, reliés à cette atroce machine. Dépossédés de leur Anima, de leur âme, de tout ce qui faisait qu'ils étaient eux. »

Puis :

« Vladim est devenu fou. S'est jeté du haut d'une falaise. Je me tiens près de son corps inanimé et j'écris ces lignes en séchant mes larmes. Ignore s'il recouvrira ses esprits. Aucune certitude.

» Ce qui va advenir ? Comment le savoir ! Je suis seul au monde. »

Je referme le carnet, le glisse sous ma chemise. L'histoire s'arrête-t-elle ici ?

86

Le soir tombe, un soir d'opéra tragique, comme si des tubes de couleur éventrés gisaient sur la toile du ciel et répandaient leur poison.

Je ne donnerai pas de nom à l'Altar d'Adil, c'est inutile. Il ne sera jamais à moi et je ne serai jamais à lui.

Nous sommes deux estropiés, perdus au cœur d'un monde devenu trop vaste et hostile.

J'aimerais ne pas penser à Thaleane mais, pour être franc, il serait moins douloureux de concentrer ma peine sur elle que sur les autres, les humains – ceux que j'ai perdus, ceux qui se sont perdus.

Et cependant, j'ai beau faire, je ne parviens pas à les chasser de mon esprit. Déjà, tels d'insistants fantômes, ils frappent à la porte.

Que vivent-ils en cet instant ?

J'essaie d'imaginer leur peur, leur désarroi. Certaines pages du carnet de Stanfeald me reviennent en mémoire : celles où il décrit les machines, les salles noires comme des cales de navire, les victimes enchaînées, soumises, concentrées sur leur souffrance.

Les cris.

Les hurlements.

Puis le silence profond, lorsque la machine se met en marche.

Un silence pire que la mort, écrit Stanfeald.

Debout devant l'Altar, je me frotte les bras. Depuis quelque temps maintenant, je ressens comme un grand froid.

Le rêve de Télémaque a vécu.

Les Égarés ne sont plus.

Ceux qui ont eu la chance d'échapper aux Élohim se sont sans doute dispersés. Pour aller où ? Que reste-t-il à espérer ?

J'aimerais croire qu'un ailleurs est possible, qu'un espoir est permis, que des communautés ont réussi à subsister, qu'une résistance s'organise. Mais j'ai vu ce que mes yeux ont vu. J'ai contemplé le Royaume, la toute-puissance des Élohim. Des créatures capables, tels des insectes, d'édifier une cité en quelques jours. Des créatures ayant appris à se dématérialiser, à ne faire qu'une avec leur machine, à lire dans l'esprit de leur adversaire. Le seul ennemi des Élohim, la seule façon de leur résister, me dis-je en faisant rouler mon amulette entre mes doigts, c'est l'Ichor. Et c'est trop peu.

87

D'un bond, je saute sur le dos de l'Altar et tire sur les rênes. Là-bas, à l'est, la nuit déferle telle une vague pailletée d'étoiles et les lunes se hissent dans le ciel.

L'Altar fonce comme une fusée.

Je me couche sur lui. Je vise l'étoile la plus lointaine. Je veux me fondre dans les ténèbres.

Du côté ouest, des nuages s'attardent, alanguis tels des cétacés dans un océan bleu métal.

Les étoiles s'allument mais on y voit encore un peu.

L'Altar monte toujours, sans manifester de crainte. L'extrême docilité de ces créatures ne cesse de m'étonner.

L'air se raréfie, la température baisse, dangereusement. Le froid et la peur font partie de moi. Nous montons, nous montons toujours, et mes membres se raidissent, et ma bouche devient sèche.

Bientôt, nous atteignons l'altitude à laquelle culminent les plus hauts sommets de la Chaîne mystéréenne. Puis nous la dépassons.

La course de l'Altar s'infléchit, alors. Peut-être, pour quelque raison physiologique, ne peut-il pas monter plus haut. Je regarde autour de moi, et un frisson me parcourt. Paralysé par la terreur, je me cramponne.

Le panorama est unique. Huit mille mètres, dix mille ? À l'horizon, les perspectives plongent et se courbent.

Stanfeald disait vrai. C'était une chose de le lire, c'en est une autre de le constater de ses propres yeux. Les canyons, les déserts, les plateaux : l'Intermonde n'est en rien une réalité parallèle ou une construction immatérielle. C'est une planète, tout simplement.

J'aperçois d'autres montagnes, au loin, d'autres gouffres débordant de brumes, je devine les vestiges de cités perdues – des traces laissées par une civilisation disparue. C'est là qu'est mon avenir, me dis-je, à travers ces vastes plaines.

Et puis je songe à Rain. J'ai rejoint le toit du monde, je domine les vallées, les sommets, la nuit elle-même, je pourrais toucher les lunes du doigt, et je songe, encore une fois, à Rain.

Le moment est venu de redescendre.

88

J'ai trouvé refuge au cœur du Daedelium, à quelques battements d'ailes, me semble-t-il, de l'endroit où je m'étais caché avec Heng, mais il fait trop sombre pour que je puisse localiser notre caverne, alors je me contente d'un trou sableux à ciel ouvert, où tremble un buisson d'épines.

Ma tête repose contre une paroi. Je triture l'amulette, ôte l'écrin d'argent qui sertit la gemme d'Ichor, passe mon doigt dessus. La matière est chaude, presque molle ; elle réagit.

Pour la énième fois, je ressors le carnet de Stanfeald et laisse défiler les pages. Malgré les lunes, malgré le ciel dégagé, lire est devenu impossible. Et à quoi bon ? En confiant cette amulette à Taweel, Adil savait ce qu'il faisait.

Il m'a sauvé la vie. Où qu'il soit, j'espère que les Élohim ne l'ont pas eu.

Je soupire, remise le carnet.

« Les gens qui arrivent ici, me disait Scarlett, n'ont pas achevé leur travail sur Terre. » Quel était mon travail à moi ?

La petite voix de ma conscience s'est tue depuis longtemps. Depuis que je me suis montré à Rain. La voilà sans doute, ma réponse.

Je suis né pour sauver cette fille.

Au cœur des ténèbres, je me surprends à sourire. Ah, étrange pensée !

Je ferme les yeux. Cette nuit-là, à cause, peut-être, de l'Ichor que j'ai touché, je rêve – je me déplace, immatériel, à la surface d'Asaïon, de la même façon que je survolais la Terre.

Cette planète est vaste, aussi vaste que celle qui m'a vu naître. Je passe au-dessus des plaines. Je distingue des centaines, des milliers d'âmes perdues, des êtres seuls ou qui croient l'être, comme je le croyais moi aussi à l'époque. Certains sont agenouillés, prosternés. D'autres sont allongés dans les hautes herbes, devant des montagnes, des collines, des fossés, des champs sans fin, et on dirait qu'ils dorment.

J'avais cru être seul. Je suis un parmi la multitude.

L'aube me tire de mon hébétude. Une lumière douce, puis un vent de sable qui me fouette le visage.

Je m'étire, ouvre les yeux.

Le monde est toujours là et je dois faire quelque chose.

Assis sur ses pattes postérieures, l'Altar observe la course désabusée des nuages. Je le selle en lui caressant le flanc. Nous nous sommes habitués l'un à l'autre mais cela ne suffit pas à faire de nous des amis.

D'un bond, je me hisse sur lui, puis enroule les rênes autour de mes poignets. Nous montons au-dessus du Daedelium. La voie est dégagée, rien à l'horizon. Cap sur Landerost ou ce qu'il en reste.

Le vol pourrait être très bref mais je le rallonge en passant par les contreforts, à l'ombre. Même si tout cela n'a rien de rationnel, je me sens plus en sécurité de ce côté-ci.

Le camp se détache, encore nimbé de brumes. Nous nous posons à bonne distance. Je saute à terre et attache l'Altar à un tronc. Il me regarde faire sans protester, mais je lis la désapprobation dans son regard. Je flatte son encolure.

– Je ne serai pas long, dis-je.

Le son de ma propre voix me surprend. Ce sont les premières paroles que je prononce depuis Adil.

L'Altar s'assoit à l'ombre de l'arbre, sur son séant. Je m'éloigne à pied. J'aurais pu l'emmener mais je ne veux pas que les autres – si « autres » il y a – me voient avec la monture d'un autre.

Ce chemin bordé de broussailles, qui sinue en descendant vers la vallée, je le connais par cœur. Mes pas sont lents, lourds de poussière. Nul chant d'oiseau ne trouble le silence.

Pour ce que j'ai compris, le pouvoir protecteur de la Frontière ne s'est pas dissipé d'un coup d'un seul. Peut-être est-il encore effectif. Peut-être les Égarés le savent-ils.

Vingt minutes encore de marche solitaire, vingt minutes de pensées sombres et soudain, au détour d'une futaie, je me fige.

Un panache de fumée noire se tortille en contrebas.

Je hâte l'allure. Vue plongeante sur les ruines. La palissade a été détruite, du moins en partie. Plusieurs tours de guet ont été mises à bas et brûlées.

De la porte ouest, il ne reste qu'un trou béant, des rondins pulvérisés – comme si la main d'un géant s'était introduite. Pour attraper quoi, pour attraper qui ?

Je me figure les machines des Élohim, j'imagine des scènes de carnage, des courses éperdues, des sauts désespérés. Je vois les ondes de choc se propager et tout détruire sur leur passage. Les larmes me montent aux yeux. Il n'y a plus personne ici. C'est la fin.

En dépit de tous les projets que j'ai pu fomenter, en dépit de l'histoire tumultueuse qui me liait à Scarlett, à

Télémaque, à Starck, j'aimais penser à cet endroit comme à un havre de paix.

Ces gens étaient mes amis. Des divergences m'opposaient à eux mais ils ne me voulaient aucun mal.

Retenant un soupir, je m'apprête à descendre lorsqu'un craquement me fait sursauter. Je pivote, en alerte. L'air quitte mes joues. C'est Jovan. Jovan, le Colombien, qui pointe un pieu sur moi. Il y a des traces noires sur son visage, comme s'il s'était maquillé à la suie, et ses vêtements sont en lambeaux. L'espace d'une seconde, nous sommes comme deux fauves hésitant à bondir.

J'ouvre de grands yeux.

– C'est moi ! Baisse ce truc.

Jovan obtempère et, doigt sur la bouche, me fait signe d'approcher. Je le rejoins derrière un bosquet, à couvert. Nous nous accroupissons.

– Tu es seul ?

Je hoche la tête.

– Viens.

Il m'entraîne à sa suite sur un sentier escarpé, entre rochers et sapins. Je n'ose pas poser de questions.

Au terme de quelques minutes de marche forcée, nous débouchons sur un terre-plein.

Mon acolyte désigne le camp en ruines, les cabanes fracassées.

– Ils sont venus, dit-il. Nous pensions que le pouvoir protecteur de la Frontière les tiendrait plus longtemps en respect mais rien n'a tenu. Où étais-tu ?

– Y a-t-il d'autres survivants ? (Il fronce les sourcils ; je rectifie.) Je veux dire, est-ce que les Élohim ont emmené tout le monde ?

Il secoue la tête. Nous repartons vers la forêt.

– Où étais-tu ? répète Jovan. Tu es bien arrivé seul, n'est-ce pas ? Personne ne te suivait ?

Je souris.

– Je crois que je l'aurais vu. J'ai laissé mon Altar en…

– Thaleane ?

Je secoue la tête. Pourquoi mentir ?

– L'Altar d'Adil. Hélas…

Aussi succinctement que possible, et passant sous silence la lecture du carnet de Stanfeald, je lui raconte.

Je lui raconte Adil, notre fuite, sa chute.

Il m'écoute à peine.

– Mais es-tu seul, à présent ?

La question paraît l'obséder. Je lui affirme que oui. Il me tapote l'épaule.

– Tu as eu de la chance. Beaucoup de chance.

Nous nous enfonçons dans les sous-bois. Sur le tapis d'aiguilles souples s'étalent des taches de lumière dorée.

Jovan écarte une branche et porte deux doigts à sa bouche. À ses sifflements longs, d'autres répondent, plus brefs.

Bientôt, une clairière s'ouvre. Deux rochers imposants y trônent. Une cabane de fortune, faite de rondins et d'une toile d'auvent, a été bâtie entre eux.

Les occupants s'avancent à ma rencontre.

Ils sont trois.

Il y a Edeeth l'Américaine, un sourire triste aux lèvres. Elle m'étreint. Il y a Martjin, le Hollandais, qui me serre la main avec force en me regardant droit dans les yeux. Ingrid, la femme de Jovan, se contente de m'observer.

– D'où vient-il ? demande-t-elle comme si je n'étais pas là.

Son mari plante son pieu en terre.

– Des Hauts-Blancs. Il vous racontera.

– Décidément, clame une voix dans les hauteurs, je m'étais mépris sur ton compte. Je rends hommage à tes capacités de survie.

Je lève la tête. C'est Starck, assis sur une branche. Avec souplesse, il saute à terre et s'avance. Sa main se crispe sur mon épaule.

– Bienvenue dans le monde d'après.

J'acquiesce, soupçonneux. La lueur ironique qui flottait dans son regard l'a déserté.

Edeeth me mène à la cabane. Une couverture a été étalée. Je me laisse tomber dessus.

– Si tu as besoin de quoi que ce soit…

Son visage exprime un mélange de compassion et d'abattement. Je peux la comprendre. Les circonstances qui nous ont menés ici sont tragiques. L'arrivée des Élohim dans la plaine. Les vaisseaux, leur silence létal.

Je songe au carnet, caché sous ma chemise. Quand le moment sera-t-il venu d'en parler ?

Edeeth repart.

– Il ne viendra plus personne, soupire-t-elle.

Non loin de là, Martjin s'emploie à disposer en cercle les pierres qui serviront à protéger le feu. Derrière moi, au pied du rocher, une pile de couvertures, un rouleau de corde, une paire de couteaux, une colonne de lampes à huile.

Le Hollandais s'éloigne pour discuter avec Starck. Je les considère un instant puis, incapable de tenir en place, les rejoins.

– L'Altar d'Adil est resté attaché en bas, dis-je. Dans le vallon.

Edeeth m'assure qu'elle va aller le chercher, me demande de lui décrire l'endroit.

– Je peux descendre moi-même. Je…

Elle secoue la tête. Elle trouvera. Elle préfère que je reste ici, que personne ne s'éloigne.

Bon.

Je grimace un sourire. Ne pas penser à tous les absents, tous ceux dont la voix manque et dont je ne verrai plus jamais le visage.

Edeeth descend. Les autres m'entourent, comme s'ils n'attendaient que cela. On m'accable de questions.

Nous nous asseyons dans l'herbe, autour du cercle de pierres. Une veillée pas comme les autres, me dis-je avec chagrin. Il ne s'agit plus de décrire ses rêves.

Je raconte ma capture. Je raconte le crash, l'errance dans les collines, la cité entrevue – le Royaume.

Je parle d'Adil, des machines, de la chute, de la poursuite, de ma fuite. Les mots sortent trop vite.

Ingrid plisse le front ; Martjin reste muet. Ils sont attentifs, m'encouragent à poursuivre, mais leur scepticisme est palpable. La cité des Élohim ? Ils ne veulent pas me croire.

Starck, au contraire, reste muet.

Je lis dans ses yeux qu'il sait.

Les connaissances, au sein de la communauté des Égarés, n'étaient pas partagées en quantités équitables : cela n'a jamais été aussi clair.

Edeeth est de retour avec mon Altar. La pauvre bête se traîne. Cette montée forcée vers le firmament semble l'avoir éprouvée.

Je me lève, lui tapote la museau. Elle m'adresse un regard tristement dénué de reproches. Edeeth la conduit avec les autres bêtes.

Je me rassois, nerveux. J'avais caressé l'idée de replonger dès ce soir dans les brumes du Nihil.

Pourquoi si tôt ?

Parce que j'ai peur, voilà tout. J'ai peur que Rain ne soit pas au rendez-vous, peur de l'avoir perdue à jamais.

J'ai réfléchi, en venant ici. J'ai réfléchi aux enjeux de l'incarnation, aux paradoxes temporels que cela pouvait entraîner. J'en suis arrivé à la conclusion que l'on ne pouvait se manifester physiquement sur Terre qu'en allant de l'avant.

Je ne pourrai jamais parler à la jeune fille que j'ai quittée. Il faudra que je trouve celle qu'elle est devenue. Coûte que coûte.

– Floryan ?

Martjin scrute mon visage avec espoir. Ai-je vu d'autres personnes ? Il y en a forcément d'autres.

Starck lui tapote l'épaule.

Lentement, nous passons en revue la liste des gens que nous avons vu se faire emmener. Scarlett était parmi eux, ainsi que Heng, Etzu, Taweel ; chaque nom est comme une pelletée de terre jetée sur un cercueil.

89

La journée s'écoule, toute de langueur et de regards. Chacun sait des choses, ici. Mais les langues ne se sont pas encore déliées.

Je pars voir les Altars. Ils sont méfiants, eux aussi, ils ne se ressemblent plus. Edeeth tente de les apaiser par des caresses mais l'abattement transparaît dans ses gestes. Cette tristesse poisseuse, comment s'en défaire ?

– Nous sommes détruits, dit-elle. Nous avons cru en des chimères, nous avons connu l'espoir. Redescendre sur Terre lorsque tu as pensé toucher la lune, c'est…

– Tu veux dire *les* lunes ?

Elle ne rit pas. Nous levons les yeux au ciel. Elle m'explique ce qui s'est passé, après l'arrivée des vaisseaux. Elle faisait partie de ceux qui ont eu de la chance. De ceux qui sont restés au camp.

Je la regarde. Ses lèvres ont blanchi.

– Edeeth ?

– Quand j'ai vu les Altars fuser vers Landerost – les rares qui étaient parvenus à distancer leurs poursuivants –, j'ai compris.

Elle veut raconter, même si ce n'est pas son histoire. Elle veut me dire qu'Etzu s'est défendu, et vaillamment, encore, elle veut me dire que Scarlett s'est sacrifiée, elle s'y emploie, mais ses mots aussi trébuchent dans sa gorge, elle s'étrangle, sanglote, et je suis obligé de la soutenir, parce que quelque chose de plus fort qu'elle la submerge.

Elle se retient à moi.

– Tristan était un monstre, un monstre sous apparence humaine. Nos amis, nos frères, nos semblables sont morts. Ton Altar…

D'un regard, je lui fais comprendre qu'il est inutile de poursuivre. Elle s'excuse, se détourne. Je ressens de l'affection pour elle, et pour tous les autres aussi. Nous avons tous cru, tous *voulu croire* que cette histoire durerait.

Je m'éloigne.

Je n'ai besoin ni de calme ni de silence. Je voudrais être ailleurs. J'ai toujours voulu être ailleurs.

Debout sur le rocher, je scrute l'horizon par-delà les cimes.

Je me suis proposé pour prendre le premier tour de garde. Le soleil est au zénith lorsque Starck vient me relever. Je lui dis que je peux rester encore, que je n'ai pas envie de me reposer, me reposer de quoi ?

Il ne proteste pas.

Il a changé.

Longtemps, nous demeurons côte à côte, surveillant des directions opposées. Soudain, sans prévenir, il se met à parler. Cela commence par des anecdotes, des détails, puis des informations plus spécifiques se dégagent – des allusions au Royaume, des choses qu'il ne peut savoir que parce qu'il en a pris connaissance de la même façon que moi.

Je l'arrête.

– Starck…

– Tu l'as lu, n'est-ce pas.

Il désigne le renflement sous ma chemise. L'endroit où j'ai glissé le carnet.

– Je l'ai lu.

– Je l'ai tout de suite su, quand tu as parlé d'Adil. Des nombreuses erreurs que nous avons commises, ne pas divulguer ce que nous savions était sans doute la plus grave.

Je me frotte les joues.

– Veux-tu en parler ? demande-t-il.

Je secoue la tête. Que reste-t-il à dire ? Télémaque n'était qu'un monarque de pacotille. Le mur de secrets qu'il a érigé autour de lui et de ses acolytes ne l'aura protégé de rien.

– Veux-tu parler des pages qui manquent ?

Je me retourne. Mains dans les cheveux, Starck s'est tourné vers le soleil.

Les pages qui manquent. Les pages arrachées de la fin.

– Tu en as pris connaissance ?

Il sourit.

– J'ai recueilli les confidences d'une femme qui l'avait fait.

– Scarlett ?

Il hausse les épaules.

– Scarlett a été proche d'un certain nombre d'hommes, mais pas à ce point. Non, je parle d'Edeeth. (Il plante son regard dans le mien.) Télémaque connaissait le texte de Stanfeald par cœur. Pour un certain nombre de raisons, il estimait que partager ce qu'il renfermait aurait été contre-productif. Il s'en est donc abstenu, et a fini par jeter le carnet au feu. Le savoir qu'il renfermait disparaîtrait dans les flammes, voilà ce qu'il devait penser. Mais le savoir est un produit de l'esprit et, comme tel, il est difficile de l'oblitérer totalement. On parle trop – on pèche par excès de confiance.

– Adil a récupéré le carnet.

Starck opine.

– Nous soupçonnions que quelqu'un l'avait fait mais nous ignorions qui c'était. Le mystère est résolu. Mais ça n'a plus d'importance.

– Et ces pages arrachées ?

– Les pages que Télémaque lui-même a noircies ? Tout ceci remonte à une époque où Edeeth et lui étaient très proches, et nous ne pouvons nous en remettre qu'à elle, désormais. Voici, en tout cas, ce qu'elle m'en a raconté : Télémaque détenait un secret. Un secret si lourd à porter qu'il l'avait couché par écrit lui aussi, à la suite du récit de Stanfeald. C'est lui qui a pris peur, après, à cause non pas du secret lui-même, mais des circonstances dans lesquelles il lui avait été révélé.

– Les circonstances ?

Starck cherche ses mots.

– Il… Télémaque entretenait des contacts avec les Élohim. Il leur rendait des services, parfois. Il avait appris des choses.

– Ce fameux secret…

Il grimace.

– C'est un secret qui ne nous concerne plus, nous, les Égarés, et encore moins maintenant – un secret qui concerne la Terre.

J'ouvre les mains, impuissant. Starck s'assoit en tailleur sur la pierre.

– Oublie cela.

– Quoi ?

– Nous ne pouvons rien changer à ce qui va se passer.

Il a fermé les yeux, comme pour profiter du vent. Il ne parlera pas – pas aujourd'hui. La tête pleine de doutes, je quitte mon perchoir.

90

Plus tard, réunis en cercle autour d'un feu, nous discutons sous la voûte qui, peu à peu, se piquette d'étoiles.

– Allons-nous demeurer ici ? demandé-je, englobant la clairière d'un geste.

Starck hausse les épaules. Non. Non, certainement pas. La seule raison pour laquelle lui et les autres sont restés ici si longtemps, c'est l'espoir de voir revenir d'autres Égarés. Mais cet espoir est mort, à présent.

Et plus aucun endroit ne peut être considéré comme sûr.

Edeeth se tord les doigts. Martjin fait les cent pas. Ingrid et Jovan, qui se regardent depuis le début en chiens de faïence, s'éloignent à leur tour. On devine une tension.

Starck jette une branche dans le flammes. Il a perdu de sa superbe. Les cartes du jeu ont été redistribuées.

Lourde de menaces, la nuit s'assombrit. Des nuages violacés nous surveillent. Edeeth me dévisage, et je lis une supplique dans son regard. « Ne dis rien, implore-t-il. Le moment n'est pas encore venu. »

– Nous lèverons le camp demain soir, annonce-t-elle tout à trac.

Starck redresse la tête.

– Nous partirons vers l'ouest, par-delà le Daedelium. Nous ne pouvons pas être seuls. Il reste forcément des…

Sa voix s'éteint, soufflée par une bourrasque. Ses yeux brillent trop fort.

Martjin prévient qu'il va monter la garde. Je pars m'asseoir au pied d'un arbre. Les autres s'installent devant la cabane, ou à l'intérieur. Ils vont s'adonner à l'onirisation.

Je ne les aiderai pas.

Mains crispées sur la mousse, je ferme les yeux. Je voudrais réapprendre à dormir. Je voudrais revoir Rain.

Je descends à l'intérieur de moi-même.

91

Lorsque je rouvre les yeux, la nuit est pleine, douce, une brise légère a balayé les nuages, et rien ne peuple le silence de notre camp de fortune.

Je me lève sans bruit. Sur le rocher se découpe la silhouette d'Edeeth, assise en tailleur. Une statue. À pas de loup, je m'éloigne, traverse les sous-bois jusqu'au bord de la falaise.

Mes pas grincent. Des frôlements agitent les fougères.

Après quelques hésitations, je retrouve le chemin que nous avons pris pour monter avec Jovan. C'est une idée stupide, je le sais, mais je n'arrive pas à m'en débarrasser : je veux m'enfoncer dans la caverne de Télémaque.

Les lunes, dans le ciel, me dévisagent avec mansuétude.

Le camp est vide.

La plupart des cabanes ont été détruites. Des arbres se sont effondrés. L'herbe, par endroits, est noircie.

Un parfum de désolation et d'oubli.

Je lève les yeux.

Une autre planète. Deux lunes. À quelle distance du soleil nous trouvons-nous ? Ne suis-je pas en train de rêver ma mort ?

Une lueur irréelle baigne les vestiges de Landerost. Je me rapproche de la cascade. Au milieu du chaos, son fracas me réconforte.

Me voici sur le seuil.

Les torches ont cessé de brûler depuis longtemps. Je ne puis m'en remettre qu'à mes souvenirs, au crissement de mes pas sur le sable.

J'avance à tâtons, frôlant la roche en aveugle. Si je me perds ici, personne ne me retrouvera.

Je marche longtemps, trop peut-être. Mes yeux ne s'habituent à rien.

Soudain, et au moment où la panique commence à me gagner, au moment où je pense m'être perdu, le corridor s'évase et je réalise avec soulagement que je suis arrivé dans la salle centrale.

Sans hésiter, je me défais de mes vêtements, pose mes mains sur les rebords du tumulus et me laisse glisser dans le bain d'Ichor.

92

Paris.

2030, évidemment. La butte Montmartre plongée dans la grisaille.

Des soldats patrouillent. Des soldats russes arpentent les trottoirs au pas militaire. L'air est glacé. Je me tourne vers la ville. Le ciel arbore un gris d'ardoise, le monde est figé.

D'un souffle, je me dirige vers le cloître des sœurs, passe à travers le mur, flotte. Plus âme qui vive.

Rain s'en est allée.

Où ?

Le chaos, soudain. Un grondement, des détonations. La réalité me tire en arrière.

Je cligne des yeux, éperdu.

Je suis tombé à la renverse. J'essaie de me remettre sur pied. Quelque chose se passe, au-dehors. Les parois de la caverne tremblent.

Je trébuche, m'écorche les genoux, mes doigts raclent le sable, une nouvelle secousse m'envoie cogner contre une paroi, ma main glisse sur la surface râpeuse, j'arrive presque à courir.

Pareils à des feux d'artifice, des flashs de lumière embrasent le ciel. L'espace d'une seconde, je vois tout au ralenti. Les machines des Élohim qui s'avancent. Leurs pieds lourds qui écrasent tout.

Une bataille fait rage, une bataille sans combattants, à première vue, car les machines se contentent d'avancer, projetant leurs murs d'ondes contre le village, arrachant les arbres à la terre, tirant des fusées lumineuses vers le ciel. Grisées par leur marche destructrice, elles progressent sans cesse.

Un arbre s'effondre dans un long gémissement. La terre frissonne, trépide. La nuit s'illumine et des roches explosent.

Des machines arrivent vers moi. Ai-je été vu ? Entre mes doigts, convulsivement, je serre mon amulette. Elle ne me sera d'aucune utilité si je reste ici.

Des cris, là-haut.

Des Altars prennent la fuite. Ils sont pourchassés. Les vaisseaux des Élohim fusent – des éclairs bleu argent.

Je me lance au milieu du village car je sais que ma position contre la falaise va vite devenir intenable. Je saute par-dessus un tronc, roule sur moi-même, reste un instant tapi, hagard.

Les niches de la falaise sont vides. Soudain, une silhouette apparaît au sommet de la falaise. C'est Ingrid. Ingrid à genoux, hurlant, poings levés au ciel.

Des créatures s'approchent. Maigres, élancées. Elles la relèvent, presque avec douceur, et la jeune femme crie de plus belle, comme si elle prenait conscience de ce qui lui arrivait.

– Où étais-tu, merde !

Starck vient de surgir derrière moi. Il halète.

– Nous avons été trahis, souffle-t-il, observant les sommets.

– Trahis ?

– Jovan. C'est Jovan qui les a menés jusqu'à nous.

Je le dévisage, anéanti.

– Quoi ?

Il grimace.

– Ingrid et moi… Nous avons eu une liaison, et…

Je hoche la tête.

– J'ignore ce qu'ils lui ont promis en échange. Une amnistie, peut-être. Peu importe. Nous devons partir.

Un grand « boum » secoue le ciel. Plus loin, au-delà du camp, l'Altar d'Edeeth tombe en vrille. La nuit est si claire ! Nous y voyons comme en plein jour.

Starck me retient par le bras, se lève, se recouche aussitôt. Accroupis derrière notre tronc, nous regardons une machine claudiquer.

Elle s'arrête, se tourne vers nous. Les yeux de l'Élohim aux commandes se braquent dans notre direction.

Un cri dans le ciel, un hurlement guerrier : Martjin passe en trombe au-dessus du camp. Distraite, la machine dirige ses canons sur lui.

– Maintenant ! souffle Starck.

Pliés en deux, nous battons en retraite, profitant du tumulte. Plus loin, des arbres s'abattent, en flammes.

– C'est Jovan, dit Starck. Ce salaud a mis le feu au camp.

Miraculés, nous arrivons sains et saufs aux abords de la porte nord. Mais une tour s'est écroulée en travers, barrant le passage, et escalader les débris paraît plus qu'hasardeux. Il faut trouver une autre sortie.

Starck scrute le ciel, la pénombre aux alentours. Les Élohim ont perdu notre trace mais ils la retrouveront.

– Écoute. Séparons-nous, et rendez-vous au lieu d'Immersion sur les rebords du Nihil, d'accord ? Dans une heure maximum.

Il s'apprête à partir d'un côté. Je le retiens.

– Attends.

– Quoi ?

– Le secret. Le secret de Télémaque. Dis-le-moi !

Il plisse les yeux. Il éclate de rire.

– Tu… (Il secoue la tête.) Tu es impossible.

– Mais si jamais tu ne revenais pas ?

Il s'affaisse.

– Starck ?

– D'accord, je vais te raconter. Pourquoi pas ? Comme je te le disais, ça n'a aucune importance.

Il se penche à mon oreille.

93

Nous voilà partis chacun de son côté, lui vers l'ouest, moi vers l'est, rampant puis slalomant entre les débris en flammes.

Les autres ? Les autres n'ont probablement pas réussi à s'en sortir.

Pendant de longues minutes, accroupi au milieu des décombres, je regarde les machines poursuivre leurs ravages.

J'ai repéré une brèche. Les Élohim ne détectent pas ma présence parce que je porte l'amulette. Mais ils sont partout. Ils peuvent me voir. Je dois quitter le camp à tout prix.

Le jour est loin encore.

Là-bas, près de la falaise, l'incendie continue de faire rage.

Je me redresse, file vers la brèche, enjambe des débris carbonisés et m'élance dans la nuit.

Pendant plusieurs minutes, coupant à travers la forêt, je longe l'allée centrale, celle qui mène au plateau de Raktar.

Le tumulte s'est amenuisé. Je n'entends plus que le bruit de ma course dans les sous-bois, les battements de mon cœur.

Puis je sors à découvert. Des marches ont été taillées dans la roche, là-bas, qui permettent de rejoindre le plateau.

Je les dévale en me retenant aux branches. L'aube assèche l'horizon.

Raktar, enfin.

Nulle trace de Starck, mais qui sait ?

Je trébuche au bord d'un ruisseau et patiente, adossé au dernier arbre. Je ne sais pas ce que j'attends.

Hypnotisé, je m'avance au milieu de la plaine.

Les paroles de Starck me hantent. « Ce que tu as vu, cette guerre, les enfants qui ne naissent plus ? Ça n'a rien d'un hasard, Floryan. Ce sont les Élohim qui ont créé l'Incident Saturne. Eux qui l'ont inspiré en s'insinuant dans les rêves de scientifiques terriens. D'ici quelques années, la guerre va provoquer un afflux d'âmes humaines inédit ici-bas. Pourquoi ? Parce que les gens sont perdus, et qu'on n'arrive sur cette planète que lorsqu'une frustration intense nous rattache à la vie. Je ne sais pas si c'est la fin du monde sur Terre, mais une chose est sûre : cette frustration nécessaire, elle s'étend dorénavant au monde entier. Je peux le dire autrement : les Élohim ont initié la fin des temps pour transformer leur Royaume en enfer. »

Et ensuite, quoi ? Notre espèce s'éteindra – plus d'Anima, plus rien ?

À moins que ces monstres n'aient d'autres ressources.

Je songe aux « dimensions parallèles » que mentionnait Vladim. Notre monde ne serait-il qu'une réserve parmi d'autres ? Le grain unique d'un chapelet ruisselant ?

Un sifflement me tire de ma rêverie. Les vaisseaux des Élohim. Je suis à mi-parcours. Je ne sais pas si Starck est là-bas.

J'ai merdé.

Les vaisseaux arrivent.

En désespoir de cause, je me remets à courir. Plus vite que je ne l'ai jamais fait. Je cours vers le gouffre aux brumes, espérant un miracle.

Au fond de moi, cependant, je sais : Starck ou pas Starck, nous sommes perdus. Déjà, j'imagine les canons à ondes se mettant en place, ma silhouette dansant au milieu de leurs écrans radar.

Pour un peu, la petite voix de ma conscience me manquerait.

Starck n'est pas là. Aux abords du lieu de rendez-vous, une première onde de choc me frappe la tête, et je fais un bond de dix mètres en avant. Mon crâne heurte la pierre, mon bras gauche ne répond plus mais je suis encore capable de me relever, de trottiner jusqu'au bord du cratère.

Autour de moi, les vaisseaux prennent tranquillement position. Ils m'encerclent. Ils me veulent vivant.

J'essaie de distinguer leurs occupants. Le sifflement s'intensifie. Ils sont quatre, ils se rapprochent, descendent à ma hauteur.

Je me tourne vers le gouffre.

Je repense au choix qui m'a été offert quand je suis arrivé sur Asaïon. Le Nihil, ou le Royaume ? Je repense au secret de Télémaque et au carnet de Stanfeald.

Ici ?

Plus rien à espérer.

Reste la réincarnation. Reste la plongée vers le néant. Si je me concentre suffisamment sur une date, peut-être serai-je capable…

Un vaisseau est sur le point de se poser. Tous les canons à ondes se sont tournés vers moi. Soudain, je fais volte-face et pars en avant.

Trente mètres. Vingt.

Je bondis, anticipant les tirs. Ma décision est prise, je ne sais que trop bien ce qui m'attend de l'autre côté des montagnes.

Le gouffre est là. Les Élohim ne comprennent pas, ils

ne peuvent pas comprendre. Moi-même, je n'ai aucune idée de ce que je m'apprête à tenter. Mais je suis résolu.

Tout ce que je sais, c'est que Rain m'attend. Et que le monde, *mon* monde, n'est pas encore tout à fait mort.

Arrivé au bord du gouffre, je bondis, aussi loin que possible.

Et c'est la chute, vertigineuse.

Je hurle.

Les brumes défilent.

J'essaie, malgré ma panique, de fixer mon esprit sur une date.

2012. 2012.

L'année où je suis mort. Rain sera déjà là, quelque part.

Au fil de ma descente, la consistance des brumes se modifie. Je suis une pierre lancée au fond d'un puits, je suis l'ultime espoir, un cri étouffé, je suis la terreur, une idée de l'avenir.

Je traverse une matière liquide, étonnamment tiède.

Je ralentis.

Je crois que je ne respire plus.

Ma chute s'enraye, encore et encore, et je continue de fixer mon esprit sur Paris, Paris en 2012.

C'est comme un mantra. Un vœu, une prière.

Mes muscles se crispent ; j'ai l'impression de ne plus tomber, d'être englué dans une sorte de glaise.

Le monde qui m'entoure gagne en consistance, en dureté. Mon corps s'engourdit. Je descends toujours mais je me fossilise.

2012.

Oh, je vous en supplie !

Un voile noir s'abat devant mes yeux. Telle une feuille de papier en flammes, ma pensée se racornit. Je ne suis plus que sensation, conscience pure.

« Comme si une mission t'avait été assignée, disait Scarlett, et que tu ne savais pas encore ce que c'était. »

Quelque part, à l'extérieur de moi, une douleur insupportable me vrille les os.

Le temps lui-même se fige.

2012, par pitié !

Je veux exister, Rain. Je veux te revoir, te voir, te sentir, te parler, je veux vivre pour toi, peu importe comment – ensemble, je sais que nous tenterons l'impossible, que nous sauverons le monde, et je le sais

parce que

je t'aime

et que

je

Épilogue

En cet instant, une poignée de secondes après ma perte de conscience, il me semble que je n'existe plus.

Peut-être est-ce que je flotte quelque part, entre Asaïon et la Terre ? Je n'en ai – je n'en aurai jamais – le moindre souvenir.

Ce que je sais est ceci : le 13 août 2012, dans une clinique de Genève, un petit garçon ouvre les yeux en braillant. La sage-femme le tend à son père, Stefan.

Stefan est fou de joie.

– Eliott, murmure-t-il. Eliott ? Sois le bienvenu, mon trésor.

Eliott, brusquement, s'arrête de pleurer. Comme s'il venait de recevoir une révélation. Les yeux brillants, son père le dépose sur le sein de sa mère, Lize. La jeune femme caresse le crâne de son fils. Elle est comblée.

Eliott pèse trois kilos quatre cents grammes, il mesure cinquante et un centimètres, un fin duvet blond frisotte sur son crâne et, malgré ses yeux à peine dessillés, il est en parfaite santé.

Lize baisse les paupières, apaisée.

Elle l'ignore encore, tout le monde l'ignore mais, dans quelques années, plus aucune femme au monde ne pourra avoir d'enfants.

Après quoi, un cataclysme d'une ampleur sans précédent s'abattra sur le monde. Il y aura des guerres, des vagues géantes, des exodes massifs. Des cités disparaîtront, des peuples entiers seront anéantis.

Pour l'heure, bien sûr, Lize est paisible. Elle sourit à la sage-femme.

Ailleurs, sur l'île de Guernesey, un scientifique allemand secoue une éprouvette sous une lampe artificielle. La fin du monde, si elle a lieu, c'est de lui qu'elle viendra.

Plus loin encore, dans un asile psychiatrique de Nouvelle-Angleterre, un vieillard se balance sur sa chaise face à un parc noyé de pluie. Cet homme détient des secrets d'une importance capitale, des secrets qui pourraient bien sauver le monde. Le problème, pour l'heure, c'est qu'il les a oubliés.

Eliott se remet à crier. Il serre les poings, s'agite, son visage devient cramoisi. Peut-être, confusément, comprend-il ce qui se trame, à des centaines, à des milliers de kilomètres d'ici. Peut-être devine-t-il quels redoutables dangers menacent le monde, et quels sacrifices il lui faudra accomplir pour le sauver.

Comment puis-je savoir toutes ces choses, vous demandez-vous, moi qui suis censé avoir disparu corps et âme, absorbé par la roche du Nihil ? Comment puis-je seulement les écrire ?

Voyons, la réponse coule de source.

Eliott, c'est moi.

Remerciements

Ma gratitude va, en premier lieu, à mes vaillants bêta-lecteurs, fidèles ou novices : Caroline, g@rp, Hélène & Sylvie.

Mille grâces aussi à Dorothy, Elsa et Sandrine, qui ont rendu les choses possibles.

Ce livre – quelle surprise ! – est pour Katia, Alice et Nathan.

Direction d'ouvrage :
Dorothy Aubert

Page 34 : John Martin, The Plains of Heaven, peinture à l'huile sur toile, 1851. Reproduction photographique © Fabrice Colin.

Composition PCA
44400 – Rezé

Impression réalisée par Corlet Imprimeur
14110 Condé-sur-Noireau

pour le compte des Éditions Michel Lafon

IMPRIM'VERT®

Imprimé en France

Dépôt légal : novembre 2012
N° d'impression : 149562
ISBN : 978-2-7499-1654-5
LAF 1618 A